Ein Tierarzt zum Verlieben

LIEBESROMAN

Mehr über Karin Köster.
www.karin-koester.de
www.facebook.com/koester.karin
Newsletter: kontakt@karin-koester.de

KARIN KÖSTER

Ein Tierarzt zum Verlieben

Bibliografische Information der Deutschen Nationalbibliothek: Die Deutsche Nationalbibliothek verzeichnet diese Publikation in der Deutschen Nationalbibliografie; detaillierte bibliografische Angaben sind im Internet unter http://dnb.dnb.de abrufbar.

© Cover- und Umschlaggestaltung:
Laura Newman – design.lauranewman.de

Herstellung und Verlag: BoD – Books on Demand, Norderstedt

ISBN: 978-3-743-14334-0

Schön, dass Du da bist!

Liebe Leserin, lieber Leser,

gleich wirst Du Lulu und Ben kennenlernen! Hach, ich bin schon ganz aufgeregt, denn die beiden sind mir in den vergangenen Monaten sehr ans Herz gewachsen. Magst Du Tiere? Dann wirst Du Dich vermutlich in den leidenschaftlichen Tierarzt Ben verlieben. Vor Lulu will ich Dich lieber schon mal warnen: Sie ist nämlich alles andere als ein Püppchen.

Diese Liebesgeschichte ist so herzerfrischend wie ein süßer Hundewelpe, der fröhlich um Deine Füße herumwuselt und gerne geknuddelt werden will. Du wirst schmunzeln und lachen und eine wunderbare Zeit haben - zumindest hoffe ich das. Ja, und es kann gut sein, dass Dein Herz beim Lesen den einen oder anderen Hüpfer machen wird. Sicherheitshalber solltest Du Dir eine Tüte Chips oder deine Lieblingssüßigkeiten bereitlegen, denn es wird wirklich sehr spannend..

Ich wünsche Dir von Herzen wundervolle Lesestunden!

Deine
Karin Köster

INHALT

Prolog

Lieber Ben,

ich habe meinen Notar an mein Sterbebett bestellt, um ihm diesen Brief zu diktieren.

Seit zwanzig Jahren habe ich nichts von dir gehört und das ist allein meine Schuld. Bis dahin hattest du stets deine Sommerferien in meinem Haus und meiner Tierarztpraxis verbracht. Es war mir eine große Freude zu erleben, wie einfühlsam du mit kranken Tieren umgehst und wie sehr du dich für die Veterinärmedizin interessierst. Doch dann geschah dieser unselige Diebstahl, das ganze Geld aus meiner Kasse war weg und es kamen nur zwei Personen infrage, die es genommen haben konnten. Mein Neffe Ben oder mein Sohn Toni. Ich habe dich noch am selben Tag fortgeschickt und du durftest nie wiederkommen.

Ich bin überzeugt, dass aus dir inzwischen ein hervorragender Tierarzt geworden ist. Dasselbe hätte ich mir von Toni gewünscht, doch leider ging mein Wunsch nicht in Erfüllung. Mein Sohn hat mit Tieren nichts im Sinn.

Toni hatte es nicht leicht, seine liebe Mutter starb viel zu früh, und ich war rund um die Uhr für meine Patienten da. Ich hätte meinem Sohn ein besserer Vater sein müssen und ich hätte dir niemals den Diebstahl anlasten dürfen.

Meine Einsicht kommt zu spät, als dass ich dich persönlich um Verzeihung bitten könnte, denn nun, da ich weise genug bin, muss ich sterben.

Ich vererbe dir mein Hausgrundstück mitsamt der Praxis in der Hoffnung, dass du in meine Fußstapfen trittst und der neue „Tierdoktor" von Mühldorf wirst. Toni vererbe ich das Elternhaus seiner Mutter, die Ländereien und meine Ersparnisse.

Lieber Ben, es gäbe noch viel mehr zu sagen, doch meine Kraft geht zu Ende.

Schenke dein Wissen und deine Erfahrung den Tieren - und kümmere dich gut um die Menschen, die dich lieben. Das rät dir von Herzen

Dein

Onkel Otto

Rettung in letzter Sekunde

Der Papagei hockte auf der Schulter einer dicken Frau. Ein Gelbbrust-Ara mit leuchtend blauem Federkleid und goldgelber Brust. Er flatterte mit den Flügeln, drehte sich um die eigene Achse und pfiff eine fröhliche Melodie. Der Trubel hier in der Autobahn-Raststätte schien ihm großen Spaß zu machen.

Die Frau war mindestens genauso auffällig wie ihr Papagei: Karamellfarbene Haut, roter Lippenstift, unzählige Zöpfe mit kunterbunten Haargummis, Glitzershirt und Leggings mit Tigermuster. Dazu eine quietschrosa Handtasche von der Größe eines Aktenkoffers, deren Trageriemen ihren Oberkörper in zwei diagonale Hälften teilte. Sie lehnte mit dem Hinterteil am Tresen und sprach mit einem schmächtigen Anzugträger. Vermutlich der Restaurantleiter, denn am Revers seines Jacketts steckte ein silbernes Namensschild.

Obwohl Ben erst seit wenigen Augenblicken in der Schlange stand, hatte er das Gefühl, dass sein ganzer Körper mit einer zweiten Haut aus öligem Frittierfett überzogen war. Er wäre besser bis zur nächsten Tankstelle weitergefahren, um sich Mineralwasser zu kaufen. Nun konnte er nur hoffen, dass er bald an der Reihe war.

Die Frau stemmte die Hände in die Hüften. „Sie suchen gutes Personal. Ich *bin* gut. Ich bin noch viel besser als gut! Also ..."

„Ich brauche niemanden wie Sie", schnitt ihr der Restaurantchef das Wort ab. „Versuchen Sie Ihr Glück woanders." Er drehte sich um und ließ sie stehen.

„Blödmann!", schnaubte sie.

„Blödmann!", echote ihr Papagei vergnügt.

Die Gäste am nächstgelegenen Tisch kicherten.

Das Gesicht des Restaurantleiters färbte sich dunkelrot. Er wirbelte herum, starrte die Frau zornig an und zeigte mit dem ausgestreckten Arm zum Ausgang. „Raus hier! Hauen Sie ab! Verschwinden Sie! Sie sind nicht qualifiziert und Ihr Vogel verstößt gegen die Hygienevorschriften unseres Restaurants!"

Sie rührte sich nicht vom Fleck. „Ich hab Sie nur um einen Job gebeten!", knurrte sie. „Ich brauch eine Chance, kapito? Ich würd sogar das mickrige Gehalt in Kauf nehmen, mit dem Sie die Leute hier abspeisen, nur damit ich einen anständigen Job habe!"

„Bumsen fünfzig Euro!", verkündete der Papagei wie auf ein Stichwort.

„Sag lieber schönen guten Tag, Gonzo", ermahnte sie ihn liebevoll.

„Guten Tag, Gonzo", gackerte er.

„Sie sind *nicht qualifiziert*, wie oft soll ich das denn noch sagen?", motzte der Restaurantleiter und dann fügte er unnötigerweise hinzu: „Außerdem sind Sie viel zu fett."

Ein Raunen ging durch die Warteschlange, und im nächsten Moment wurde es still. Bis auf das Brummen des Deckenventilators war kein Laut zu hören. Die Atmosphäre in der Raststätte lud sich so unheilvoll auf, als stünde ein Hurrikan unmittelbar bevor.

Alle Gäste hielten die Luft an und auch Ben wagte kaum zu atmen.

Die Frau baute sich wie ein Panzer vor dem Anzugträger auf und fixierte ihn aus schmalen Augen.

„Hab ich richtig gehört? Hast du gerade gesagt, dass ich *fett* bin?"

„Und ob!", spie der Restaurantleiter gehässig und schaute sich Beifall heischend um. „Sie sollten erstmal hundert Kilo abnehmen, bevor Sie sich irgendwo bewerben! Ne fette Kuh sind Sie, gucken Sie mal in den Spiegel!"

Es ging ganz schnell. Die Frau packte den Restaurantchef am Schlafittchen, in der nächsten Sekunde lag er auf dem Boden und in der übernächsten hockte sie auf seinem Brustkorb. Er wurde blass und schnappte nach Luft wie ein Karpfen auf dem Trockenen.

Ben war sich nicht sicher, ob er etwas unternehmen sollte. Allein der Gedanke bescherte ihm heftiges Unwohlsein. Er war nicht feige, aber er mischte sich grundsätzlich nicht in die Angelegenheiten anderer Leute ein. Es sei denn, es ging um Tiere. Ratlos strich er sich eine Haarsträhne aus dem Gesicht. W*as* könnte er denn überhaupt tun? Versuchen, den Streit zu schlichten? Nein, er würde erstmal abwarten. Der arrogante Restaurantchef hatte einen Denkzettel durchaus verdient.

„*Nett*! Ich hab *nett* gesagt, nicht fett!", krächzte der Restaurantleiter. „Ich würde Sie niemals beleidigen, Gnädigste, das würd ich niemals tun!"

Die Frau zog die Stirn kraus und musterte das Personal hinterm Tresen. „Die gelben Kittel sind das Allerletzte", stellte sie nachdenklich fest.

„Allerletzte", echote der Papagei auf ihrer Schulter, kratzte sich am Kopf und schüttelte sich.

„Sowas Hässliches hab ich schon lange nicht mehr gesehen. Deine Angestellten tun mir echt leid", meinte sie und erhob sich. „Steck dir deine freie Stelle sonst wohin. Ich werd woanders einen anständigen Job finden. Irgendwo, wo ich nicht in Pissgelb rumrennen muss."

Der Restaurantchef rappelte sich vom Fußboden hoch, nestelte an seinem Kragen herum und strich seine Jackenaufschläge glatt. Die Gäste atmeten in kollektiver Erleichterung auf, und als hätte jemand einen Schalter umgelegt, kehrte wieder geschäftige Normalität ein. Hinterm Tresen wurden die Tabletts beladen, und die Leute an den Tischen wandten sich wieder ihrer Mahlzeit zu.

Die Schlange rückte einen halben Meter vor und Ben rückte mit. Noch fünf Leute, dann war er dran. Sechs Leute, denn die Frau mit dem Papagei drängelte sich einfach vor. „Ich muss jetzt ganz dringend was Fettiges essen. Hab nen Mordshunger", verkündete sie und studierte die Speisenauswahl.

„Bestellen Sie, was immer Sie wünschen, Gnädigste", dienerte der Restaurantchef und fügte mit starrem Lächeln hinzu: „Die Rechnung geht selbstverständlich aufs Haus." Im nächsten Moment war er hinter einer stahlgrauen Tür mit der Aufschrift „Privat" verschwunden.

„Ne Maxi-Portion Chicken-Nuggets mit scharfer Soße und ne große Cola! Dalli-dalli, das ist ein Notfall!", rief die Frau, drehte sich zu den Leuten in der Schlange um und erklärte: „Wenn ich mich aufrege, saust mein Blutfettspiegel in den Keller, und der Typ da eben hat mich mächtig aufgeregt." Sie zeigte mit dem Daumen auf die stahlgraue Tür.

Hinter Ben alberten drei Jugendliche herum. Große Jungs mit fettigen Haaren, Pickeln und Bartflusen im Gesicht. Sie kicherten und rangelten und schubsten sich gegenseitig. Zu wenig Erziehung und zu viele Hormone - keine gute Mischung. Auf einmal rempelte einer der Jungs Ben von hinten an, verlor dabei das Gleichgewicht und fiel hin. Seine Kumpels halfen ihm mit großem Hallo wieder hoch.

Ben rammte seine Füße in den Boden und starrte die drei grimmig an. „Hey, habt ihr keine Augen im Kopf?"

„Sorry, tut uns echt leid" murmelten sie im Chor, drehten sich um und zogen mit gesenkten Köpfen von dannen.

Damit hatte Ben nicht gerechnet. Verwundert schaute er den Jungs hinterher und beobachtete, wie sie an der Ausgangstür von der Frau aufgehalten wurden. Sie trug einen XXL-Eimer aus weißer Pappe und ein Maxi-Getränk vor sich her, der Ara thronte auf ihrem Kopf.

„Sie wünschen bitte?", flötete eine Stimme an Bens Ohr.

Ben fuhr herum, erblickte einen gelben Kittel und bestellte ein großes Mineralwasser. Er griff nach seinem Portemonnaie. Hintere rechte Hosentasche, wie immer.

Sein Griff ging ins Leere. Verdutzt klopfte er die leere Tasche ab. Dann fasste er in die linke - auch nichts. Nochmal rechts. Wieder nichts.

Sein Portemonnaie war nicht da.

Das kann nicht sein!

Er tastete nochmal und überprüfte sogar seine vorderen Hosentaschen, obwohl er sein Portemonnaie nie in einer vorderen Tasche trug. Das Portemonnaie war weg. Er konnte es nicht fassen.

Hektisch schaute er sich um, als ließe sich des Rätsels Lösung in den Gesichtern der anderen Gäste finden. Er hatte sein Portemonnaie dabei gehabt. Da war er ganz sicher!

„Zwei Euro achtzig", schnarrte die Bedienung und stellte einen Pappbecher auf den Tresen.

Hatte er es verloren? Aber wann und wo? Beim Aussteigen auf dem Parkplatz?

Sein Puls raste und der Schweiß strömte ihm aus den Poren. Geld, Kreditkarten, Ausweise, alles weg!

Und das ausgerechnet heute, wo er unterwegs in sein neues Leben war. Unwirsch schüttelte Ben den Kopf. Ein verlorenes Portemonnaie war immer ein Unglücksfall, ganz egal, in welcher Situation man sich gerade befand.

Vielleicht hatte er es ja im Auto liegengelassen. Sehr unwahrscheinlich, aber immerhin *möglich*. Schließlich kam es trotz seines ausgeprägten Ordnungssinns manchmal vor, dass er etwas verlegte.

Entschuldigend hob er die Hände und erklärte der Angestellten, dass er sein Geld im Wagen vergessen habe, woraufhin diese wortlos die Augen verdrehte und den Becher wieder wegtrug.

Eilig lief er den Gang entlang zur Ausgangstür. Er hörte sein Herz laut klopfen, aber darüberhinaus nahm er kaum etwas wahr. Die Gesichter der hereinströmenden Menschen verschwammen zu einer homogenen Masse, ihre Stimmen zu einem gleichförmigen Rauschen.

Es liegt im Auto. Ganz bestimmt!

Er stürmte durch die Tür nach draußen, als plötzlich vor seinen Augen etwas Blau-Gelbes auftauchte. Der Papagei. Er hockte wieder auf der Schulter der seltsamen Frau und zog spielerisch mit seinem Schnabel an ihren geflochtenen Zöpfen. Ben schlug einen Bogen, um den beiden auszuweichen.

„Hey Mister", hörte er sie rufen.

„Hey Mister!", echote ihr Vogel.

Ben wäre nicht auf die Idee gekommen, dass er gemeint sein könnte, doch da grabschte sie nach seinem Arm und bremste ihn aus. Er hatte es eilig, aber selbst wenn er Zeit genug gehabt hätte, wäre er der Dame lieber aus dem Weg gegangen. Es sei denn, sie brauchte seinen Rat wegen ihres Papageis, das wäre natürlich etwas anderes.

„Das waren Honks", meinte sie. „Vollhonks, wenn du mich fragst." Sie verzog die viel zu rot geschminkten Lippen zu einem breiten Grinsen. „Und *du* bist der

Oberhonk! Boah, Mann, ich glaub's nicht! Hast du das echt nicht geschnallt?"

Was auch immer die redet, es hat nichts mit mir zu tun, dachte Ben. Vielleicht war sie durcheinander oder sie verwechselte ihn. Ignorieren schien ihm die beste Strategie zu sein, also schüttelte er sie ab und tat, als sei sie Luft, doch leider löste sie sich nicht auf. Im Gegenteil: Sie stellte sich ihm wie ein Bulldozer in den Weg.

Der Papagei spielte Verstecken unter ihren geflochtenen Zöpfen und war bis auf seine Schwanzfedern verschwunden, als Ben plötzlich einen Ohrring aufblitzen sah. Im nächsten Sekundenbruchteil schnappte der Schnabel zu und der Ohrring war verschwunden. Das Tier tauchte auf, rang nach Luft und stieß kehlige Würgelaute aus.

Ben musste sofort handeln, sonst könnte das Tier sterben. Mit sicherer Hand ergriff er den Papagei und nahm seinen Kopf zwischen zwei Finger.

Die Frau stieß einen gellenden Schrei aus. „Gonzo! Oh Gott, nein, Gonzo hat meinen Ohrring gefressen!", kreischte sie und dann ging sie auf Ben los. „Was soll das, was machen Sie da mit ihm?"

„Keine Sorge, ich bin Tierarzt", bemühte er sich, sie zu beruhigen, während er den Schnabel öffnete und nach dem Ohrring fahndete.

Im Nu wurden sie von Neugierigen umringt. Die Leute drängelten und reckten die Hälse, Handykameras wurden gezückt.

„Verschwindet, ihr Arschgeigen!", schimpfte die Frau, verpasste dem erstbesten Gaffer einen Tritt in den Hintern und die Leute suchten schnell das Weite.

Ben schaute sich den Ohrring genau an. Eine silberne Blume an einem dünnen Kettchen. Der Verschluss war auch dran. Der Ohrring war komplett, nichts fehlte. Er löste seinen Griff am Hinterkopf des Papageis, woraufhin dieser den Schnabel zuklappte und ihn misstrauisch musterte.

Schließlich flatterte der Papagei zurück auf die Schulter seiner Begleiterin und schlug ein paarmal aufgeregt mit den Flügeln. Er hatte den Zwischenfall unbeschadet überstanden, nun musste er sich nur noch von dem Schrecken erholen. „Oh ja, gib's mir! Ich komm gleich!", krähte er ein paarmal hintereinander, und dann rief er: „Fass ihn härter an!" Er fuhr fort, seinen seltsamen Wortschatz abzuspulen, dann imitierte er die Geräusche eines Staubsaugers und einer Türklingel und schließlich rief er mit einer Stimme, die wie ein Megaphon klang: „Achtung, Achtung, hier spricht die Polizei!"

Zwei dicke Tränen kullerten über die Wangen der Frau, während sie dem Papagei zärtlich über den Rücken strich. Sie schien ihren gefiederten Freund sehr zu lieben.

Ein warmes Gefühl stieg in Ben auf und breitete sich unter seiner Haut aus. Wenn jedes Tier solche Zuneigung bekäme, wäre die Welt ein viel besserer Ort. „Glück gehabt", sagte er, gab der Frau das silberne Schmuckstück zurück und fügte hinzu: „Sie sollten lieber keine Ohrringe tragen."

„Die hab ich doch nur reingemacht, weil ich heute besonders schick sein wollte. Wegen des Vorstellungsgesprächs", schniefte sie, wischte sich übers Gesicht, schaute zu Ben auf und sagte mit belegter Stimme: „Danke, dass du Gonzo das Leben gerettet hast. Das werde ich dir nie vergessen!"

Sie hatte wunderschöne samtbraune Augen, die von dichten schwarzen Wimpern umgeben waren. Nur mit Mühe konnte Ben sich von ihrem Blick lösen. Seltsam. Sie war überhaupt nicht sein Typ. Ben wusste zwar nicht, welche Frau denn sein Typ wäre, aber dieser bunte Bulldozer war es ganz sicher nicht.

Er winkte ab. „Schon gut. Ich bin schließlich Tierarzt." Damit wandte er sich zum Gehen.

Während der vergangenen Minuten hatte er die Welt um sich herum vergessen – wie immer, wenn er sich um ein Tier kümmerte. Aber nun holte ihn die Realität wieder ein. Wenn er doch bloß wüsste, wo sein Portemonnaie war!

Ein großartiger Plan

Lulu musterte den Tierarzt, dann grinste sie und streckte ihm die Hand hin. „Ich bin Lulu. Und das ist Gonzo."

Ihr Gegenüber strich sich eine braune Haarsträhne aus der Stirn und erwiderte flüchtig den Händedruck.

Er war ungefähr Mitte dreißig und er sah gut aus. Mindestens einen Meter fünfundachtzig groß, breite Schultern. Echte Muskeln, keine aufgepumpten. Schöne Hände. Blaue Augen, blitzweiße Zähne. Ein Mann, von dem viele Frauen träumten, zumindest nahm Lulu das an. Sie selber würde niemals von einem Mann träumen, und wenn doch, dann wäre das kein schöner Traum.

„Ben Petterson", stellte er sich höflich vor und schob schnell hinterher: „Wenn Sie mich bitte entschuldigen, ich hab's sehr eilig." Schon lief er weiter.

Lulu konnte sich denken, warum er es eilig hatte. „Suchst du vielleicht dein Portemonnaie, Ben Petterson?", rief sie ihm hinterher, zog es aus ihrer Handtasche und winkte ihm damit zu. Kichernd beobachtete sie, wie seine Kinnlade einen Meter runterfiel und seine Augen so groß wie Fußbälle wurden.

„Hier, bitte schön. Das hab ich den drei Vollhonks abgenommen." Feierlich überreichte sie ihm das Portemonnaie und musste noch mehr lachen. Sein Gesicht sah aus wie ein Fragezeichen.

„Die Jugendlichen? Die drei, die mich angerempelt haben?", stammelte er ungläubig.

„Ganz genau die. Die machen das nicht nochmal", meinte sie selbstzufrieden.

Er schaute in die Fächer seines Portemonnaies und als er festgestellt hatte, dass nichts fehlte, schob er das gute Stück in seine hintere rechte Hosentasche. Kaum hatte er es verstaut, fasste er schon wieder an seine Tasche, als könne er nicht glauben, dass sein Portemonnaie wirklich wieder da war.

„Danke, Lulu", sagte er erleichtert. „Damit hast du mir sehr geholfen. Wie kann ich das nur wieder gutmachen?"

Sie schüttelte den Kopf. „Das hast du doch schon längst. Du hast Gonzo gerettet! Der ist hundertmillionen mal mehr wert als alles Geld und alle Kreditkarten der Welt."

Er lächelte leicht. „Das war doch selbstverständlich. Ich bin schließlich Tierarzt."

Er sah viel entspannter aus, wenn er lächelte. Nicht mehr so furchtbar zugeknöpft.

Endlich konnte sie sich zu ihren Chicken-Nuggets und der Maxi-Cola an den Tisch setzen. Sie nahm ein Nugget heraus, tunkte es in die scharfe Soße und biss hinein. Köstlich! Leckere hellbraune Panade, schneeweiße, fluffige Füllung und eine der besten Chili-Soßen auf diesem Planeten.

„Yes! So lass ich mir das gefallen! Das sind Chicken-Nuggets ganz nach meinem Geschmack", schmatzte sie und schob Ben den Eimer rüber. „Bedien dich. Sind genug da."

„Nein danke." Ben rümpfte die Nase. „Ich bin Vegetarier."

Achselzuckend futterte Lulu weiter, während Ben ins Restaurant ging, um sich Mineralwasser zu kaufen.

Es gab nicht viele Tierärzte, die sich mit Papageien auskannten. Wenn sie so darüber nachdachte, hatte sie noch bei keinem so ein gutes Gefühl gehabt wie bei Ben Petterson. Gonzo schien ihn ebenfalls zu mögen, denn normalerweise hackte er jedem Tierarzt erstmal ordentlich in die Finger.

Der Chicken-Eimer war fast zur Hälfte leer, als Ben zurückkehrte. Er hob die Hand und nickte ihr im Vorbeigehen zu.

„Hey Ben, warte mal!"

Er blieb stehen und drehte sich um.

„Wenn Gonzo mal wieder einen Tierarzt braucht, würde ich gerne zu dir kommen. Hast du eine eigene Praxis?"

Plötzlich leuchteten seine Augen und er strahlte übers ganze Gesicht.

Hey, was war denn plötzlich mit dem los?

„Ja, habe ich, und zwar ab heute!", platzte es aus ihm heraus. „Ich habe die Tierarztpraxis meines Onkels geerbt." Auf einmal bewölkten sich seine Augen und sein Lächeln wurde wehmütig. Wahrscheinlich hatte er seinen Onkel gern gehabt und war traurig, dass er gestorben war.

Gonzo hopste von ihrer Schulter und vertrat sich auf der Tischplatte die Beine. Sie kramte die kleine grüne Vorratsdose aus ihrer Handtasche und klappte sie auf. Darin waren ein geschnittener Apfel und ein paar Erdbeeren. Gonzo entschied sich für den Apfel.

Ben ließ sich auf der Bank gegenüber nieder. „Bis gestern war ich in einer Tierklinik in Frankfurt angestellt und nun bin ich auf dem Weg nach Mühldorf." Er trank einen Schluck und fügte hinzu: „Die Praxis ist im Birkenweg Nummer zwei."

„Mühldorf? Hab ich noch nie gehört." Im Laufe ihres fast dreißigjährigen Lebens war Lulu ganz schön rumgekommen, sie hatte in einigen großen Städten gewohnt, aber ein Ort namens Mühldorf war nicht dabei gewesen.

„Das ist in Ostfriesland."

Lulu nickte schlau. „Ostfriesland kenn ich! Da gibt's haufenweise Leuchttürme und die Leute trinken Tee und laufen in gelben Regenmänteln rum." Das hatte sie im Fernsehen gesehen.

Ben schüttelte den Kopf. „Mühldorf liegt nicht an der Küste, da gibt's keinen Leuchtturm. Dafür aber wunderschöne Natur. Weite Wiesen und Felder." Ben bekam wieder diesen melancholischen Blick. „Früher war ich jedes Jahr in den Ferien dort", erzählte er. „Onkel Otto war ein großartiger Tierarzt und ich habe eine Menge von ihm gelernt. Die Leute in Mühldorf nannten ihn den *Tierdoktor*."

„Hihi, wie bei Dick und Dalli auf dem Immenhof", witzelte Lulu und musste unwillkürlich an ihre eigenen Schulferien denken. Die hatte sie meistens vorm Fernseher in irgendeiner miefigen Wohnung verbracht. Sie linste in die Nugget-Box, suchte sich aus den Resten das knusprigste Stück aus, tunkte es in die leckere Soße und biss hinein.

Ben verzog das Gesicht. „Weißt du eigentlich, was du da isst?"

„Chicken-Nuggets."

„Du isst tote Tiere!" Er schaute sie finster an. „Die Tiere hatten ein furchtbares, kurzes Leben und wurden getötet, nur damit Leute wie du sie aufessen."

Lulu schüttelte den Kopf. „Tiere? Ich würde niemals Tiere essen!" Sie schaute sich das angebissene Stück genau an und dann hielt sie es Ben vor die Nase. „Das hier ist kein Tier, siehst du? Das hat null Ähnlichkeit mit einem Tier! Und es schmeckt wirklich verdammt lecker, das kann ich dir sagen." Sie steckte sich das Stückchen in den Mund und mampfte weiter.

„Was ist das denn für eine Logik?", regte er sich auf. *„Es sieht nicht nach Tier aus, also ist es auch keins*? Wenn jeder so denken würde...!" Seufzend brach er ab. „Wahrscheinlich denken die meisten Menschen so wie du", sagte er bedrückt.

„Kann schon sein", murmelte Lulu und hätte gerne unbekümmert weitergefuttert, aber aus irgendeinem

Grund hatte sie plötzlich keinen Appetit mehr. Sie schob den Eimer beiseite, wischte sich die Finger an einer Serviette ab und gab Gonzo noch ein Stück Apfel. „Dein Onkel hat sich bestimmt mächtig darüber gefreut, dass du Tierarzt geworden bist", wechselte sie das Thema.

Ben hob die Schultern. „Leider hatten wir die letzten zwanzig Jahre keinen Kontakt."

„Heißt das, du warst seit zwanzig Jahren nicht mehr da und jetzt ist dein Onkel tot und du hast seine Tierarztpraxis geerbt?", staunte sie.

„So ist es", bestätigte er. „Ich hätte niemals damit gerechnet, schließlich ist da ja auch noch mein Cousin Toni."

„Toni ist Onkel Ottos Sohn?", kombinierte sie. „Der ist bestimmt nicht begeistert, dass du ihm sein Erbe wegschnappst, oder?"

Ben runzelte die Stirn und schaute gedankenverloren in die Ferne. „Toni und ich konnten nichts miteinander anfangen, wir waren einfach zu verschieden", erinnerte er sich. „Während ich die Vögel und Rehe am Waldrand beobachtete, spielte er Vietnam-Krieg und schlug mit einem Knüppel die jungen Bäume nieder."

In ihrer Handtasche klingelte es. „Augenblick, Ben", bat sie, warf ihm einen entschuldigenden Blick zu und zog das Handy heraus. Das Display spiegelte sich im Sonnenlicht. Sie hätte nicht abgenommen, wenn sie gewusst hätte, wer dran war.

„Lulu? Wo steckst du, verdammte Scheiße?" Andi.

„Das erzähl ich dir doch nicht! Lass mich in Ruhe, Arschloch."

„Aaaaasch", echote Gonzo und schlug mit den Flügeln.

„Du hast meinen Wagen geklaut! Ich will meinen Jaguar wiederhaben!", schrie er.

Lulu hielt das Telefon ein Stück vom Ohr weg, sonst wäre ihr Trommelfell geplatzt. „Lass mich in Ruhe, Andi! Ruf mich nie wieder an, kapiert?!", schrie sie zurück.

„Von wegen! Du kannst dich nicht vor mir verstecken. Ich finde dich, du Schlampe, verlass dich drauf!"

Sie reckte den Mittelfinger und warf das Handy zurück in die Tasche.

Ben war zusammengezuckt und schaute jetzt ziemlich verstört drein. Rasch trank er sein Mineralwasser aus, stand auf und verabschiedete sich hölzern. „Danke nochmal, dass du mir das Portemonnaie wiedergegeben hast, Lulu. Pass gut auf Gonzo auf."

„Klar doch."

Ben drehte sich um und ging davon.

Energisch bemühte sie sich, Andi Arschloch aus ihrem Gedächtnis zu vertreiben. Sie hatte lange genug vor ihm gekuscht. Damit war jetzt endlich Schluss!

Sie schlürfte ihre Cola und beobachtete, wie Ben den Parkplatz überquerte und in einen dunkelgrünen Jeep stieg. Mühldorf, Birkenweg Nummer zwei. Das musste sie sich merken.

Sie stand auf, streckte sich und nahm Gonzo auf die Schulter. Es wurde Zeit, weiterzufahren, wenn sie heute noch irgendwo ankommen wollte. Wie schon so oft in ihrem Leben wusste sie noch nicht, wohin es sie als Nächstes verschlug. Sie würde irgendwohin fahren, wo sie einen guten Job und ein Dach überm Kopf haben konnte.

In diesem Moment, ganz plötzlich, hatte sie eine tolle Idee. Nun, eigentlich kommen tolle Ideen ja immer ganz plötzlich, aber in diesem Fall wäre es besser gewesen, die Idee hätte sich ein paar Minuten früher blicken lassen. Dann hätte sie sich nämlich jetzt nicht so sputen müssen.

Wiedersehen macht Freude

Ben atmete auf. Die Staus lagen hinter ihm, die Autobahn war nur noch zweispurig, der Verkehr floss ruhig vor sich hin. Es war es nicht mehr weit bis nach Mühldorf. An der nächsten Ausfahrt musste er raus.

Er warf einen Blick in den Rückspiegel. Der rote Sportwagen fuhr immer noch in großzügigem Abstand hinter ihm her. Seltsam. Der hatte fünfmal mehr PS unter der Haube als sein Jeep, aber trotzdem zuckelte er mit hundert Stundenkilometern über die Autobahn.

Das Hinweisschild tauchte am Straßenrand auf. Ben setzte den Blinker, nahm die Ausfahrt und bog schließlich auf die Landstraße ab. Rechts und links breiteten sich Felder und Wiesen aus. Der hellblaue Himmel wölbte sich wie eine riesige Kuppel über die Landschaft. Kein Gebäude, kein Fabrikschornstein, nichts versperrte den Blick. Bens Herz schlug schneller. Wie sehr er die endlose Weite vermisst hatte!

Auf den Wiesen grasten schwarzbunte Kühe. Ben lächelte glücklich. Hier in Ostfriesland waren die Kühe fast das ganze Jahr über draußen. Das war viel gesünder für sie als ihr Dasein im Stall zu fristen, und machte ihr Leben um einiges lebenswerter.

Ben ließ den Wagen ausrollen, hielt kurzentschlossen vor einem hölzernen Weidetor an und stieg aus. Ein lauer Wind streichelte seine Haut. Die Luft war erfrischend klar und gleichzeitig erfüllt vom köstlich lebendigen Duft der Natur. Er atmete tief ein. Er spürte, wie sich seine Lungen mit Sauerstoff füllten, und hatte das Gefühl, das erste Mal seit sehr langer Zeit wieder richtig durchatmen zu können.

25

Behände kletterte er über das Tor und betrat die Wiese. Hier und da behauptete sich sonnengelber Löwenzahn zwischen den Grashalmen und auch die zarten Gänseblümchen lugten hervor. Bienen und Schmetterlinge tanzten von Blüte zu Blüte. Wie still und friedlich es hier war! Nach ein paar Metern blieb Ben stehen. Ein berauschendes Glücksgefühl erfasste ihn, sein Brustkorb wurde weit und plötzlich fühlte er sich wie ein Vogel, der nur mit den Flügeln zu schlagen bräuchte, um hoch in die Lüfte zu steigen. Ein Jauchzer hüpfte aus seiner Kehle, er breitete die Arme aus, als könnte er die ganze Welt umarmen, und drehte sich ausgelassen im Kreis. Er war siebenunddreißig Jahre alt und benahm sich wie ein Kind, aber das war ihm ganz egal.

Nach einer Weile kletterte er wieder über das Tor und wollte gerade ins Auto einsteigen, als er auf der Straße einen roten Wagen näher kommen sah. Unverkennbar der Sportwagen, der auf der Autobahn hinter ihm hergefahren war. Sehr merkwürdig! Wenn er es nicht besser wüsste, würde er glauben, dass er verfolgt wurde.

Ben verharrte an der offenen Autotür und beobachtete, wie der Sportwagen nach rechts an den Straßenrand lenkte und neben seinem Jeep zum Stehen kam. Ein rotes Jaguar-Coupé. Die Beifahrerscheibe fuhr herunter. Ben sah ein Durcheinander an Tüten und Taschen, einen Papagei und ein karamellbraunes Gesicht mit unzähligen Zöpfen.

„Französisch nur mit Gummi!", verkündete Gonzo fröhlich.

Ben schnappte überrascht nach Luft. In seiner Vorfreude auf die Rückkehr nach Mühldorf hatte er die Begegnung mit Lulu schon fast wieder vergessen. Er glaubte nicht an Zufälle. Vor allem dann nicht, wenn sie so offensichtlich herbeigeführt waren wie dieser.

„Sag lieber Schönen guten Tag, Gonzo", ermahnte Lulu ihren Papagei, lüftete ihre Sonnenbrille und strahlte Ben an.

„Schönen guten Tag, Gonzo", krähte der Vogel.

„Da bin ich aber froh, dass du auf mich gewartet hast! Ich musste ganz dringend tanken, echt unglaublich, wieviel die Karre schluckt", plapperte sie.

Ben begegnete ihrem unschuldigen Blick. Ihre braunen Augen zogen ihn in den Bann, aber das war auch das Einzige, was ihn an ihr faszinierte. Es sprach allerhand gegen sie. Zum Beispiel die Tatsache, dass sie in einem Wagen unterwegs war, den sie ihrem Zuhälter geklaut hatte. Ben spürte, wie sich die Härchen in seinem Nacken aufrichteten. „Was soll das? Wieso bist du mir gefolgt?"

„Ach weißt du, Ben, du hast mir so von Mühldorf vorgeschwärmt, da hab ich mir überlegt, dass ich da auch hinwill." Sie schenkte ihm ein sonniges Lächeln.

Für einen Moment war er sprachlos. Er wusste wirklich nicht, was er darauf sagen sollte.

„Ziemlich öde Gegend, ich seh nur Wiesen und Kühe. Wie weit ist es denn noch bis Mühldorf?"

Ben stapfte rüber zum Jaguar und beugte sich zum offenen Fenster herunter. „Was bitteschön willst *du* in Mühldorf?"

„Bumsen oder blasen?", fragte Gonzo mit schiefgelegtem Köpfchen.

„Ich suche einen anständigen Job und ein Dach überm Kopf", erklärte Lulu. „Sowas findet sich überall, also auch in Mühldorf."

Ben atmete tief durch. „Du hast da was missverstanden", sagte er geduldig. „Mühldorf ist ein *Dorf*. Da gibt es keinen Job für dich. Fahr in eine Stadt, da findest du bestimmt, was du suchst."

„Du hast gesagt, dass du zwanzig Jahre nicht in Mühldorf warst. Also kannst du gar nicht wissen, was da jetzt so abgeht."

Ben spürte ein unangenehmes Ziehen im Bauch. Ihm war überhaupt nicht wohl dabei, Lulu im Schlepptau zu haben. Aber was sollte er machen? Hilflos rang er die Hände. „Du kannst hinfahren, wohin du willst, ich kann dich nicht daran hindern. Aber behaupte nachher nicht, dass ich dich nicht gewarnt hätte."

„Iwo, mach dir keinen Kopp! Das wird super!" Lulu grinste breit und reckte den Daumen. „Auf geht's! Mühldorf, wir kommen!"

„Törööööö!", machte Gonzo und schlug mit den Flügeln.

Ben schüttelte den Kopf. Er war nicht für Lulu verantwortlich. Sie musste selber wissen, was sie tat, sie war schließlich erwachsen. Er setzte sich in seinen Wagen, bugsierte ihn zurück auf die Straße und fuhr weiter. Den Rückspiegel ignorierte er.

Nach fünf oder sechs Kilometern bog er in eine Teerstraße ein. Zu beiden Seiten waren Wassergräben, in denen meterhohes Schilf wuchs. Die langen Halme wiegten sich im lauen Wind und Ben wusste, dass sich das anhörte, als würden sie sich etwas zuflüstern. Zwei Kurven und eine lange Gerade, und dann kam der erste Bauernhof in Sicht, einer der Aussiedlerhöfe abseits des Dorfes.

Ein Weilchen später bog er in die Wiesenstraße ein. Die Randstreifen waren von Wallhecken gesäumt, die den Wind daran hindern sollten, über die Felder zu pusten, und gleichzeitig den Tieren Schutzraum boten. Vereinzelte Bauernhöfe aus solidem Rotstein und Fachwerk lagen abseits der Straße hinter den Wiesen, mit langen Schotterpisten als Zufahrten.

Ben fiel ein, dass in dieser Straße Familie Brill wohnte, und er verzog das Gesicht. Willi Brill senior war ein griesgrämiger Geldsack, der sein Vermögen mit

Viehhandel aufgebessert und sich irgendwann mit einer jungen Frau auf eine thailändische Insel verzogen hatte. Bevor er ging, hatte er das Anwesen und den Viehhandel an seinen Sohn Willi junior übergeben. Willi junior war ein überheblicher Einfaltspinsel, zumindest war er das damals gewesen.

Die Straße machte zwei Schlenker - und da war auch schon Brills Hof. Ein prächtiges Herrenhaus, das überhaupt nicht in die Gegend passte. In den großen Fenstern spiegelte sich das Sonnenlicht. Edle Pferde grasten auf Wiesen, die wie englische Rasenflächen wirkten und von schmucken, schneeweißen Holzzäunen eingefasst waren. Die Pferde hoben ihre Köpfe und blähten die Nüstern. Ein imposanter Brauner brach aus der Herde aus und legte einen raumgreifenden Trab vor, der jeden Wertungsrichter in Entzücken versetzt hätte.

Gegenüber der Pferdeweide, auf der rechten Seite der breiten, gepflasterten Zufahrt, schimmerte der feine hellgelbe Sand eines angelegten Reitplatzes. Auf dem Hof parkte ein hochmoderner, silberner Pferdetransporter.

Eine Bewegung im Gebüsch veranlasste Ben, auf die Bremse zu treten. Schwarzes Fell. Eine Katze, ganz offensichtlich verletzt. Ben stieg aus und näherte sich langsam in gebückter Haltung, um das Tier nicht zu verschrecken.

Lulu hielt hinter dem Jeep an. „Hey Ben, was ist los?", rief sie, machte den Motor aus und kletterte umständlich aus ihrem Wagen.

„Pssst", bedeutete Ben ihr und machte einen weiteren vorsichtigen Schritt auf die verletzte Katze zu. Sie hatte eine Wunde an der Brust, dort war das Fell blutverkrustet und von Fliegen bevölkert. Ihr Bauch war eingefallen, ihre Augen trüb und ihr Atem ging kurz und flach. All das registrierte Ben mit einem einzigen Blick, während er ruhig in die Hocke ging. „Hey, mein Mädchen", sagte er sanft. „Was ist passiert?"

Die Katze hob den Kopf und zuckte mit dem Schwanz. Ben hielt ihr seinen Handrücken hin, damit sie Vertrauen fassen konnte. „Ich bin gleich wieder da, meine Kleine. Bleib schön hier, ich helfe dir", versprach er und kroch langsam rückwärts aus dem Gebüsch.

„Ist schon wieder Ostern?", erkundigte Lulu sich kichernd, als er bei ihr ankam.

„Da drüben liegt eine verletzte Katze. Kannst du mir helfen?" Er machte die hintere Wagentür auf und zog seinen Notfallkoffer heraus.

Lulu schaute betroffen drein. „Klar doch, logisch helf ich dir. Was soll ich machen?"

Ben ging zurück zur Katze, Lulu stapfte hinter ihm her und hockte sich neben ihn. „Das arme Ding!", murmelte sie. „Gut, dass ich Gonzo im Auto gelassen habe. Der kann sowas nicht mit angucken."

Ben breitete eine isolierte Decke auf dem Boden aus. Nun brauchte er nur noch etwas Geduld und Geschick, um das Kätzchen aus dem Gebüsch zu holen. Er legte sie auf die Decke und dabei spürte er, wie ihre Lebensgeister erwachten und sie zu fliehen versuchte. Für ernsthafte Gegenwehr war sie jedoch zu schwach.

„Ich werde die Katze untersuchen und behandeln", erklärte er Lulu und zeigte ihr, wie sie das Tier am besten halten konnte, damit es nicht die Flucht ergriff. Dabei berührten sich ihre Hände. Ganz kurz nur, aber diese Berührung löste ein seltsames Kribbeln unter seiner Haut aus. Dann war dieser verwirrende Moment vorbei und Lulu hielt die Katze genau so, wie er es ihr gezeigt hatte. Ben griff in seinen Koffer und holte das Stethoskop heraus. Zuerst überprüfte er Herzschlag und Atmung des Tieres, um sich dann der Verletzung zu widmen.

30

„Ach du Schande, seh ich das richtig? Sind das etwa Maden da in der Wunde?", keuchte Lulu.

Ben nickte, zog das Stethoskop aus seinen Ohren und verstaute es wieder im Arztkoffer. Dann begann er, die Wunde zu desinfizieren. „Das geht bei warmem Wetter schnell. Die Schmeißliegen legen ihre Eier ab und kurz darauf schlüpfen die Larven." Er hätte sich seine Erklärung besser für später aufgehoben, denn kaum hatte er sie ausgesprochen, kippte Lulu hintenüber. Die Katze sprang auf und rannte davon.

„Mist!", schimpfte Ben. Er sah die Katze quer über den Reitplatz laufen und in einer von Brills Stallungen verschwinden. Dann drehte er sich zu Lulu um, die rücklings im Gras lag und sich Luft zufächelte.

„Blut und Eiter und so'n Zeugs kann ich nicht ab. Da werd ich ohnmächtig, da kipp ich stumpf aus den Latschen", meinte sie zerknirscht.

„Warum hast du das denn nicht gleich gesagt?", murrte er und half ihr zum Sitzen hoch. Dabei bekam er einen elektrischen Schlag, zumindest fühlte es sich so an. Schnell ließ er Lulu wieder los.

„Ich hab gedacht, dass ich das hinkrieg! Aber die Maden waren echt zu eklig", erklärte sie.

Ben sammelte seine Sachen ein und richtete sich auf. „Ich werd jetzt auf den Hof da gehen und nachschauen, ob ich die Katze irgendwo finde. Bleib hier sitzen und erhol dich von dem Schrecken."

„Nee, kommt nicht in die Tüte!" Sie stemmte sich vom Boden hoch, fegte sich die Grashalme vom Hintern und rückte ihre rosafarbene Handtasche überm Bauch zurecht. „Ich komme mit. Sechs Augen sehen mehr als zwei." Sie holte Gonzo aus dem Auto und setzte ihn auf ihre Schulter.

Ben wäre es lieber gewesen, Lulu würde ihn nicht begleiten, aber er hatte auf die Schnelle keine Idee, wie er sie abwimmeln sollte. Also klemmte er seinen

Notfallkoffer unter den Arm, lief über die Auffahrt zu Brills Anwesen und Lulu stapfte hinter ihm her.

Der Hofplatz war blitzblank und wurde rundherum von bauchigen Blumenkübeln mit üppigem Blumenschmuck eingerahmt.

Lulu pfiff durch die Zähne. „Nun guck sich mal einer die Schleuder an! Dagegen ist Andis Jaguar der reinste Schrotthaufen!"

Ben folgte ihrem Daumen und erblickte unter der Remise ein glänzendes, mitternachtsblaues Mercedes-Cabrio.

„Hey Ben, wir scheinen hier bei Neureichs gelandet zu sein. Denen kannst du locker das Dreifache für die Behandlung der Mieze abknöpfen."

Die beiden Torflügel des Stallgebäudes, in dem die Katze verschwunden war, standen offen. Die hereinfallenden Sonnenstrahlen trafen auf eine sauber gefegte Betonfläche. Rechts und links der Stallgasse reihten sich gemauerte Pferdeboxen aneinander. An den Boxentüren waren ovale Schilder angebracht, auf denen Namen und Stammbäume verzeichnet waren.

Die Boxen waren leer, die Pferde auf der Weide, die Katze nirgends zu sehen. Aus dem rechten Gebäudeteil war eine quäkende Männerstimme zu hören. Ben atmete tief durch und straffte seine Schultern. Er war ein erwachsener Mann, er war Doktor der Tiermedizin und er würde sich ganz bestimmt nicht mehr von Willi Brill junior auslachen lassen.

Ben ging an den Boxen vorbei, wandte sich nach rechts und erblickte einen großen Rappen sowie Willi junior, mit Striegel und Bürste bewaffnet. Das Pferd war auf einem geräumigen Putzplatz angebunden, der mit Waschvorrichtung und Pferdesolarium ausgestattet war.

Ben hatte Willi junior viel größer in Erinnerung. Nun stellte er erstaunt fest, dass das Großmaul von damals einen Kopf kleiner als er selbst war. Sein quadratischer Oberkörper steckte in einem sportlichen Anorak mit dem Werbeschriftzug *Gestüt Brill* auf dem Rücken. Auf dem Kopf trug er einen Kranz aus fusseligen, mausgrauen Löckchen.

„Huhu! Jemand zu Hause?", polterte Lulu.

Willi drehte sich um. In seinen wässriggrauen Augen blitzte es dunkel auf und Ben war überzeugt, dass Willi ihn sofort wiedererkannt hatte.

„Wir suchen ne schwarze Katze mit ner hässlichen blutigen Schramme", legte Lulu los. „Sie ist uns abgehauen und hier in Ihren Stall reingelaufen. Wenn das Ihre Katze ist, können Sie sich schon mal auf ne gesalzene Tierarztrechnung gefasst machen."

Spätestens jetzt war Ben klar, warum er Lulu besser vorn an der Straße zurückgelassen hätte.

„Hallo Willi", sagte er in entschuldigendem Ton und beeilte sich zu erklären: „Die Katze lag verletzt am Straßenrand, ich wollte mich um sie kümmern, aber..."

„Ben Petterson!", quäkte Willi, warf das Putzzeug beiseite und trat auf ihn zu. Ein Mann mit breitem Kinn, quadratischer Statur und der Ausstrahlung eines Despoten. „Dass du dich überhaupt traust, nach Mühldorf zurückzukommen. Wo doch jeder im Dorf weiß, dass du ein Dieb bist. Oder glaubst du etwa, das hätte hier irgendwer vergessen?"

„Ben? Ein *Dieb?*", rief Lulu empört und stemmte die Hände in die Hüften. „Du verwechselst da was, Silberlöckchen!"

Ben bemühte sich, möglichst sachlich und gelassen zu bleiben. „Ich bin der neue Tierarzt in Mühldorf", erklärte er. „Lass uns bitte nach der schwarzen Katze schauen, Willi. Sie ist verletzt und muss dringend behandelt werden."

„Etwa von *dir*?", spie er so heftig, dass winzige Speicheltröpfchen durch die Luft flogen.

„Selbstverständlich."

„Pffft, das hättest du wohl gerne!" Willi stieß ein hässliches Zischen aus, woraufhin das Pferd den Kopf hochriss, die Ohren anlegte und panisch mit den Augen rollte.

„Ganz ruhig", sprach Ben besänftigend auf den Rappen ein. „Alles ist gut. Entspann dich, Großer."

Das Pferd senkte den Kopf und ließ die Ohren hängen.

Willis Gesicht lief rot an. „Nimm deine Langfinger von meinem Hengst, Ben Petterson, und verschwinde von meinem Hof! Lass dich hier bloß nicht wieder blicken!"

„Die verletzte Katze braucht Hilfe!", erinnerte Ben ihn, aber Willi zeigte mit dem ausgestreckten Arm zur Tür: „Verschwinde Ben Petterson! Und nimm die Fettwachtel mit."

„Moment mal!" Lulu nahm die Hände aus den Hüften und stapfte geradewegs auf Willi zu. „Hab ich richtig gehört? Hast du Fettwachtel zu mir gesagt?"

Oh-oh!

Das Pferd würde scheuen und dabei könnte es sich verletzen. Also musste Ben verhindern, dass Willi Brill dasselbe Schicksal ereilte wie den Restaurantleiter. Schade eigentlich, denn Willi hätte ein bisschen Atemnot mehr als verdient.

34

Willkommen in Mühldorf

Lulu ließ sich von niemandem beleidigen, und von einer Schießbudenfigur mit Silberlöckchen erst recht nicht. Dass Willi Brill ungeschoren davonkommen war, hatte er allein Bens Gutmütigkeit zu verdanken.

Sie musste ein ernstes Wörtchen mit Ben reden. Wenn er vor so einem Blödmann den Bückling machte, würde er es als selbstständiger Tierarzt nicht weit bringen. „Wer sich für einen Pfannkuchen verkauft, wird auch als Pfannkuchen gegessen", sagte sie, als sie nebeneinander aus der Stallgasse nach draußen traten.

Ben sagte nichts darauf, sondern hob grüßend die Hand. Lulu blinzelte ins helle Sonnenlicht und erblickte eine schemenhafte Gestalt. Sie kniff die Augen zusammen und die Gestalt nahm Formen an. Püppchenhafte Formen. Ein Skelett in feiner Bluse, heller Reithose und kniehohen Lederstiefeln. Rote Haare fielen in akkuraten Wellen auf schmale Schultern. Lulu war sich nicht sicher, ob die Haare getönt waren. Wenn ja, hatte das Püppchen einen guten Friseur.

„Isabel?" Ben klang verwundert.

„Bennylein!", rief das Skelett und schwang die Hüften, was mangels Masse wenig hermachte.

„Hihi! *Bennylein*!", wieherte Lulu.

Das Püppchen ignorierte Lulu, himmelte Ben an wie ein Teenie-Idol und plinkerte gekonnt mit ihren langen Wimpern. Steile Falten zogen sich von ihrer Nase bis unter die Mundwinkel. Ende dreißig, schätzte Lulu.

„Huch! Aus dem süßen Bennylein ist ja ein richtiger Mann geworden", girrte sie. „*Gut* schaust du aus!"

Ben strich seine Haarsträhne aus der Stirn. „Ähem, danke. Was machst du hier auf Brills Hof, Isabel?"

Isabels Lider flatterten. „Warst du im Stall? Bei Willi?"

Ben nickte. „Er war nicht gerade freundlich."

Allmählich wurde es Lulu zu bunt. Sie war schließlich auch noch da. „Sendepause! Das Programm wird zu einem späteren Zeitpunkt fortgesetzt."

Ben wandte sich zu ihr um. „Oh, entschuldige, ich hab euch ja noch gar nicht vorgestellt! Lulu, das ist Isabel. Isabel, das ist Lulu."

Schlagartig hörte das Püppchen auf, mit den Wimpern zu plinkern, und musterte Lulu abschätzend. „Lulu? Was ist das denn für ein alberner Name?"

„Kommt aus dem Bambarischen und bedeutet *Große Weise Frau*."

„Und wieso hast du einen Papagei auf der Schulter?"

„Weil er nicht in die Handtasche passt."

„Mach dich nackig. Ich will deine Möpse sehen! Schönen guten Tag", rief Gonzo.

Isabel stieß einen entrüsteten Laut aus. Mit besorgter Miene wandte sie sich an Ben und fragte ihn halblaut: „Bist du etwa mit der zusammen?"

Ben lachte gutmütig. „Nein."

„Wir poppen nur, sonst nichts", sagte Lulu, um Isabel eins auszuwischen und bemerkte erfreut, dass die jetzt schön blöd aus der Wäsche guckte.

Ben stieß ihr seinen Ellenbogen in die Seite. „Was soll denn das?", knurrte er.

„Hose runter!", krähte Gonzo und gackerte übermütig.

„Wir sind wegen einer Katze hier", erklärte Ben dem Püppchen. „Sie ist verletzt und ich wollte sie behandeln, aber sie ist mir entwischt."

Isabel schlug die Hände auf die Brust, als hätte sie einen Herzkasper. „Eine *schwarze* Katze?", quiekte sie. „Mit einem weißen Fleck am Bauch?"

Lulu und Ben nickten synchron.

„Das ist meine Muschi! Sie ist seit drei Tagen spurlos verschwunden!"

Lulu zog die Augenbrauen hoch. „Du nennst deine Katze *Muschi*?"

„Das ist deine Katze? Aber was hat deine Katze hier auf Brills Hof zu suchen?", rätselte Ben.

„Sie, äh, sie wohnt hier", murmelte Isabel und konzentrierte sich auf ihre blanken Stiefelspitzen.

„Deine Katze wohnt hier bei Willi Brill?", wiederholte Ben verwundert. „*Du* etwa auch?"

„Ich wette, sie ist mit Willi Arschnase verheiratet", meinte Lulu.

„Stimmt das?", wandte sich Ben ungläubig an Isabel. „Hast du wirklich Willi junior geheiratet?"

Sie biss sich auf die Lippe und nickte. „Vor fünfzehn Jahren. Ich konnte ja nicht ahnen, dass du wieder nach Mühldorf zurückkommen würdest."

Willi Brill wäre bestimmt entzückt, wenn er das gehört hätte.

„Deine Katze hat eine Verletzung an der Brust, die ärztlich versorgt werden muss", sagte Ben eindringlich. „Am besten machst du dich auf die Suche nach ihr und wenn du sie gefunden hast, sagst du mir Bescheid."

„Das mach ich", gurrte Isabel. Dann strich sie wie zufällig mit den Fingerspitzen über seinen Unterarm. „Willkommen in Mühldorf, Bennylein. Schön, dass du wieder da bist! Dann sehen wir uns ab jetzt ja wieder öfter."

„Ich heiße Ben", stellte er richtig. „Bis dann, Isabel."

Er marschierte los und Lulu sauste hinter ihm her über die Auffahrt zurück zur Straße. Ihr brannten eine ganze Menge Fragen unter den Nägeln, sie begann mit der erstbesten. „Wieso behauptet Willi Arschnase, dass du geklaut hast?"

„Das ist zwanzig Jahre her und nicht mehr wichtig", entgegnete er kurzangebunden.

„Zwanzig Jahre? Dann durftest du deswegen nicht mehr in den Ferien herkommen? Weil du geklaut hast?", bohrte sie.

„Ich hab nichts geklaut." Er verzog das Gesicht und wies mit dem Kinn rüber zum Jaguar. „Ganz im Gegensatz zu dir!"

„Ich hab auch nichts geklaut", stellte Lulu klar. „Ich hab nur genommen, was mir zusteht."

Ben zuckte die Achseln. „Wie auch immer." Er öffnete seine Autotür. „Ich fahr jetzt zum Gasthaus. Da hat der Notar den Hausschlüssel hinterlegt."

„Super! Ich häng mich an deine Stoßstange. Bis gleich!", freute Lulu sich und kletterte in ihren Wagen. Bestimmt hatten die im Gasthaus einen Job für sie. Und die Frage nach der Unterkunft war damit auch geklärt. „Festhalten!", rief sie Gonzo zu und gab Gas. Er klammerte sich mit beiden Füßen an die Kopfstütze, damit er nicht hintenüber fiel.

„In Gasthäusern suchen sie immer fleißige Leute, das ist ein Naturgesetz. Die werden heilfroh sein, dass ich aufkreuze und ihnen unter die Arme greife", plapperte Lulu, um sich nach den Absagen der letzten Tage neuen Mut zu machen. „Das Gute ist ja, dass ich so viele Talente habe. Ich krieg alles super hin!"

Gonzo legte seinen Kopf schief.

„Na ja, fast alles", räumte sie ein.

Sie fuhren wiederum durch Wiesen und Felder und dann kam das Ortsschild in Sicht. Es stand auf dicken Pfählen, war aus solidem Holz gezimmert und hatte ein Dach aus gebundenem Stroh. „Herzlich willkommen in Mühldorf", stand auf dem Schild geschrieben. Rundherum waren bunte Blumen gepflanzt. Lulu hatte keinen Schimmer, was das für Blumen waren, damit kannte sie sich nicht aus. Den größten Teil ihres Lebens hatte sie in Gegenden gewohnt, wo niemand auf die Idee gekommen wäre, Blumen an den Straßenrand zu pflanzen. Sie wären rausgerissen oder kaputtgetrampelt worden.

Bens Rücklichter flammten auf, Lulu trat auf die Bremse und kam zwei Millimeter hinter ihm zum Stehen. Sie ließ die Scheibe runter und schielte am Jeep vorbei. Eine Kuhherde bummelte über die Straße. Als endlich alle Kühe in eine Hofeinfahrt abgebogen waren, konnten sie weiterfahren. Auf den nächsten paar hundert Metern kamen sie an älteren Einfamilienhäusern mit großen Vorgärten und zwei weiteren Bauernhöfen vorbei. Schließlich blinkte Bens Jeep und er bog bei einem Schrottplatz links in den Dorfring ab.

Zum Schrottplatz gehörte ein Haus mit Schaufenster, in dem ein uraltes Fahrrad, ein Rasenmäher und Gummistiefel standen. *Schmiedemeister Johann Schlotterhose* stand in großen Buchstaben auf einem verrosteten Reklameschild.

Der Dorfring war ein niedliches Sträßchen aus rubbeligem Kopfsteinpflaster und urigen kleinen Backsteinhäusern. Manche Häuser hatten einen Vorgarten, andere standen direkt an der Straße. Ein Kirchturm reckte seine Spitze über die Bäume und Ziegeldächer. Lulu kam aus dem Staunen gar nicht mehr raus. „Guck dir bloß mal dieses hübsche Dorf an!", rief sie Gonzo begeistert zu.

Sie kamen an einem Gebäude vorbei, das wie eine ehemalige Scheune aussah. Die Fenster und die Fensterläden waren kunterbunt angemalt und auf der großen hölzernen Rundbogentür stand in Schreibschrift *Unsere schöne Grundschule.* Statt eines betonierten Schulhofs gab es eine Wiese mit Spielgeräten und Bäumen, in deren Äste Hängematten und Schaukeln hingen. Lulu versuchte, sich vorzustellen, wie es sein musste, als Kind eine solche Schule zu besuchen, aber das gelang ihr nicht.

Es folgte das Rathaus, ein hutzeliges Häuschen, das eigentlich viel zu klein war, um ein Rathaus zu sein. Davor saßen zwei ältere Damen auf einer Bank. Sie guckten skeptisch drein, so als hätten sie noch nie ein Auto mit fremdem Nummernschild vorbeifahren sehen, geschweige denn zwei.

Ein perfekter Ort, um ein neues Leben anzufangen! Hier, in diesem Dorf am Ende der Welt, war Lulu sicher. Hier würde Andi sie garantiert nicht finden. Er würde nicht mal auf die Idee kommen, sie hier zu suchen! Sie hatte also endlich ihre Ruhe vor ihm und sollte erleichtert sein, aber Wut und Traurigkeit überkamen sie, wie immer, wenn sie an Andi dachte. Sie wollte nicht an ihn denken, niemals wieder!

Ben parkte auf einem gepflasterten Platz gegenüber der Gaststätte *Zur Goldenen Pfanne* und Lulu stellte ihren Wagen daneben. Gonzo hüpfte auf ihre Schulter und sie kletterte aus dem Wagen. Ein leichter Windhauch strich über ihre Haut, sie hörte die Vögel in dem dicken, großen Baum vorm Gasthaus zwitschern. Köstlicher Duft zog aus den Fenstern über die schmale Dorfstraße direkt in ihren knurrenden Magen.

„Himmel, riecht das gut!", schwärmte sie und hetzte hinter Ben her, der schon auf dem Weg zur Tür war.

Er verzog das Gesicht und zeigte auf die Tafel vorm Eingang. „Heute Rinderrouladen mit Rotkohl."

„Klingt doch großartig! Wir machen das so: Du gibst mir deine Roulade und kriegst meinen Kohl."

„Ich bin nicht zum Essen hier, ich will meinen Schlüssel holen", erwiderte er ungeduldig und zog die Tür auf.

Schon klar, dass er hibbelig war. Man erbt schließlich nicht alle Tage eine Tierarztpraxis. Trotzdem sollte er sich

40

die Sache mit dem Essen nochmal überlegen. Der Geruch, der ihnen entgegenschlug, war einfach göttlich.

Ben hielt die Eingangstür auf, trat einen halben Schritt zurück und überließ ihr den Vortritt. Sowas hatte Lulu noch nie erlebt, aber sie fand, dass das eine wirklich nette Geste war. Die Männer, die sie kannte, würden niemals die Tür für eine Frau aufhalten. Sie trat ein und spürte Ben hinter sich.

Drinnen saßen ein paar Leute futternd und biertrinkend an braunen Holztischen. Sie unterbrachen ihre Gespräche und glotzten wie die Weltmeister. Im Hintergrund dudelte blecherne Omamusik, ansonsten war es mucksmäuschenstill.

„Ich will dich von hinten!", rief Gonzo fröhlich in die Runde.

Den Leuten fielen fast die Augen raus.

„Sag lieber Schönen guten Tag, Gonzo!", erinnerte Lulu ihn.

„Schönen guten Tag. Hereinspaziert und Hose runter!"

„Gonzo guckt abends zu lange Fernsehen. Irgendwann bringen die nur noch Schweinkram", erklärte sie den Glotzgesichtern, damit die sich wieder einkriegten.

Hinterm Tresen war eine lahmarschige Trulla zugange. Sie polierte ein Bierglas, polierte und polierte, und schließlich stellte sie es in Zeitlupe zu den anderen Gläsern ins Regal. Keine Frage, hier fehlte ganz dringend eine kompetente Kraft! Die Chefin war vermutlich die grauhaarige ältere Dame in der karierten Schürze. Sie fegte durch eine Schwingtür, kehrte mit einem vollbeladenen Tablett zurück und servierte einem unglaublich dicken Mann eine unglaublich üppige Mahlzeit. „Guten Appetit, Stefan!", wünschte sie lächelnd.

„Mmhh, das sieht aber gut aus! Danke, Anni", sagte der Dicke und griff zur Gabel. Im gleichen Augenblick lugte ein kleiner brauner Hund über die Tischkante. Der Mann streichelte dem Hündchen zärtlich mit der freien Hand über den Kopf und dann widmete er sich seinem Essen.

Ben starrte zu dem Mann und dem Hund rüber. Er sah seltsam besorgt aus.

Die Wirtin wischte sich im Gehen die Hände an der Schürze ab. „Kann ich Ihnen helfen?", erkundigte sie sich freundlich.

Ben wandte sich um. „Hallo Tante Anni!"

„Benny?" Die Wirtin riss die Augen auf. „Bist du das wirklich? Himmel, ich glaub's nicht!" Sie fiel ihm um den Hals und herzte ihn ausgiebig. „Junge, bist du groß geworden! Ein richtig stattlicher Mann bist du geworden! Was warst du damals für ein schmales Hemd – und nun schau dich an!"

Die Leute an den Tischen grienten.

„Ein hübscher Junge warst du ja damals schon", plapperte die kleine Frau. „Deinen blauen Augen konnte niemand widerstehen, ich am allerwenigsten. Erinnerst du dich, dass ich immer Pfannkuchen für dich gebacken habe? Die wolltest du am liebsten jeden Tag essen. Mit Apfelmus und Zimt und Zucker. Weißt du noch?"

Lächelnd erwiderte Ben ihre Umarmung und machte sich dann höflich von ihr los, um zu dem dicken Mann zu gehen. Lulu beobachtete, wie dieser auf den Stuhl zu seiner Rechten zeigte und Ben sich zu ihm setzte.

„Und Sie sind Bennys Freundin? Oder gar seine Frau?", wandte sich die Wirtin an Lulu und musterte sie neugierig. „Einen hübschen Vogel haben Sie! Ich mag Papageien."

Lulu nutzte die günstige Gelegenheit, ergriff die Hand ihrer zukünftigen Chefin und lächelte sie treuherzig an. „Hallo, ich heiße Lulu und suche einen Job!" *Bitte! Bitte! Bitte! Diesmal muss es bitte, bitte klappen!*

Doch die Wirtin zog ihre Hand zurück und schüttelte den Kopf. „Tut mir leid..."

„Hey, nein, nein, nein!", fiel Lulu ihr schnell ins Wort. „Sie können sich auf mich verlassen! Ich krieg das alles hin, ich hab den Überblick, ich weiß, was gemacht werden muss. Ich *seh* die Arbeit, Sie wissen, was ich meine! Ich bin so fleißig, sowas Fleißiges haben Sie noch nicht erlebt. Sie müssen es auf jeden Fall mit mir versuchen!"

Doch die Wirtin schüttelte wieder den Kopf. „Tut mir leid, Lulu. Ich habe keine Arbeit für dich."

Lulu rutschte das Herz in die Hose und plumpste mit Karacho auf den gebohnerten Holzboden. Sie hatte es mal wieder vermasselt. „Bitte", flüsterte sie, obwohl sie wusste, dass es aussichtslos war. Flehen und Betteln nützte nichts, denn einen Job bekam man nicht aus Mitleid.

Verdammt, sie hätte so gerne eine Arbeit! Ein dicker Kloß bildete sich in ihrem Hals, ihre Augen brannten. Sie biss sich auf die Lippe, sonst hätte sie womöglich angefangen zu heulen.

„Tut mir wirklich leid", sagte die Wirtin, genau wie die meisten anderen Chefs.

Wortlos machte Lulu kehrt und verließ das Gasthaus. Sie schluckte hart und dann hob sie den Kopf. „Mach dir keine Sorgen", flüsterte sie Gonzo aufmunternd zu. „Wir haben's doch bisher immer irgendwie geschafft."

Fehldiagnose

Ben hatte Anni gern. Dass sie ihn wie einen kleinen Jungen begrüßte, war ihm ein bisschen peinlich. Schließlich waren einige Leute in der Gaststube. Doch die Leute waren nicht Grund, warum er sich so schnell wie möglich aus ihrer Umarmung löste. Der Grund war der Dackel auf dem Schoß des dicken Mannes, den Anni Stefan genannt hatte.

Irgendetwas stimmte nicht mit dem Hund. Seine Augen waren trübe, wofür es verschiedene Ursachen geben konnte. Zugleich hatte der Hund einen in sich gekehrten Blick - und das war zweifelsohne ein Grund zur Sorge.

Stefan war ein Schwergewicht. Er brachte bestimmt drei Zentner auf die Waage, wenn nicht vier. Auf seinem birnenförmigen Kopf wuchsen drahtige, von grauen Fäden durchzogene Haare. Über seinen Augen lagen schwere Lider, seine Wangen waren schlaff und sein Kinn wulstig. Ben schätzte ihn auf Anfang vierzig.

Stefan hatte sechs Rouladen, eine Kanne brauner Soße und Berge Kartoffeln und Rotkohl vor sich. Er steckte sich eine vollbeladene Gabel in den Mund, kaute und nickte Ben freundlich zu. In seinem offenen Blick lag Traurigkeit.

„Entschuldigen Sie die Störung", begann Ben höflich.

Stefan winkte mit der Gabel ab. „Lass die Förmlichkeiten sein, Benny, und setz dich hin. Hier ist noch massig Platz!" Er zeigte mit der Gabel auf den freien Stuhl zu seiner Rechten und steckte sich den nächsten Happen in den Mund. Dann legte er die Gabel auf den Teller und gab Ben die Hand. Sie war so groß wie eine

44

Schneeschaufel, aber ihr Druck war kraftlos. „Erinnerst du dich an mich? Stefan Blümel. Ich war mal in der Tierarztpraxis, als du in den Ferien da warst. Mit Bubi, unserem Wellensittich."

Selbstverständlich erinnerte Ben sich an Bubi! Er erinnerte sich an jedes Tier, das in die Praxis gekommen war. „Bubi hatte eine Kropfentzündung. Er fühlte sich einsam", sagte er.

„Mein Vater hat daraufhin eine Voliere gebaut und einen zweiten Wellensittich gekauft. Bubi war nie wieder krank." Stefan schnitt ein Stück Roulade ab, kaute und sagte: „Du willst also unser neuer Tierdoktor werden, hm?"

Ben nickte glücklich, sein Herz schlug Purzelbäume. *Tierdoktor.* Für Ben der bedeutsamste Titel der Welt. Viele Jahre harter Arbeit lagen hinter ihm, während derer er sein Wissen in Erfahrung verwandelt hatte. Viele Jahre, für die er jetzt mehr als belohnt wurde.

Stefan Blümel räusperte sich und setzte eine feierliche Miene auf. „Als Bürgermeister von Mühldorf heiße ich dich hiermit herzlich willkommen, Benny!"

„Danke, Stefan!"

Der Dackel legte seinen Kopf auf die Tischkante, als wäre er plötzlich zu schwer geworden. Ben spürte, wie sich die Härchen an seinen Armen aufstellten.

„Das ist Fritzi", sagte Stefan mit väterlichem Stolz und strich der Hündin sanft über das rehbraune Fell. „Sie bekommt bald Babys. Nicht wahr, meine Kleine, du wirst bald Mama!" Seine freundlichen Augen glänzten.

Seufzend knickte die Hündin in den kurzen Beinen ein und rollte sich auf seinem Schoß zusammen. Ihre Rippen hoben und senkten sich, sie atmete durch die Nase, ihre Atemfrequenz war erhöht. Ein gesunder Hund macht im Ruhezustand zehn bis dreißig Atemzüge pro Minute, sie lag zwischen vierzig und fünfzig. Was Ben aber am meisten Sorgen bereitete, war die ausgeprägte Schwellung ihres Unterbauchs.

„Der Nachwuchs war nicht geplant. Fritzi muss mir ausgebüxt sein, als sie läufig war. Wann und wie sie das angestellt hat, ist mir immer noch ein Rätsel." Der Bürgermeister lachte gutmütig.

„Darf ich sie mir mal näher anschauen?"

„Na klar", sagte er. „Sie ist zauberhaft, nicht wahr? Jeder will sie auf den Arm nehmen und streicheln, vor allem die Kinder in der Schule." Behutsam schob er seine großen Hände unter das Hündchen, hob es an und reichte es an Ben weiter. „Sei vorsichtig, Benny, Fritzi ist sehr empfindlich am Bauch wegen ihrer Babys."

Ben roch es sofort. Er wünschte, dass er sich irrte, aber es war kein Irrtum möglich. Der typische Geruch nach nekrotischem Gewebe. Ein Tumor. Unwillkürlich musste er an seine Kollegen in der Tierklinik denken. Keiner von ihnen konnte einen Tumor riechen, ganz im Gegenteil: Sie hielten seine feinen Sinneswahrnehmungen für Humbug und hatten sich hinter vorgehaltener Hand über ihn lustig gemacht.

Ben nahm die kleine Fritzi an sich und setzte sie vorsichtig auf seinen Schoß. Abgesehen von ihrem geschwollenen Bauch war sie ausgesprochen dünn. Die Spitzen der Lendenwirbel waren sichtbar und die Beckenknochen ragten heraus. Das Fell war glanzlos und stumpf.

„Frisst sie gut? Hat sie Appetit?", erkundigte er sich bei Stefan und hielt der kleinen Hündin den Handrücken hin, damit sie ihn in Ruhe beschnuppern konnte.

Fritzi blickte ihn kurz und uninteressiert aus ihren trüben Augen an, dann gähnte sie und rollte sich auf seinem Schoß zusammen. Ihr Atem roch faulig. Auch dafür konnte es theoretisch vielerlei Ursachen geben. Ein vereiterter Zahn zum Beispiel oder Entzündungen der

Nebenhöhlen. Doch Ben wusste, dass in Fritzis Fall weder das eine noch das andere zutraf.

Blümel wiegte schmunzelnd den Kopf. „Früher hat sie gefressen wie ein Scheunendrescher, aber in letzter Zeit ist sie sehr wählerisch geworden. Normales Hundefutter rührt sie nicht mehr an, ich kauf ihr jetzt feine Leberwurst vom Schlachter."

Vorsichtig tastete Ben Fritzis Bauch ab, fuhr federleicht mit den Fingerspitzen über ihre Lende und näherte sich der Wölbung ihres Unterbauches. Sie ließ seine Berührungen regungslos über sich ergehen.

„Na, was schätzt du, Benny, wie viele Babys bekommt sie? Hubertus hat sie geröntgt und er hat vier Welpen gesehen. Es könnte sich aber ein Welpe hinter einem anderen versteckt haben, sagt Hubertus, also sind es womöglich sogar fünf."

Ben traute seinen Ohren nicht.

Der Bürgermeister fing seinen Blick auf und ließ ein tiefes, volltönendes Lachen hören, das seinen ganzen Körper durchschüttelte. „Genauso hab ich auch aus der Wäsche geguckt, als ich erfahren hab, dass Fritzi Mama wird!", gluckste er.

„Wer ist Hubertus?"

„Hubertus Geier, unser Veterinär", antwortete Stefan und winkte einem Mann mit grauem Spitzbart zu, der von einem der anderen Tische herüberschaute. „Er wohnt auf dem Hügel und da ist auch seine Praxis. Hubertus tut viel für unser Dorf und dafür sind wir ihm sehr dankbar. Er hat die Reparatur der Kirchturmuhr bezahlt und dafür gesorgt, dass wir diese schönen, neuen Bänke im Dorfring bekommen. Und obendrein unterstützt er die Jugendfeuerwehr!"

Ben wusste nicht, was ihn mehr schockierte: Die Tatsache, dass es bereits einen neuen Tierarzt in Mühldorf gab oder dass dieser einen Tumor nicht von einer Trächtigkeit unterscheiden konnte.

Stefan Blümel war vollkommen ahnungslos. Schlimmer noch, er freute sich auf Nachwuchs. Ben hasste es, einem tierlieben Menschen wehtun zu müssen. Das war der schwerste Teil seines Berufs und leider nicht vermeidbar. Wer sich für ein Haustier entscheidet, der handelt sich auch den unausweichlichen Abschied mit ein.

Indessen war der Bürgermeister ernst geworden. Er schob den Teller beiseite, obwohl er erst die Hälfte aufgegessen hatte. Ahnte er, was Ben ihm offenbaren musste? „Fritzi war das Hündchen meiner Frau Linda", begann er. Seine Stimme wurde brüchig. „Erinnerst du dich an meine Linda, Benny? Sie war der liebenswerteste und sanftmütigste Mensch der Welt." Seine Augenwinkel wurden feucht und seine massigen Schultern sackten nach vorn, als würden sie von schweren Gewichten niedergedrückt. „Linda war Lehrerin an unserer Grundschule, sie liebte Kinder über alles. Wir haben das Haus gegenüber der Kirche gekauft und wollten eigentlich selber Kinder haben, aber daraus wurde leider nichts." Er schluckte und wischte sich über die Augen. „Vor fünfeinhalb Monaten ist meine Linda gestorben. Krebs."

Ben erschrak. Oh nein, der arme Stefan! Warum traf das Schicksal oftmals gerade die Menschen so hart, die es am wenigsten verdient hatten? „Das tut mir sehr leid", murmelte er betroffen.

Stefan Blümel bemühte sich um ein tapferes Lächeln. Sein Blick wanderte zu seinem Hündchen und in seine Augen kehrte ein Funken Freude zurück. Er zog den Teller wieder heran und aß weiter.

Bens Herz war tonnenschwer. Unglücklich sah er den netten Bürgermeister an, der seine kleine Hündin so liebte. Was würde er darum geben, wenn er ihm die schlechte Nachricht ersparen könnte! Für einen Augenblick war er hin- und hergerissen, doch er musste ihm die Wahrheit sagen.

Das Wohl des Tieres steht über allem. Immer.

„Ich muss dir leider etwas mitteilen", begann er behutsam.

Blümel hob die Brauen und lächelte ihn fragend an.

Ben atmete tief durch, strich sich die Haarsträhne aus der Stirn und gewann dadurch zwei oder drei Sekunden Zeit, aber länger konnte er den Moment der Wahrheit nicht herauszögern. „Fritzi ist nicht trächtig."

„Wie bitte? Du willst mich wohl veräppeln!" Stefan Blümel lachte glucksend, was wiederum seinen ganzen Körper in Bewegung brachte. „Hört mal, Leute, unser neuer Tierdoktor macht Witze!", rief er in den Saal hinein.

„Sie bekommt keine Welpen, Stefan. Ich bin mir ziemlich sicher, dass sie einen Tumor im Magen-Darmtrakt hat."

Schlagartig hörte Blümel auf zu lachen. Enttäuschung trat in seine Augen, gefolgt von einem dunklen, zornigen Flackern. „Ich dachte, du wärst ein anständiger Kerl", stieß er hervor. „Ich hätte dir nicht von Linda erzählen sollen. Du hast ja offensichtlich nichts Besseres zu tun, als Fritzi dasselbe Schicksal anzudichten!" Er nahm Ben schnell die Hündin weg und presste sie an sich.

Die anderen Gäste schauten besorgt herüber. Spitzbart stand auf und durchquerte im Stechschritt den Saal. Er hatte glattes, mausfarbenes Haar, das im Nacken zu einem akkuraten Zopf zusammengefasst war, eine aristokratisch anmutende Nase und trug gediegene Jagdkleidung. „Gibt es ein Problem?", erkundigte er sich höflich und nickte Ben von oben herab zu. „Gestatten, ich bin Hubertus Geier, Doktor der Veterinärmedizin."

Der Bürgermeister atmete auf. „Gut, dass du da bist, Hubertus. Du musst unserem neuen Tierdoktor den Kopf waschen! Der behauptet doch tatsächlich, dass meine Fritzi keine Babys kriegt!"

„*Keine Babys*?" Die Gäste schnappten nach Luft, ein entrüstetes Raunen ging durchs Lokal. Geiers Miene gefror zu Eis.

Anni eilte herbei, das Tablett unter den Arm geklemmt, und schaute Ben vorwurfsvoll an. „Wie kannst du sowas behaupten, Benny? Wo sich doch das ganze Dorf schon so auf Fritzis Kinder freut!"

Allgemeine Zustimmung, gepaart mit aufgeregtem Protestgemurmel.

„Die Hündin hat einen Tumor", entgegnete Ben mit fester Stimme und spürte, wie ihn der Blick des Veterinärs durchbohrte. „Ich würde mir gerne das Röntgenbild anschauen und Fritzi, wenn möglich, umgehend operieren."

„Tumor?", echote Anni erschrocken und bekreuzigte sich. Das Tablett fiel auf den Fußboden.

„Mit derartigen Diagnosen sollte man sehr vorsichtig sein", knurrte Geier. „Vor allem dann, wenn man keine Ahnung hat."

Ben schaute ihm in die Augen. „Ich weiß sehr wohl, wovon ich spreche. Sie sind es, der sich geirrt hat", stellte er richtig. „Zeigen Sie mir bitte die Röntgenaufnahme."

„Ganz sicher nicht!"

Stefan Blümel warf sein Besteck hin und schob den Teller von sich weg. „Mir ist der Appetit vergangen. Anni, was bin ich dir schuldig?"

Ein feister Typ in blauer Latzhose drängelte sich am Veterinär vorbei. Er beugte sich vor und stützte seine Hände auf den Tisch. Seine Unterarme waren Keulen, auf denen schwarze Stoppeln sprießten. „Du willst dich in unserem Dorf unbeliebt machen, hä?" Er blies Ben seine Bierfahne ins Gesicht.

„Natürlich nicht", entgegnete Ben ungeduldig. „Ich möchte der Hündin helfen, denn wenn ich es nicht tue, wird sie sterben."

Die Latzhose stieß mit einem Wurstfinger in seine Richtung. „Jeder ist gut Freund mit unserem Bürgermeister und wer das nicht ist, der hat in Mühldorf nichts verloren!"

„Das ganze Dorf weiß, dass du deinen Onkel beklaut hast", schnarrte eine hagere Latzhose aus der zweiten Reihe.

Der Wurstfinger nickte. „Wir sind nicht nachtragend, bei uns kriegt jeder ne zweite Chance. Du hast deine gerade eben verspielt, Ben Petterson."

Ben fühlte sich, als wäre er mit Jauche übergossen worden. Er dachte an den Brief in seiner Brusttasche. Er könnte die Sache von damals richtigstellen, aber vermutlich würde er alles nur noch schlimmer machen. Verzweifelt schaute er hinüber zu Fritzi, der Leidtragenden dieser dummen Auseinandersetzung, und begegnete Blümels niedergeschlagenem Blick.

„Verzieh dich, Petterson!", sagte die erste Latzhose.

„Mach'n Abgang!", plärrte die zweite.

„Du solltest jetzt lieber gehen, Benny", flüsterte Anni ihm zu und drückte ihm einen Schlüssel in die Hand. „Bevor hier noch irgendwer handgreiflich wird."

Ben warf einen letzten Blick auf den todkranken Hund, dann atmete er tief ein, straffte die Schultern und stand von seinem Sitzplatz auf. „Ich bin jederzeit für Fritzi da, wenn du es dir anders überlegen solltest", sagte er zu Stefan Blümel, aber der schüttelte nur stumm seinen Kopf.

„Dösbaddel!", knurrte Hubertus Geier. „Verschwinde von hier!"

Mit steifen Schritten ging Ben zur Tür, die vernichtenden Blicke der Leute stachen wie Pfeilspitzen in seinen Rücken. Draußen empfing ihn eine rotgoldene

Abendsonne. Die Dämmerung kündigte sich an und spannte sich als feiner graublauer Schleier über das Dorf. In der Ferne blökten Schafe. Ben lehnte sich an den Stamm der alten Eiche und spürte ihre raue Rinde an seiner Haut. Der Wind ließ das dichte Laub in den Zweigen über ihm rascheln und das klang wie eine tröstliche Melodie in seinen Ohren. Die Eiche stand schon seit mindestens dreihundert Jahren an diesem Fleck. Sie hatte Stürmen und Kriegen getrotzt. Dreihundert Jahre lang. Was bedeutete da ein einziger Tag, eine Stunde, eine dumme Auseinandersetzung?

Ben löste sich vom Stamm des alten Baumes, spürte den Erdboden unter seinen Füßen und schloss seine Finger fest um den Schlüssel in seiner Hand. Er war nach Mühldorf gekommen, um das Lebenswerk seines Onkels weiterzuführen, und davon würde er sich nicht abbringen lassen.

Karls Hobbyraum

Lulu ließ die Scheibe runter, streckte ihren Mittelfinger aus dem Fenster und bretterte mit quietschenden Reifen vom Parkplatz. Dämliches Gasthaus! Zur Hölle mit der verlogenen Wirtin! Sollte die sich doch ihre blöden Rouladen sonst wohin schieben! An der nächsten oder übernächsten Straßenecke tauchte ein Einkaufsladen auf. *Gut-Kauf Neunaber*. Ihr hungriger Bauch zwang sie zum Anhalten.

Hinter der Schaufensterscheibe erschienen zwei schmale Gesichter mit hochaufgetürmten Frisuren. Lulu parkte den Jaguar, Gonzo hüpfte auf ihre Schulter.

An der Hauswand hing ein uralter Kaugummiautomat, für zehn Pfennig bekam man entweder ein dreißig Jahre altes Kaugummi oder einen Freundschaftsring. In der Eingangstür klebte ein Plakat mit den Sonderangeboten der Woche. Lulu drückte die schwere Klinke hinunter, eine rasselnde Glocke erklang.

„Schönen guten Tag!", flötete Gonzo.

„Hey, gut gemacht!", lobte Lulu ihn.

Die Tür fiel hinter ihr zu. Der Laden war menschenleer bis auf die Gesichter, die eben noch an der Scheibe geklebt hatten. Zwei lange, dünne Frauen, die wie Zwillinge aussahen, mit Bergen aus aufgeplusterten Haaren auf den Köpfen. Großer Gott, wer hatte den beiden bloß diese Frisuren verpasst?

„Oh je, ihr solltet euren Friseur verklagen. Ganz ehrlich, Mädels: Das geht gar nicht!", platzte es aus ihr heraus.

„Womit können wir Ihnen helfen?", fragte die rechte Bohnenstange unbeeindruckt und Lulu fiel auf, dass sie eine ganze Ecke älter als die andere war. Beide trugen identische Outfits aus hochgeschlossener Bluse, dunkelgrauem Faltenrock und kurzärmligem, weißem Kittel.

Die Jüngere himmelte Gonzo an wie einen Superstar. „Was für ein wunderschöner Papagei!", rief sie aus. „Wie heißt er denn?"

Jetzt schämte Lulu sich ein bisschen für ihre Bemerkung. Die beiden Frauen schienen nicht verkehrt zu sein und Frisuren waren nicht das Wichtigste auf der Welt.

„Das ist Gonzo", sagte sie und lächelte die beiden an.

„Schönen guten Tag!", wiederholte er und verbeugte sich.

„Guten Tag, Gonzo. Du bist aber ein höflicher Vogel!", meinte die Ältere.

„Und ob! Das ist er", bestätigte Lulu stolz.

„Wir haben ein Kaninchen. Er heißt Karl", erzählte die Jüngere. „Ob Gonzo merkt, dass wir sehr tierlieb sind?"

„Klar merkt er das", erwiderte Lulu und da streckten sich ihr zwei lange, schmale Hände entgegen.

„Motje und Sötje Neunaber", sagten die beiden Frauen im Chor und strahlten sie an. Motje war die Mutter und Sötje ihre Tochter.

„Ich bin Lulu", sagte sie über ihren knurrenden Magen hinweg. „Ich hätt gerne zwei Truthahnsandwiches, ne Cola und ne große Tüte Jelly Beans."

„Es tut mir sehr leid, aber abgepackte Sandwiches führen wir nicht", bedauerte Motje.

„Hmpf. Das ist gar nicht gut."

„Und Jelly Beans leider auch nicht", erklärte Sötje.

„Dann wundert's mich nicht, dass hier kein Mensch einkauft. Ihr solltet mal euer Sortiment auf Vordermann bringen. Hey, das kann ich übernehmen, ich bin nämlich zufälligerweise gerade auf Jobsuche." Einen Versuch war's wert, aber Lulu war nicht überrascht, dass die beiden ablehnten. Die langweilten sich bestimmt sowieso schon den ganzen Tag und dazu brauchten sie keine Verstärkung. Lulu war nicht erpicht darauf, das dritte Gesicht hinter der Schaufensterscheibe zu sein.

Sötje und Motje entschuldigten sich mindestens hundert Mal, dass sie sich keine Angestellte leisten konnten. Sie wollten Lulu helfen und überlegten angestrengt, wo im Dorf wohl ein Job zu finden sein könnte, kamen aber zu keinem Ergebnis. Ihre Hilfsbereitschaft war ehrlich gemeint, und ihre Freundlichkeit nicht falsch und aufgesetzt, so wie Lulu das schon oft bei anderen Leuten erlebt hatte.

„Schon gut, ich werd schon was finden", winkte Lulu ab. „Keine Truthahnsandwiches, keine Jelly Beans. Was ist mit Cola?"

„Cola haben wir natürlich. Moment, Lulu, ich hole dir eine Flasche." Motje stakste auf ihren Storchenbeinen durch die Gänge und Lulu schlenderte hinter ihr her, vorbei an Tapeten, Blumendünger und Rheumapflastern.

Das Süßigkeitenregal war nicht übel. Schokoriegel, Speckmäuse, Gummischlangen und saure Ufos. Sie lud sich die Arme voll, schnappte sich eine große Feinschmecker-Salami aus dem Kühlregal und aus der Obstabteilung einen schönen frischen Apfel für Gonzo.

Motje und Sötje warteten geduldig mitsamt einer Flasche Cola an der Kasse. Das war ein altes, graues Ding mit großen Knöpfen, das wahrscheinlich aus derselben Zeit wie ihre Frisuren stammte. Über der Kasse hing ein runder Spiegel.

Gonzo liebte Spiegel. Er konnte an keinem vorbeigehen, ohne sich ausgiebig darin zu bewundern. Schon flatterte er hoch, klammerte sich geschickt am Rahmen fest, legte den Kopf schief und zog Grimassen. Zumindest sahen die Faxen, die er machte, aus wie Grimassen. Lulu, Sötje und ihre Mutter lachten.

Schließlich bezahlte Lulu ihre Einkäufe und pfiff Gonzo herbei. Er hockte sich auf ihre Schulter, während sie die Leckereien in einer Papiertüte verstaute.

Sötje und Motje begleiteten sie bis zur Tür. „Hat uns sehr gefreut, Lulu. Komm recht bald wieder und bring bitte Gonzo wieder mit!"

„Das mach ich gerne", versprach sie und dann fiel ihr ein, dass die beiden ihr vielleicht bei der Suche nach einer Übernachtungsmöglichkeit helfen konnten.

„Du könntest in Karls Hobbyraum wohnen", sagte Motje wie aus der Pistole geschossen, und fügte schnell hinzu: „Zumindest übergangsweise, bis du was Richtiges gefunden hast. Das Zimmer ist recht klein."

Das Kaninchen hatte ein eigenes Zimmer?

„Willst du's dir anschauen?" Mutter und Tochter warteten ihre Antwort gar nicht ab, sondern staksten los, quer durch den Laden. Lulu tappte hinterher. Sie erreichten eine Tür an der hinteren Seite des Ladens, von dort ging es einen mit dunklem Teppich belegten Flur entlang.

„Hier wohnen wir", erklärte Motje und machte eine ausladende Handbewegung. „Dort drüben ist die Küche und da hinten das Bad. Hier ist die Stube und daneben sind die Schlafzimmer."

Die Katzenklappe an der Haustür flog auf, Karl, das Kaninchen, hoppelte herbei. Sötje hob ihren Liebling vom Boden hoch, herzte ihn ausgiebig und streichelte andächtig sein schwarz-weißes Fell.

Gonzo guckte skeptisch drein. Er war nicht sicher, was er von dem stummelschwänzigen Fellmonster halten sollte.

Am Ende des Flurs war Karls Hobbyraum. Lulu trat ein und erblickte eine Million Modellflugzeuge. Sie hingen an Bindfäden von der Decke und standen der Größe nach sortiert auf den Regalen und der Fensterbank. Außerdem gab es einen Stuhl, einen Tisch und ein schmales Bett.

Motje zeigte auf das Bett und sagte bekümmert: „Da hat mein lieber Karl sonntags seinen Mittagsschlaf gemacht."

Sötje zeigte auf den Stuhl. „Und da hat mein lieber Papa gesessen und seine Flugzeuge zusammengeklebt."

„Gott hab ihn seelig!", sagten die beiden im Chor und bekreuzigten sich.

„Meinst du, dass du auf der Pritsche schlafen kannst?", fragte Motje.

Lulu nickte. „Aber klar. Es ist perfekt."

Da strahlten die beiden Frauen und breiteten die Arme aus. „Wir heißen dich herzlich in unserer Familie willkommen, liebe Lulu! Und Gonzo natürlich auch. Fühlt euch ganz wie zu Hause, ihr beiden!"

Zu Hause? Lulu war sich nicht sicher, was genau das bedeutete. Vermutlich etwas anderes, als was sie bisher unter Zuhause verstanden hatte. Sie schaute in die beiden Gesichter, die vor Freundlichkeit und Wärme leuchteten, und hatte plötzlich einen dicken Kloß im Hals. „Danke schön", murmelte sie.

Im Flur schrillte die Ladenglocke.

„Wir müssen wieder an die Arbeit. Bis später!", verabschiedeten sich Sötje und Motje und stelzten aus dem Zimmer.

Lulu riss einen Schokoriegel auf, biss hinein und ging zum Fenster. Sie konnte die Straßenecke am Dorfring sehen, den Platz, auf dem sie den Jaguar geparkt hatte, und ein Straßenschild. Birkenweg stand darauf.

Sie lächelte. Was für ein schöner Zufall!

Böse Überraschung

Ben bog an Neunabers Tante-Emma-Laden nach links vom Dorfring ab und sah den roten Jaguar auf dem Parkplatz stehen. Lulu hatte die *Goldene Pfanne* vor ihm verlassen und er war viel zu beschäftigt gewesen, um das zu bemerken. Es wunderte ihn nicht, dass Anni keinen Job zu vergeben hatte. In der Küche war bestimmt noch derselbe Koch wie damals beschäftigt und hinterm Tresen hatte sie inzwischen Verstärkung von ihrer Nichte bekommen.

Er rumpelte weiter, ein paar hundert Meter den Birkenweg entlang. Das einzige Gebäude an dieser Straße war das Haus von Onkel Otto, das jetzt ihm gehörte. Hinter den Bäumen konnte er schon ein wenig vom Dach sehen. Sein Herz klopfte schneller. Auf einmal war er wieder der Junge, der endlich Sommerferien hatte und kaum erwarten konnte, am ersehnten Ziel anzukommen.

Ein bunter Blühstreifen säumte die Straße. Goldgelb leuchteten die Blütenköpfchen der Kamille, Kornblumen und Mohn fügten blaue und rote Farbtupfer hinzu. Die Birken waren größer geworden, aber ansonsten schien alles noch genauso wie vor zwanzig Jahren zu sein.

Ben erreichte die alte Brücke, die über den Mühlbach führte. Ihr verschnörkeltes Geländer stammte aus dem vorletzten Jahrhundert. Unter der Brücke wurde der Bach aufgestaut, um sich in einen kleinen See zu ergießen und dann als Flüsschen weiter durch die Wiesen und Felder zu

58

ziehen. Vor langer Zeit hatte es hier eine Wassermühle gegeben. Daran erinnerte der alte Mühlstein vor der Brücke.

Ben fuhr in die Einfahrt und von dort in den offenen Wagenschuppen. Endlich war er da. Sein Herz klopfte so heftig, als würde es jeden Augenblick aus seiner Brust springen wollen. Er stieg aus – und hörte das Rauschen des Mühlbachs. Wiederum fühlte er sich in seine Kindheit zurückversetzt. Das Geräusch des stetig sprudelnden Wasserstroms war untrennbar mit den Sommerferien verbunden. An warmen Tagen war er manchmal von der Terrasse aus hinunter in den See gesprungen.

Andächtig schaute er sich um. Das Haus, aus solidem Rotstein gemauert, war einst um einen Anbau für die Kleintierpraxis erweitert worden. Davor ein großer Bauerngarten mit blühenden Stauden und Obstbäumen, dessen Mittelpunkt ein knorriger Apfelbaum war. Rechts vom Haus war der Hofplatz mit Nebengebäuden, in denen die Stallungen und der Behandlungsraum für die Großtiere untergebracht waren.

Auf der Weide gegenüber grasten junge Rinder. Die Stämme der Birken am Straßenrand schimmerten silbern im Sonnenlicht, in ihren Zweigen sangen die Vögel.

Es war ein bisschen wie im Märchen. Hier, an diesem herrlichen Ort würde er von nun an wohnen und arbeiten. Ben fühlte sich wie ein Auserwählter, und in gewisser Weise war er das ja auch. Er war dazu auserwählt, das Lebenswerk des Tierdoktors Otto Vogt fortzuführen.

Schritt für Schritt folgte er dem Gartenweg bis zum Haus. Das Schild an der Hauswand war von einer dünnen Schicht Grünspan überzogen. Geradezu zärtlich strich er mit dem Daumen über das Metall. *Tierarztpraxis Dr. vet. Otto Vogt.*

Er stieg die beiden steinernen Stufen hoch und wollte gerade den Schlüssel ins Schloss stecken, da bemerkte er, dass die Tür angelehnt war. Die Klinke hing schief, am Rahmen war das Holz gesplittert. Ben erstarrte. Sämtliche Härchen an seinem Körper stellten sich auf.

Besorgt und mit einem beklemmenden Gefühl im Bauch stieß er die Tür auf, lief in die Eingangsdiele, die zugleich das Wartezimmer war, und erblickte ein furchtbares Durcheinander. Die Möbel lagen kreuz und quer, als wäre ein Wirbelsturm durchs Haus gefegt. Die ehemals weißen Wände waren mit blutroter Farbe beschmiert worden. Wie betäubt ging er in den Behandlungsraum und traute seinen Augen nicht.

Medikamentenverpackungen waren aufgerissen worden und der Inhalt lag verstreut auf dem Fußboden. Die Schranktüren standen offen, die Regale waren leer, das Inventar wie zu einem Scheiterhaufen aufgetürmt. „Gut, dass Onkel Otto das nicht mit ansehen muss", murmelte er und spürte, wie ohnmächtiger Zorn in ihm hochkochte.

Der stabile Behandlungstisch war unversehrt, er war fest auf dem Boden verankert. Ben strich über das kühle Metall der Tischplatte und schaute sich die schwenkbare Lampe an, die an der Decke montiert war. Auch sie schien heil geblieben zu sein. Dann fiel sein Blick auf die Wand neben der Tür, die genauso verunstaltet war wie die Wände im Wartezimmer.

Beim Versuch, die Schmierereien zu entziffern, ballte er die Fäuste. *„Verpis dich!"*, *„Hau ap!"*, *„Far zur Hölle!"*. Ganz offensichtlich war der Einbrecher kein Graffiti-

Künstler und ebenso offensichtlich kein Ass in Rechtschreibung. Und noch etwas wurde Ben in diesem Moment klar: Dies war kein Einbruch im herkömmlichen Sinne. Jemand wollte ihm deutlich zu verstehen geben, dass er nicht erwünscht war. Es lag auf der Hand, wer dieser Jemand war!

Hubertus Geier.

Wer sonst hätte ein Interesse daran, ihn aus Mühldorf zu vertreiben? Niemand! Geier hatte Angst, dass Ben an seinem Thron sägte und dass er durch ihn Kunden und Einnahmen verlor. Die miese Rechtschreibung war natürlich Tarnung, um den Verdacht von sich weg zu lenken. Oder hatte er sein Studium trotz einer Fünf in Deutsch geschafft?

Ben tat das einzig Vernünftige, was man in einer solchen Situation tun konnte. Er rief die Polizei an.

Während er auf ihr Eintreffen wartete, überprüfte er die anderen Räume. Die Küche im Erdgeschoss, links hinterm Treppenaufgang, ging nach hinten zur Terrasse, von hier aus hatte man einen wunderschönen Blick auf den See. Das Mobiliar - hohe Schränke aus hellem Holz, massiver Küchentisch, gepolsterte Eckbank und zwei Stühle - war von Geier verschont geblieben. Ben ging zurück in die Diele und machte sich auf den Weg in den ersten Stock.

Die Treppe hatte ein geschwungenes Holzgeländer. Damals war Ben nur zum Schlafen oben gewesen, dennoch hatte er die Raumaufteilung und die Möbel noch in Erinnerung. Er ging durch die Zimmer und bemerkte, dass die Fußböden, die Tapeten und ein paar Möbelstücke im Laufe der Jahre erneuert worden waren. Im Gästezimmer stand noch immer das alte Sprossenbett, in dem er damals in den Ferien geschlafen hatte. Der mit bunten Blumen bemalte Kleiderschrank war auch noch da und das Pferdebild an der Wand gegenüber vom Bett ebenfalls.

Am Ende des Flurs befand sich Tonis Zimmer. Es war leer bis auf das verblichene Poster einer Metal-Band an einer der nackten Wände.

Ben hörte ein Geräusch, schloss schnell die Tür und lief durch den Flur zur Treppe.

„Hallo-Hallo! Hier ist die Polizei!"

Die Stimme kam ihm seltsam bekannt vor.

Auf der dritten oder vierten Treppenstufe erblickte er mitten im Chaos des Wartezimmers einen uniformierten Polizeibeamten. Der Polizist war ein Kraftpaket, nicht sehr groß, vielleicht einen Meter siebzig. Sein Gesicht wurde vom Schirm seiner Mütze verdeckt, dunkle Haare lugten darunter hervor.

„Danke, dass Sie gekommen sind!", rief Ben erleichtert, hangelte sich die Treppe hinab und fügte überflüssigerweise hinzu: „Hier wurde eingebrochen." Er war nervös und ein bisschen durcheinander, das war in einer solchen Situation wahrscheinlich ganz normal. Der Polizist drehte sich zu ihm um und schob seine Mütze in den Nacken. Ben blickte seinem Cousin Toni ins Gesicht. Ihm blieb die Spucke weg.

„Hi", sagte Toni mit schrägem Grinsen und klemmte seine Daumen hinter den Gürtel.

Flüchtig nahm Ben das Pistolenholster und silbern glänzende Handschellen wahr.

„Da biste platt, was? Hättste nicht mit gerechnet, dass der gute alte Toni jetzt der Sheriff von Mühldorf ist, hm?" Seine schwarzen Augen blitzten.

„Nein", gestand Ben, räusperte sich und sagte: „Hör mal, Toni, wir sollten..."

Toni schob das Kinn vor. „Gar nichts sollten *wir*, Ben Petterson!", knurrte er. „Das wisch dir mal gleich wieder ab. Oder glaubst du, dass ich dein Kumpel wär, nachdem du mein Haus eingesackt hast?"

„Dein Vater hat es mir vererbt, ich habe ihn nicht darum gebeten." Ben fasste an seine linke Brusttasche und spürte das Papier unter seinen Fingerspitzen. Ob sein Cousin von dem Brief wusste? „Wenn du Tierarzt geworden wärest, hättest du das Haus bekommen."

„Geh mir bloß los mit den Viechern!", schnaubte Toni.

Toni hatte es nicht leicht gehabt. Er hatte früh seine Mutter verloren und sein Vater war viel zu beschäftigt gewesen. Ben ließ die Hand sinken und atmete durch. „Du bist nicht leer ausgegangen", sagte er, um Mitgefühl bemüht.

„Stimmt." Tonis dunkle Augen wurden schmal. „Aber *du* hast mein Elternhaus gekriegt!"

Ben würde sich nicht mit seinem Cousin auf eine Diskussion über das Testament einlassen, das führte zu nichts. Stattdessen machte er eine Handbewegung, die die aufgebrochene Tür, die Unordnung und die beschmierten Wände einschloss. „Wenn du nun bitte den Einbruch aufnehmen würdest, Toni. Das war Hubertus Geier. Ich möchte, dass er zur Rechenschaft gezogen wird."

Toni prustete los und tippte sich an die Stirn. „Hubertus? Du glaubst, dass Hubertus die Tür aufgebrochen und hier wilde Sau gespielt hat? Das ist ja wohl der Witz des Jahrhunderts!"

Ben ballte die Hände zu Fäusten. „Das ist kein Witz, und ich kann auch überhaupt nicht darüber lachen. Fakt ist, dass Hubertus Geier keinen Konkurrenten in Mühldorf haben will. Das hat er mir vorhin in der *Goldenen Pfanne* deutlich zu verstehen gegeben."

„Blödsinn! Hubertus ist'n anständiger Mann. Für den leg ich meine Hand ins Feuer." Toni schaute sich kurz und mäßig interessiert um und zuckte mit den Schultern. „Weißt du, was du jetzt machst, Ben Petterson? Du stellst die Stühle wieder hin, bringst das Türschloss in Ordnung, schnappst dir nen Pinsel und der Fall ist vergessen."

Ben traute seinen Ohren nicht. „Das ist nicht dein Ernst! Ich habe den Einbruch bei der Polizei gemeldet und die Polizei ist verpflichtet, den Schuldigen zu ermitteln!"

Toni richtete seine Mütze, so dass sie eine Linie mit seinen schwarzen Augenbrauen bildete. „In Mühldorf regeln wir unsere Angelegenheiten auf unsere Weise. Hier zeigt keiner einen anderen an, sowas machen wir nicht. Wir regeln die Dinge unter uns, kapiert?"

Ohnmächtige Wut schoss wie ein Tornado durch Bens Adern. „Du konntest mich noch nie leiden!", fauchte er und versenkte seine Fäuste tief in seinen Hosentaschen. „Ich werde bei der Polizei anrufen und verlangen, dass sie einen anderen Beamten schicken."

Toni zuckte erneut die Schultern. „Tu, was du nicht lassen kannst. Ruf in der Zentrale an, dann wirst du zu hören kriegen, dass *ich* der zuständige Beamte für Mühldorf bin und du dich mit deinem Anliegen an *mich* wenden sollst." Er grinste breit. Die Daumen hinter den Gürtel geklemmt stolzierte er durchs Wartezimmer. An der Tür drehte er sich nochmal um. „Wer weiß, vielleicht warst du das ja am Ende sogar selber?!" Er legte den Kopf schief. „Schreibst du *Verpiss dich* mit einem s oder mit zweien?"

Ben knetete seine Finger in den Hosentaschen. „Wieso zur Hölle sollte ich meine eigene Praxis verschandeln?"

Toni hob die Hände. „Was weiß denn ich? Manche Leute denken sich die verrücktesten Sachen aus, um sich wichtig zu machen."

Ben atmete tief durch. Nein, er würde sich nicht von Toni provozieren lassen! Er streckte seine Finger aus und entspannte seine Muskeln. Von der Polizei war keine Hilfe zu erwarten, also musste er die Sache wohl oder übel selbst in die Hand nehmen. Er würde rasch die Einbruchspuren beseitigen und seine Praxis in Ordnung bringen und dabei hoffentlich auf eine Idee kommen, wie er Hubertus Geier zur Rechenschaft ziehen könnte.

Nächtlicher Einsatz

Das rasselnde Klingeln der alten Türglocke kündigte einen späten Kunden an. Motje und Sötje flitzten in ihren Laden und Lulu tappte neugierig hinterdrein. Gonzo hockte oben auf ihrem Kopf, da hatte er einen guten Überblick.

„Hallo Motje, hallo Sötje. Wie geht's euch? Sagt mal, habt ihr Wandfarbe?"

„Ben?", riefen die beiden und brachen in Freudenschreie aus.

Über das Keksregal hinweg beobachtete Lulu, wie Ben die lieb gemeinten Willkommenswünsche ungeduldig über sich ergehen ließ, und musste grinsen. Offensichtlich wollte er sein geerbtes Haus renovieren, aber wieso musste er damit denn gleich am ersten Abend anfangen? Kurzerhand wandte sie sich nach rechts, schnappte sich einen Eimer weiße Wandfarbe, trug ihn nach vorn und stellte ihn an der Kasse ab. „Hallo Ben, alles roger?"

„Alles roger?", echote Gonzo.

„Ihr kennt euch?", wunderten sich Sötje und Motje und machten große Glubschaugen.

„Wir sind uns an einer Raststätte begegnet", erklärte Lulu. „Ben hat Gonzo vorm Ersticken gerettet."

„Schreck lass nach! Gonzo! Wie konnte das denn passieren?", rief Motje.

„Ich hab Ohrringe getragen, weil ich schön sein wollte. Das mach ich nie wieder. Ich hab sie weggeworfen."

„Du bist auch ohne Ohrringe schön", meinte Motje und tätschelte unbeholfen ihren Arm.

„Da sind wir aber froh, dass wir jetzt endlich einen guten Tierarzt im Dorf haben!", sagte Sötje feierlich.

66

„Der Veterinär hat unseren Karl für ein Mädchen gehalten! Das muss man sich mal vorstellen!", fügte ihre Mutter hinter vorgehaltener Hand hinzu.

Ben knirschte mit den Zähnen. Er bezahlte die Farbe, rief ihnen einen Abschiedsgruß zu, stapfte hinaus und brauste davon.

Lulu schaute den in der Dunkelheit verblassenden Rücklichtern hinterher und kratzte sich am Kinn. Irgendwas war mit Ben nicht in Ordnung. Er hatte ziemlich grimmig ausgesehen. Unglücklich. Nicht wie jemand, der gerade in sein Traumhaus einzog.

„Ich werde mal nachschauen, was er mit der Farbe anstellen will", erklärte sie Motje und Sötje und vor allem sich selbst.

„Das ist eine gute Idee", meinten die beiden einstimmig.

„Aber willst du das nicht lieber auf morgen verschieben?", warf Motje ein, woraufhin Sötje zur Uhr sah und ihrer Mutter beipflichtete: „Es ist schon spät, fast Bettgehenszeit."

„Iwo", tat Lulu die Bedenken ihrer Freundinnen ab und schlüpfte durch die Ladentür nach draußen.

Es war dunkel. Im Birkenweg gab es keine Straßenbeleuchtung. Nichts, nicht mal eine kleine Funzel. Der Mond war hinter den Wolken verschwunden, aber zum Glück warf das Schaufenster ein helles Rechteck auf die schmale Straße. Fröstelnd zog Lulu die Schultern hoch. Sie hätte den Autoschlüssel mitnehmen sollen, aber sie wollte sich nicht die Blöße geben und wieder umdrehen. Ein paar Schritte an der frischen Luft konnten nicht schaden. Sie war schließlich nicht gehbehindert, und aus Zucker war sie schon gar nicht.

Die ersten Meter waren nicht weiter schlimm. Der kalte Wind kroch zwar in ihren Ausschnitt, aber Lulu zog ihr Shirt unterm Kinn zusammen, schloss ihre Faust fest um den Stoff und marschierte einfach weiter. Mit jedem

Schritt wurde es dunkler. Ein mulmiges Gefühl breitete sich in ihrem Bauch aus. In der Stadt war jede Straße beleuchtet und das war auch gut so.

Plötzlich hatte sie einen bitteren Geschmack im Mund, ihre Zunge fühlte sich taub an. Gleichzeitig stellten sich die Härchen an ihren Unterarmen auf. Eine eiskalte Hand packte sie im Nacken. Sie zitterte. Am liebsten wäre sie auf der Stelle umgekehrt und so schnell wie möglich zurückgerannt.

Verdammt nochmal! Andi war weit weg, er würde sie nicht finden und deswegen konnte er ihr auch nicht auflauern. Sie war in Sicherheit. Eine unbeleuchtete Dorfstraße am Ende der Welt war bestimmt einer der ungefährlichsten Orte überhaupt.

Lulu zwang sich, stehen zu bleiben, und atmete ein paarmal tief durch. Sie spürte Gonzos Füße auf ihrer Schulter und seinen warmen Körper an ihrer Wange. Gonzo war bei ihr, alles war gut. Mit ihrer freien Hand streichelte sie sanft über seinen gefiederten Rücken und merkte, wie sie etwas ruhiger wurde.

Der Wind pustete die Wolke vorm Mond weg und nun war die Straße halbwegs zu erkennen. Die dunklen Gestalten zu ihrer Rechten entpuppten sich als Weidepfähle. Sie hörte das Rauschen von Wasser und setzte sich wieder in Bewegung.

Sie war heilfroh, als endlich Bens Haus in Sicht kam. Drei Fenster im Erdgeschoss waren erleuchtet, die Tür stand einen Spalt offen und warf einen schmalen Lichtkegel hinaus. Lulu lief über eine Brücke, unter der es mächtig rauschte, und dann war sie auch schon fast da.

„Ben?", rief sie, um sich bemerkbar zu machen, tippte gegen die Tür und sah scheußlich beschmierte Wände. „Ach du dicke Kacke!", entfuhr es ihr.

Sie musste an die U-Bahnschächte in der Stadt denken. So was Hässliches will man nicht zu Hause haben, das muss man übermalen. Logisch, dass Ben so eilig mit dem Farbeimer abgezogen war.

Ben stand, mit einer Farbrolle bewaffnet auf einer Trittleiter, und machte ein mürrisches Gesicht. „Was willst du denn hier?"

„Schönen guten Tag", flötete Gonzo.

Lulu schnappte sich einen Pinsel und tunkte ihn in den Eimer. „Ich helfe dir!", verkündete sie und fing an zu malen.

„Hey! Du kleckerst alles voll!", regte er sich auf.

„Entspann dich. Erzähl mir lieber, was hier passiert ist."

„Das war Hubertus Geier", knurrte er.

„Der Veterinär? So ne Arschkrampe! "

„Ich hab die Polizei angerufen, aber der Dorfpolizist ist mein Cousin Toni und der rührt keinen Finger!", sprudelte es aus ihm hervor.

„Krass!"

Er ließ die Farbrolle sinken, stieg von der Leiter und verzog das Gesicht. „Ich hör mich an wie ein jämmerlicher Loser!" Seufzend schüttelte er den Kopf und schaute sie aus tiefblauen Augen an. „Danke, dass du mir helfen willst, Lulu. Das ist wirklich nett von dir." Er legte seine Hand auf ihren Unterarm.

Lulu zuckte wie vom Blitz getroffen zusammen. Ihr Arm stand unter Strom. In Windeseile breitete sich das heftige Prickeln in ihrem ganzen Körper aus. Ihr Herz klopfte wie verrückt. Sie hatte Magensausen. Hilfe! Was war das denn? Sowas war ihr ja noch nie passiert! Erschrocken machte sie einen Satz rückwärts und überspielte ihre Verwirrung mit einem breiten Grinsen. „Du solltest dir eine schöne Rache für die Arschkrampe ausdenken, dann geht's dir gleich besser", plapperte sie, tunkte den Pinsel ein und klatschte die Farbe an die Wand. „Was hältst du von gebrochenen Beinen?"

„Gar nichts!", entrüstete er sich. „Gewalt ist niemals eine Lösung." Er stippte die Rolle in den Farbeimer, strich sie sorgfältig am Kunststoffgitter ab, stieg wieder auf die Leiter und trug die Farbe auf die Wand auf, ohne ein Tröpfchen zu verlieren.

„Es müssen ja nicht so viele gebrochene Beine sein", scherzte sie und zwinkerte ihm zu.

Durchdringendes Telefonklingeln ertönte. Ben stellte rasch das Malerwerkzeug beiseite und flitzte nach nebenan. Lulu folgte ihm neugierig. Gonzo, der auf ihrer Schulter döste, öffnete ein Auge, und weil nichts Weltbewegendes passierte, döste er weiter.

Auf dem Schreibtisch im Behandlungsraum stand ein museumsreifes Telefon mit Wählscheibe. Ben nahm ab. „Tierarztpraxis Petterson", meldete er sich eifrig.

Während der nächsten Sekunden lauschte er und fragte schließlich: „Was kann ich für dich tun, Isabel?"

Aha, das Püppchen.

Er lauschte wieder, sagte „Gut" und „Ich bin gleich da" und dann legte er auf.

Lulu war platt. „Isabel will, dass du *jetzt* zu ihr kommst, um ihre Muschi zu verarzten?", staunte sie und sah Ben nachdrücklich nicken. „Das wirst du doch nicht wirklich machen, oder?"

„Selbstverständlich!", antwortete er und klimperte auf dem Weg zur Tür mit dem Autoschlüssel. „Als selbstständiger Tierarzt ist man oft spätabends unterwegs, das gehört zum Beruf. Tiere halten sich nun mal nicht an Geschäftszeiten."

„Du solltest lieber vorsichtig sein!" Lulu sauste hinterher, wobei sie mit einer Hand den dösenden Gonzo festhielt, der sonst womöglich abgestürzt wäre. „Willi wird nicht begeistert sein, dass du auf seinem Hof aufkreuzt!"

Ben war schon halb den Gartenweg runter. „Die Gesundheit eines Tieres ist wichtiger als menschliche Befindlichkeiten", verkündete er.

Himmel, wie konnte man nur so naiv sein!

Lulu beeilte sich wie der Teufel und erreichte den Wagenschuppen just als Ben den Motor startete. Sie fegte um die Motorhaube, hechtete auf den Beifahrersitz und schlug *rumms* die Tür zu. Ihr Puls war auf dreihundertneunzig. „Ich hab immer gedacht, diese Ozonwarnungen wären bloß Verarsche, aber da scheint doch was dran zu sein", japste sie.

Ben war wie vom Donner gerührt. Er hielt das Lenkrad mit beiden Händen fest und starrte sie völlig perplex an. „Was hat das zu bedeuten, Lulu?"

„Wegen des Ozonlochs soll man im Sommer keinen Sport machen. Außer Schach, das geht. Vorausgesetzt, man sitzt dabei im Schatten", belehrte sie ihn.

„Ich meine nicht das Ozonloch, ich will wissen, was du in meinem Auto zu suchen hast!", bellte er.

„Isabels Anruf könnte eine Falle sein. Deswegen komm ich mit."

„Du hast zu viele Krimis geguckt. Steig aus!"

„Hände hoch oder es knallt", murmelte Gonzo schläfrig und vergrub sein Köpfchen wieder in seinen Federn.

Lulu legte den Sicherheitsgurt an. „Nachher wirst du froh und dankbar sein, dass ich dich begleitet habe", prophezeite sie. „Worauf wartest du? Fahr los!"

Ben verdrehte die Augen im Kopf wie eine Gruselattrappe in der Geisterbahn und Lulu lehnte sich entspannt zurück. Er würde sie nur mit Gewalt aus dem Auto bekommen. Aber da Gewalt für ihn keine Lösung war, musste er sie wohl oder übel mitnehmen. Er stieß einen Fluch aus, legte den ersten Gang ein und fuhr los. Die Scheinwerfer des Jeeps zerschnitten die Dunkelheit.

Bei Neunabers Laden bog Ben in den Dorfring ab, der hier und da von Laternen beleuchtet wurde.

Appetit kam bei Lulu immer ganz plötzlich. „Ich weiß ja nicht, wie's dir geht, aber ich brauche jetzt ganz dringend eine Stärkung", verkündete sie und fahndete in ihrer Handtasche nach den Gummischlangen. Flugs riss sie die Tüte auf und steckte sich zwei oder drei in den Mund. Ahhh! Ihre Zunge kribbelte und ihre Geschmacksnerven tanzten Hula-Hula.

„Hier, bitteschön, ich geb einen aus. Bedien dich."

„Igitt!", schimpfte er und schob ihre Hand mit der Tüte beiseite. Sie spürte seine Finger auf ihrer Haut und prompt ging der ganze Zirkus von vorne los. Stromschläge, Herzrasen, Magensausen. Sie wusste damit nichts anzufangen und schüttelte verwundert den Kopf.

„Wie kannst du nur sowas essen?", regte er sich auf. „Weißt du eigentlich, was das ist?"

„Na klar weiß ich das. Das sind Gummischlangen", schmatzte sie.

„Das ist farbstoffgetränkte, gezuckerte Gelatine!"

„Ja und?"

„Gelatine wird aus Schweineschwarten, Knochen und Haut hergestellt", schulmeisterte er. „Das sind Schlachtabfälle."

„Hauptsache, es schmeckt! Das sagte schon meine Oma", entgegnete sie, musste aber leider feststellen, dass ihr der Appetit auf Gummischlangen vergangen war. Sie stopfte die Tüte zurück in die Tasche.

„Und außerdem aus raffiniertem Zucker und chemischen Zusätzen. Du solltest sowas wirklich nicht essen, das ist ungesund", fuhr er fort.

„Schon gut, schon gut, Herr Ernährungsberater! Sparen Sie sich Ihre Puste lieber für das Duell mit Willi Arschnase auf."

72

Nach ein paar Minuten kamen sie an die Abzweigung. Ben blinkte, obwohl weit und breit kein Auto zu sehen war, blickte vorschriftsmäßig in den Rückspiegel und bog in die lange Straße ein, die zu Brills Hof führte.

Lulu richtete sich kerzengerade in ihrem Sitz auf. „Wir müssen wie Profis vorgehen, das Risiko so minimal wie möglich halten", erklärte sie Ben. „Du solltest jetzt schon mal die Scheinwerfer ausmachen."

„Die Scheinwerfer ausmachen? Wieso das denn?", rätselte er.

„Damit uns niemand sieht", erklärte sie geduldig. „Weil ja Isabels Anruf wahrscheinlich eine Falle ist."

„Isabel stellt mir keine Falle!"

„Sie hat Willi Brill geheiratet, das zeugt nicht gerade von einwandfreiem Charakter, oder?"

Er gab ein unwilliges Brummen von sich.

„Wenn du auf den Hof abbiegst, drehst du den Zündschlüssel und lässt den Wagen ausrollen. Dann sieht und hört uns keiner."

„Ist das nicht eine Spur übertrieben?", erkundigte er sich.

„Nicht, wenn du heil aus der Nummer rauskommen willst. Ein Profi denkt immer zwei Schritte voraus."

Lulu hatte nicht damit gerechnet und war umso überraschter, dass Ben kurz vor der Einfahrt tatsächlich das Licht ausschaltete und den Wagen bis zum Hofplatz ausrollen ließ. Geräuschlos hielt er unter den tief hängenden Zweigen eines großen Baumes an.

„Perfekt!", flüsterte sie ihm zu. „Bei einem flüchtigen Blick über den Hof fällt der Wagen wahrscheinlich gar nicht auf."

„Tja, ich bin eben ein Profi", meinte er.

Der Mond hing wie eine riesige runde Lampe über dem Dach. Die Umrisse der Gebäude wirkten wie schwarze

Schattenrisse. Das Haus lag stockdunkel da, kein Fenster war beleuchtet.

Lulu kriegte eine Gänsehaut. „Jeder normale Mensch hätte wenigstens die Außenlampe eingeschaltet, wenn er mitten in der Nacht Besuch erwartet!", wisperte sie.

Ben drehte sich nach hinten um und ergriff seine Arzttasche. „Nur, damit das klar ist, Lulu: Du bleibst mit Gonzo im Wagen, bis ich fertig bin!", sagte er streng.

„Schon gut, schon gut! Kein Ding, ich warte." Sie kreuzte zwei Finger ihrer Hand zum Schwur.

Ben öffnete die Tür und stieg aus.

Hastig kurbelte Lulu die Scheibe runter, streckte ihren Kopf raus und beobachtete, wie Ben im Mondlicht über den Hofplatz auf das dunkle Haus zuging. Groß und breitschultrig, mit energischem Schritt, seine Arzttasche fest in der Hand. Eigentlich musste sie sich gar keine Sorgen machen, dass ihm was passieren könnte, Ben war ein beeindruckend kräftiger Kerl und hatte obendrein eine prallgefüllte Arzttasche dabei. Im Falle des Falles konnte er seinem Gegner einfach ne Ladung Jodspray in die Augen sprühen, ihm ne Betäubungsspritze verpassen oder das Skalpell benutzen.

Aha, im Haus tat sich was! Die Tür öffnete sich. Für einen Moment fiel ein schwacher Lichtschein nach draußen, Ben trat ein, die Tür fiel zu und der Eingang war wieder genauso dunkel wie zuvor.

Selbstverständlich konnte Lulu nicht still im Auto herumsitzen. Sie war schließlich nicht aus Beton. Sanft rüttelte sie an Gonzos Flügel und holte ihn aus dem Tiefschlaf. „Wir gehen jetzt zu dem Haus da", erklärte sie ihm und merkte am Zittern ihrer Stimme, wie nervös sie war. „Wir müssen mucksmäuschenstill sein. Alles klar?"

Gonzo blinzelte sie schläfrig an. Schwer zu sagen, ob er sie verstanden hatte.

Sie setzte ihn auf ihre Schulter und stieg aus. Fröstelnd schlug sie die Arme um ihren Leib und schlich über den gepflasterten Hof. Plötzlich fiel ein Schuss. Lulu erstarrte.

Gonzo war mit einem Schlag hellwach und schaute sich hektisch nach allen Seiten um. Schon wieder ertönte der Schuss, diesmal klang er jedoch wie ein lauter Knall. Metall klapperte. Das Geräusch kam aus dem Stall. Lulu atmete auf. „Alles gut, Gonzo, das war bestimmt nur ein Pferd, das gegen seine Boxwand geschlagen hat", beruhigte sie ihn und sich selbst.

Zögernd schlich sie weiter. Die Haustür blieb zu, niemand schien ihre Anwesenheit zu bemerken. Sie schlüpfte unter den Dachüberstand, presste sich an die Wand und spürte das glatte Mauerwerk in ihrem Rücken. Es war noch warm von den Sonnenstunden des Tages. Meter für Meter schob sie sich seitwärts und lauschte an den Fenstern auf Geräusche von drinnen. Nichts war zu hören, kein einziger Piep.

Das vierte Fenster stand eine Handbreit auf. Weit genug, um das pechschwarze, blickdichte Rollo zu erkennen und die Stimmen aus dem Raum dahinter zu hören. Ben und Isabel. Bingo!

Sie tippte gegen das Fenster. Es schwang auf, bis es vom Rollo gebremst wurde. Lulu steckte ihren Kopf ins Zimmer. Sie war hautnah dabei und gleichzeitig perfekt getarnt. Ob sie ein schlechtes Gewissen haben sollte, weil sie Ben und Isabel belauschte? Ach was! Sie wollte ja nur sicher sein, dass Ben wohlauf war.

„Denkst du auch noch manchmal an unsere schönen Ausritte auf Silver und Momo?", gurrte Isabel.

„Isabel, ich bin wegen deiner Katze hier. Wo ist sie denn nun?"

„Vorhin war sie noch da", behauptete Isabel und rief lockend: „Muschi? Musch-Musch-Musch! Der Onkel Doktor ist da und will sich dein Aua angucken!"

Lulu verdrehte fassungslos die Augen. Muschi, der Onkel Doktor ist da!

„Schaust du bitte im Bett nach?", bat Isabel lieb. „Muschi krabbelt nämlich manchmal unter die Decke. Sie kuschelt so gerne."

So viel zum Thema „Isabel stellt mir keine Falle!"

Wo Arschnase Willi wohl steckt?, fragte sich Lulu besorgt.

Bettzeug raschelte, ein grobes, unwirsches Rascheln. „Hier ist sie nicht", brummte Ben.

„Das macht nichts, sie wird schon wieder auftauchen", säuselte Isabel. „Ach Bennylein, weißt du eigentlich, wie sehr ich dich vermisst habe..."

„Lass das, Isabel!", schimpfte Ben. „Was denkst du dir eigentlich? Du bist verheiratet!"

Ben, nimm das Jodspray oder die Spritze!, beschwor Lulu ihn im Geiste.

„Mit *Willi Brill*!", stieß Isabel verzweifelt hervor. „Wenn ich gewusst hätte, dass du zurückkommst, hätte ich ihn niemals geheiratet! Ich habe immer nur dich geliebt, Benny..."

„Ich guck mal unterm Bett nach. Vielleicht hat sich deine Katze dort versteckt."

Erneutes Rascheln. „Willi ist im Gasthaus zum Skatspielen. Du kannst mich jetzt haben!", raunte Isabel.

„Unterm Bett ist sie auch nicht."

„Komm zu mir, Bennylein, *bitte*!"

„Vielleicht ist sie ja auf der Fensterbank."

Ritsch! Das Rollo sauste hoch und Bens Gesicht erschien so dicht vor Lulus, dass sich ihre Nasenspitzen berührten.

„Schönen guten Tag!", sagte Gonzo.

Lulu starrte in Bens blaue Augen, die so groß wie Untertassen waren, und hätte vor Schreck beinah losgeschrien. Im nächsten Moment war das Rollo wieder unten. Japsend lehnte sie sich an die Hauswand. Ihr Herz klopfte wie verrückt.

„Führst du Selbstgespräche?", fragte Isabel mädchenhaft kichernd.

„Das Fenster ist offen", entgegnete Ben hölzern. „Da können wir die Katze lange suchen." Er räusperte sich. „Sobald sie wieder auftaucht, kannst du mit ihr in meine Praxis kommen. Ich fahre jetzt heim."

Lulu schlich schnell über den Hofplatz zurück zum Wagen. Sie glitt auf den Sitz und Gonzo kletterte auf die Kopfstütze. Auf einmal tanzten Lichter im Außenspiegel, Lulu drehte sich um und sah, dass sich ein Fahrzeug näherte. Das konnte irgendwer sein. Der Milchmann, der Bäckerlehrling, der Zeitungsbote oder ein nächtlicher Heimkehrer.

Nun leuchteten die Scheinwerfer im Rückspiegel auf, der Wagen sauste die Einfahrt hinunter. So fuhr nur jemand, der den Weg gut kannte. Ach du Scheiße, Willi Arschnase kam zurück!

Verdammte Axt! Was sollte sie jetzt bloß machen? Sie musste Ben warnen! Nicht auszudenken, dass Willi ihn mit Isabel im Schlafzimmer erwischte! Ihr fiel so schnell nichts Besseres ein, also haute sie mit der Faust auf die Hupe, aber der Wagen gab keinen Ton von sich. Ben hatte den Zündschlüssel mitgenommen.

Damit zumindest sie selbst und Gonzo unentdeckt blieben, nahm Lulu ihren gefiederten Freund auf den Schoß, machte sich im Sitz so klein wie möglich und schielte vorsichtig über den Rand des Armaturenbretts. Just in diesem Moment zog das Auto an ihr vorbei. Sie blinzelte verwirrt. Das war nicht irgendein Auto, das war ein Polizeiauto. Passat Variant, silber mit blauen und gelben Streifen und der Aufschrift *Polizei* auf der Tür.

Hilfe! Was hatte ein Polizeiauto mitten in der Nacht auf einem gottverlassenen Hof zu suchen? Und was bedeutete das für Ben?

Doktorspiele

Ben schnappte seine Arzttasche und drängelte sich an Isabel vorbei. Ohne ein weiteres Wort stürmte er aus dem Schlafzimmer und den Flur entlang.

Die Diele war nur schwach beleuchtet. Ein kleines, altmodisches Lämpchen mit gezacktem, braunem Schirm auf einer Kommode. Mächtige, dunkle Balken an der Decke, an den Wänden dekorative Pferdegeschirre.

Ein Geräusch drang von draußen herein. Ein Auto. Es hielt auf dem Hof, direkt vor der Haustür. Das konnte nur Willi sein, oder? Der Motor erstarb. Eine Autotür fiel zu, dann eine zweite.

Ben zögerte. Er war alles andere als erpicht auf eine weitere Begegnung mit Willi junior. In Windeseile ging er seine Optionen durch und kam zu dem Schluss, dass er keine hatte. Leider konnte er sich nicht in Luft auflösen. Er saß in der Falle. Flüchtig kam ihm der Gedanke an Lulu. Sie hatte ihn gewarnt.

Verärgert schüttelte er den Kopf. Er hatte nichts Unrechtes getan und deshalb hatte er auch nichts zu befürchten. Isabel hatte ihn wegen ihrer Katze herbestellt. Das war die Wahrheit und wenn Willi Brill ihm nicht glaubte, dann hatte der eben Pech gehabt!

Undeutliche Stimmen waren zu hören. Eine davon gehörte sicherlich Willi.

Ben straffte die Schultern und fasste die Arzttasche noch fester. Forsch öffnete er die Tür – und stand seinem

Cousin Toni gegenüber. Er trug nach wie vor seine akkurate Polizeiuniform. Wahrscheinlich hatte er die immer an, rund um die Uhr, zu jeder Tages- und Nachtzeit, dachte Ben böse. Schließlich war er ja das wandelnde Gesetzbuch in Mühldorf. An seinem Arm hing Willi Brill, sturzbetrunken. Ein Speichelfaden rann aus seinem Mundwinkel, seine Augen waren glasig und blutunterlaufen.

„Ben? Was hast du denn hier zu suchen?", fragte Toni argwöhnisch.

„Penn Pedderschon?", lallte Willi mit dümmlichem Grinsen. Sein fleckiges Hemd hing zur Hälfte aus seiner Hose heraus und sein Hosenstall stand offen.

„Ich wollte gerade gehen", sagte Ben und schaute sich nach Isabel um, aber die ließ sich nicht blicken.

Toni versperrte ihm den Weg. „Das hättste wohl gerne, was? Erst will ich wissen, was du hier zu suchen hast!"

„Ey, kennscht du den?", gackerte Willi und zog wie ein Kind an Tonis Jackenaufschlag. „Ein Knecht, der schtand am Scheunentor und pischte durch die Ritsche. Drinnen fiel die Schense um und wech war seine Schpitze." Speichel sammelte sich in seinen Mundwinkeln und bildete weißen Schaum. „Ein Schtummel blieb ihm noch zschum Troscht - Proscht!" Glucksend stieß er Toni in die Seite. „Dem Knecht, kapierschte? Der Knecht hat nur noch nen Schtummel. Von wegen der Schense!"

Toni lehnte seinen Begleiter wie ein Paket gegen den Türrahmen. Dabei fiel sein Blick auf etwas, das sich hinter Ben abspielte, und seine Augen wurden schmal.

Automatisch drehte Ben sich um und prompt rutschte ihm das Herz in die Hose. Er hätte sich jetzt liebend gerne davongemacht, aber leider wurde der Türdurchgang von zwei breitschultrigen Männern blockiert. Nervös strich er seine Haarsträhne aus der Stirn.

Isabel sah aus, als käme sie geradewegs aus dem Bett, was ja beinah stimmte. Flüchtig fuhr sie mit den Fingern durch ihre durcheinandergeratenen Haare, wobei ihr hauchdünnes Shirt über ihre nackte Schulter rutschte und einen guten Teil ihrer rechten Brust entblößte. Jeder normale Mensch würde jetzt genau das denken, was Toni dachte, und wenn Willi noch in der Lage war, eins und eins zusammenzuzählen, dann würde er genau dasselbe denken.

Toni fletschte die Zähne. Sein Blick traf Ben wie der Kugelhagel aus einer Schnellfeuerwaffe und er knurrte wie ein Löwe, der sein Rudel verteidigt. Indes hob Willi kichernd den Kopf und wischte sich mit dem Ärmel über die glasigen Augen.

Ben musste Toni bremsen, bevor ein Unglück geschah. „Halt stopp, Moment! Es ist nicht so, wie es scheint! Ich kann das erklären!" Er hob beschwörend die Hände, wobei seine Arzttasche unbeabsichtigt nach vorne schwang und Willi einen Kinnhaken verpasste.

„Ben war wegen meiner Muschi hier", schaltete sich Isabel ein, stellte sich wie eine Schutzpatronin an Bens Seite, und raffte in einer züchtigen Geste den Ausschnitt ihres Shirts zusammen.

Himmel nochmal, sie machte alles nur noch schlimmer!

„Isabels Katze hat eine Verletzung, aber als ich ankam, war sie leider verschwunden", schob er schnell hinterher.

„Ischabel?", plärrte Willi. „Wo isse denn, meine Ischabel? Mein Schuckerschnütchen, mein Schnubbi-Bubbi?"

„Wieso bist du schon zurück?", fauchte Isabel ihren Mann an. „Hast du dich mal wieder danebenbenommen?"

Willi schaute drein, als wachte er aus dem Tiefschlaf auf. Sein benebeltes Hirn schien aufzuklaren, er blinzelte, sein Blick fiel auf Ben. „Was will *der* denn hier?" Er schaute seine Frau an und dann fielen die Centstücke euroweise.

Mit einem Schlag färbte sich sein Gesicht dunkelrot, Schweißperlen glitzerten auf seiner Oberlippe und er brüllte: „Ich hau dich tot, du verdammter Hurensohn!"

Toni klemmte die Daumen hinter seinen Pistolengürtel. „Tja, mein lieber Cousin, da kann ich dir leider nicht helfen. In Mühldorf regeln die Leute ihre Angelegenheiten auf ihre eigene Weise."

Willi schwang die Fäuste zu einer erstaunlich flinken, langen Gerade, die ihr Ziel nur knapp verfehlte, denn Ben war glücklicherweise schneller und duckte sich. Im Laufe seiner Tätigkeit als Tierarzt hatte ihn seine Reaktionsschnelligkeit schon so manches Mal vor ausschlagenden Hinterhufen bewahrt.

Durch sein Ausweichmanöver gewann er einen kleinen Aufschub, aber was nützte ihm das? Fieberhaft dachte er darüber nach, zurück ins Schlafzimmer zu rennen und durchs Fenster zu fliehen. Ob ihm das gelingen würde?

„Lass Bennylein in Ruhe, du Dummkopf!", rief Isabel, stachelte ihren Mann dadurch aber nur noch mehr an.

Willi stieß einen animalischen Schrei aus und holte zum nächsten Hieb aus. Doch kurz bevor seine Faust eine Chance hatte, Ben zu treffen, fiel Willi nach hinten über und landete rücklings auf der Erde.

82

„Immer schön den Ball flachhalten, Arschnase." Lulu hockte sich auf seine Brust und Willi schnappte keuchend nach Luft.

„Wer ist das denn?", staunte Toni.

„Das ist Lulu", antwortete Ben erleichtert.

Lulu rappelte sich vom Boden auf und dabei rammte sie Willi versehentlich das Knie in die Weichteile. Oder war das gar kein Versehen? Willi jaulte auf und presste die Hände auf sein bestes Stück.

Mit verschränkten Armen baute sie sich vor Toni auf. „Du bist also der Dorfsheriff, hm?"

Toni grinste sie an und Ben meinte, Bewunderung in seinem Blick zu sehen. „Jepp, ich bin Toni. Willkommen in meinem Revier, Lulu. Hey, das war nicht von schlechten Eltern! Hast du das beim Catchen oder beim Wrestling gelernt?"

Sie schob die Unterlippe vor. „Das geht dich gar nichts an, Arschgeige."

Toni lachte.

Der Weg war frei, Ben trat durch die Tür nach draußen. Lulu strahlte ihn an. Er schaute in ihre großen, dunkelbraunen Augen und auf einmal spürte er ein leises Prickeln in seinem Körper. Es fühlte sich an wie Ameisen unter seiner Haut. Das Prickeln löste ein unbekanntes Wohlgefühl in ihm aus und ließ sein Herz schneller schlagen. Was war auf einmal mit ihm los? Er konnte sich keinen Reim darauf machen.

Diese seltsamen Anwandlungen mussten mit Lulu zu tun haben. Waren es ihre Augen? Ihr fröhliches Lachen? Oder die unkonventionelle Art, wie sie ihm aus der Klemme geholfen hatte? Ah ja, das war der Grund! Er war durcheinander wegen der Auseinandersetzung mit Willi und Toni, und er war heilfroh, dass alles gut ausgegangen war. In Ausnahmesituationen wird man dünnhäutig, das ist ganz normal. Seine Gefühle hatten also nichts zu bedeuten.

Lulu zwinkerte ihm verschwörerisch zu. Sie hielt ihm die Faust hin und er tippte mit seiner dagegen. Dann stapften sie im Gleichschritt zurück zum Wagen.

Weiche Knie

Der strahlendblaue Himmel versprach einen herrlich sonnigen Tag. In den Bäumen zwitscherten die Vögel, begleitet vom gleichmäßigen Rauschen des Mühlbachs. Die frische Luft strömte in Lulus Nase und strich über ihre Haut.

Zwei gelbe Schmetterlinge flatterten vor ihr her, dann drehten sie plötzlich bei und flogen über die Wiesen davon. Dort grasten ein paar Kühe, still und einträchtig, während ihre Kolleginnen noch schläfrig im Gras lagen. Hach, was für ein friedlicher Morgen! Unweigerlich musste Lulu an den Lärm der Großstadt denken.

Sötje und Motje lagen in ihrem Laden auf der Lauer und Lulu war auf dem Weg zu Ben, um ihn mit einem leckeren Frühstück zu überraschen und ihm beim Streichen der restlichen Wände zu helfen. Der Korb mit den Fressalien war ziemlich schwer, also hätte sie eigentlich das Auto nehmen müssen, aber dann wäre sie nicht in den Genuss dieses wunderbaren Spaziergangs gekommen. Sie hatte bisher nicht darüber nachgedacht, aber nun fiel ihr auf, dass sie in der Stadt nie spazieren gegangen war.

Am Straßenrand vor Bens Haus parkte ein verrosteter Lieferwagen mit der Aufschrift *Schmiedemeister Johann Schlotterhose*. Die Hecktüren standen offen, und Lulu erblickte ein Durcheinander an Rohren, Schläuchen, Werkzeug und anderem Gedöns. Ein schlaksiger Junge in Hochwasserhose kramte lustlos darin herum.

Lulu wünschte ihm einen guten Morgen und er stieß sich vor Schreck den Kopf am Wagendach. „Moin", murmelte er und rieb sich den Schädel. Dann zeigte er auf

Gonzo und fragte: „Ist das da auf deiner Schulter ein echter Papagei?"

„Na klar, was denn sonst? Sag mal was, Gonzo!"

Gonzo war noch nicht in Stimmung. Er hatte nicht genug geschlafen und auch noch nicht gefrühstückt. „Bumsen fünfzig Euro", murmelte er träge.

Der Junge prustete los. „Haha, er hat Bumsen gesagt!", wieherte er. „Der ist ja gut drauf!"

„He, Basti!" Ein kleiner, verhutzelter Mann im Overall war mit Schraubendreher und Hammer an der kaputten Haustür zugange. Auf seinem Kopf wuchsen nicht viel mehr als eine Handvoll grauer Flusen und er hatte eine dicke Brille auf der Nase. Trotz seiner Brille schien er nicht gut gucken zu können, denn er stand vornübergebeugt da und haute mit dem Hammer haarscharf an seiner Brille vorbei. „Mach hinne, Basti! Das Schloss hat sich verkantet, ich brauch den Inbus!"

„Jaujau, Chef", rief Basti zurück, drehte sich wieder um und kramte gemächlich weiter.

Lulu nahm den Korb mit den leckeren Sachen vom Boden und lief den Gartenweg entlang zur Haustür.

„Moin!", grunzte der alte Mann, als Lulu vor ihm stand. „Woll'n Se da rein? Dann mach ich Se Platz." Er hielt ihr die Tür auf und deutete eine Verbeugung an.

Drinnen roch es intensiv nach Farbe, was kein Wunder war. Alles war frisch gestrichen. Trotz der frühen Stunde hatte Ben schon alle Wände fertig angemalt und seine Praxis aufgeräumt. Jetzt hantierte er mit Lappen, Eimer und Putzmitteln herum.

„Moin", rief sie ihm zu. „Die Leute hier sagen Moin, nicht Guten Morgen. Ich werd jetzt nur noch Moin sagen und Gonzo auch."

„Moin!", krähte Gonzo.

Lulu stellte den Korb auf einem der Stühle ab. „Eigentlich wollte ich dir beim Streichen helfen, aber du hast ja schon alles fertig."

„Ich konnt nicht schlafen und da hab ich die Zeit gut genutzt", erklärte Ben, während er die Fensterbank polierte. Ihr fiel auf, dass er ein anderes Hemd und eine moderne, perfekt sitzende Jeans trug.

„Da bin ich beruhigt. Ich dachte schon, du hättest ADHS."

„Haha, sehr witzig." Er zog eine Grimasse und polierte weiter.

Der alte Schmiedemeister stolperte herein, den langen Basti im Schlepptau. Sie machten bedröppelte Gesichter. „Das wird heut nix mehr", meinte der Alte. „Wir komm' morgen wieder."

„Übermorgen", korrigierte Basti. „Morgen ist Sonntag."

„Hast recht, Basti", meinte der Alte. „Also übermorgen."

„Aber... Dann bleibt die Tür ja noch zwei Tage offen!", protestierte Ben.

Der Alte winkte ab. „Mach dir keinen Kopp, Benny. In Mühldorf wohnen nur ehrliche Leute."

„Stimmt", erwiderte Ben trocken. „Deswegen wurde ja auch hier eingebrochen."

Die beiden zogen ab, und Ben guckte ihnen mürrisch hinterher.

„Apropos offene Tür!", rief Lulu. „Was hältst du von einem Tag der offenen Tür? Du lockst die Leute mit ein paar Attraktionen an und hinterher sind mindestens die Hälfte von denen deine Kunden."

Ben seufzte frustriert. „Wär ja schön, wenn das so einfach wär."

Puh, der war aber mies drauf heute!

„Überraschung!", trompetete sie und zeigte auf den Korb. „Na, Lust auf ne Stärkung?"

Ben reckte den Hals und schielte skeptisch hinein. „Was ist da drin? Hoffentlich keine Chickenteile. Ich bin Vegetarier."

„Das weiß ich doch. Deswegen hab ich Körnerfutter für dich mitgebracht."

Er legte den Putzlappen beiseite, nahm das Handtuch von seiner Schulter, wischte sich die Hände daran trocken und lächelte Lulu dankbar an. „Das ist wirklich nett von dir. Ich hatte noch keine Zeit einzukaufen, und der Kühlschrank ist leer."

„Dachte ich's mir doch." Lulu folgte ihm in die Küche. Ein schöner, gemütlicher Raum mit großem Fenster, einer Glastür nach draußen und Blick auf einen See. Die Möbel waren so dermaßen altbacksch, dass sie schon wieder kultig waren.

Neugierig betrachtete Lulu die Fotos an der Wand hinter der klobigen Eckbank. Ein großer Mann mit Schnurrbart, vermutlich der junge Onkel Otto, Arm in Arm mit einer hübschen jungen Frau. Auf dem Nächsten die beiden mit einem dunkelhaarigen Kind. Außerdem ein paar Bilder mit Tieren. Und eines, auf dem ein kleiner, dünner Junge bewundernd zu Onkel Otto aufschaut. Lulu tippte mit dem Finger auf den Jungen. „Bist du das?"

Ben deckte den Tisch mit altem Porzellan. Er schaute auf und nickte. „Da war ich sieben oder acht."

Lulu wandte sich von den Fotos ab, nahm die mitgebrachten Sachen aus dem Korb und baute sie auf dem Tisch auf. Vollkorn-Knäckebrot, Frischkäse, Joghurt, Salatgurke und Tomaten. Kaffee, Tee, Orangensaft und Cola. Tofu, Bircher Müsli, Mandelmilch. Fluffige Semmeln, Butter, Marmelade und Nutella.

Sie hockte sich Ben gegenüber auf die Eckbank und bereitete Gonzo ein Frühstück aus Joghurt, Gurke und

Tomaten. Weil das Auge bekanntlich immer mitisst, garnierte sie das Ganze mit ein paar Krümeln Müsli. Dann beschmierte sie ein Brötchen dick mit Butter und Nutella und biss hinein. Köstlich!

Ben entschied sich für Knäckebrot und Müsli und während er es sich schmecken ließ, erzählte er Lulu von seinen Plänen für den heutigen Tag. Fritzis Tumor ließ ihm keine Ruhe, deswegen wollte er zum Bürgermeister fahren und noch einmal versuchen, in Ruhe mit ihm zu reden.

„Ich komme mit", entschied Lulu. „Und Gonzo auch, das ist ja klar."

„Nichts da!", rief Ben aus und riss abwehrend die Hände hoch, haute dabei mit den Fingern unter die Tischkante und verzog schmerzhaft das Gesicht.

Lulu würde ihm nicht die Aktion mit Willi Brill und Dorfsheriff Toni an Isabels Haustür unter die Nase reiben. Zumindest jetzt noch nicht. Es war immer gut, ein As im Ärmel zu haben. „Du brauchst jemanden, der dir Deckung gibt."

Ben grinste schief. „Ich hatte eigentlich nicht vor, mir mit dem Bürgermeister eine Schießerei zu liefern."

„Du kannst nie wissen, was passieren wird!", unkte sie.

Er beugte sich vor, sein Blick bohrte sich in ihren. „Hör zu, Lulu!", sagte er eindringlich. „Die Sache gestern bei Brill war eine Ausnahme. Normalerweise regle ich meine Angelegenheiten selber. Ich brauche keine Aufpasserin, verstanden?"

„Jupp, alles klar!", erwiderte sie gut gelaunt und schenkte ihm ein sonniges Lächeln.

Ben schaute sie zweifelnd an, aber weil sie nichts weiter tat, außer zu lächeln, wandte er sich schließlich wieder seinem Frühstück zu.

Als sie alle drei pappsatt waren, half Lulu beim Abräumen, stellte das benutzte Geschirr in die Spüle und verstaute die übriggebliebenen Lebensmittel. Ben schnappte sich ein Tuch, um die Krümel vom Küchentisch abzuwischen, aber auf der Tischplatte saß Gonzo und wienerte seine Federn.

„Was hältst du davon, wenn du dich auf die Bank setzt und dich dort weiter um deine Morgentoilette kümmerst?", fragte er schmunzelnd und hielt Gonzo in respektvollem Abstand die Hand hin.

„Das kannst du vergessen! Gonzo geht niemals freiwillig zu irgendwem - schon gar nicht auf die Hand", sagte Lulu. „Außer auf meine natürlich."

Doch Ben wartete einfach geduldig ab, und dann geschah ein Wunder: Gonzo kletterte tatsächlich auf seinen Zeigefinger und sah dabei sogar hochzufrieden aus!

Vorsichtig setzte Ben ihn auf die Eckbank. Dann nahm er wieder das Tuch zur Hand und wischte den Tisch ab. Gonzo machte einen langen Hals und guckte ihm dabei zu.

Lulu war baff. „Das hat er noch nie gemacht! Er scheint dich wirklich gern zu haben."

Ben lachte. „Ich hab ihn vorm Ersticken gerettet, das hat er sich gemerkt." Er wusch den Lappen aus, faltete ihn und hängte ihn über den Wasserhahn. Anschließend trocknete er sich die Hände ab.

„Wieso hast du eigentlich kein Haustier? Ich meine, jemand wie du, der so einen guten Draht zu Tieren hat und auch noch Tierarzt ist?" Eine berechtigte Frage. Jedes Tier würde sich darum reißen, bei Ben leben zu dürfen!

Stumm schüttelte Ben den Kopf, ein Schatten legte sich über seine Augen. Er lehnte sich an die Spüle und schaute an Lulu vorbei zum Fenster hinaus. Warum war er denn auf einmal so traurig?

Lulu bereute, ihn gefragt zu haben, denn jetzt war die Stimmung im Eimer. Dabei war doch bis gerade eben noch alles lustig und entspannt gewesen! Während sie überlegte, wie sie ihn wieder aufheitern könnte, murmelte

Ben: „Ich könnte es nicht ertragen, mich wieder von einem geliebten Tier verabschieden zu müssen."

Lulu nickte bedächtig. „Das versteh ich gut."

„Als ich klein war, hatten wir einen Hund", erzählte Ben. „Einen Mischling. Er hieß Eddy. Meine Eltern hatten ihn von meinem Opa übernommen, der war ins Heim gekommen. Eddy war sehr speziell." Bens Mundwinkel hoben sich und der traurige Ausdruck in seinen Augen verschwand.

Lulu atmete auf und ihr Herz wurde wieder leicht. „Lass mich raten: Eddy hat gerne Blödsinn gemacht!"

Ben lachte. „Und ob! Meinen Eltern hat das überhaupt nicht gefallen, aber ich hab Eddy heiß und innig geliebt. Er war mein bester Freund."

„Du hattest eine tolle Zeit mit deinem Hund und du hast schöne Erinnerungen!", meinte Lulu. „Stell dir vor, deine Eltern hätten Eddy nicht aufgenommen! Dann hättest du das alles nicht erlebt."

Ben blinzelte verwirrt. „Hm. So hab ich das noch gar nicht gesehen." Er strich den eigensinnigen Haarschopf aus seiner Stirn.

„Zum Glück werden Papageien achtzig, neunzig oder sogar hundert Jahre alt! Aber selbst wenn ich nur ein einziges Jahr mit Gonzo hätte: Ich würde keinen Moment davon hergeben wollen."

Ben seufzte und das hörte sich an, als hätte er was Schweres zu tragen. „Es war so furchtbar, als Eddy starb. Ich habe mir geschworen, dass ich das nie wieder durchmachen muss", gestand er leise. „Deshalb lebe ich allein, ohne ein Tier an meiner Seite."

Lulu blickte ihn mitfühlend an. „Manchmal ist es besser, einen Schwur aufzugeben. Sonst bringst du dich vielleicht um das Glück deines Lebens."

Sie begegnete seinen blauen Augen und hatte auf einmal das Gefühl, in ein großes, weites Meer einzutauchen. Ein seltsames Gefühl, irgendwie magisch.

„Weißt du, was ich glaube, Ben? Ich glaube, dass Tiere Engel sind. Sie kommen auf die Welt, um uns Menschen Freude zu bringen." Lächelnd schaute sie rüber zu Gonzo, der auf der Eckbank lustige Verrenkungen bei seiner Körperpflege machte.

Auf einmal spürte sie eine Berührung an ihrem Handrücken. Im selben Augenblick erfasste ein warmer Strom jeden einzelnen ihrer Finger, floss durch ihren Arm und breitete sich in ihrem ganzen Körper aus. Erschrocken bemerkte sie, dass Ben ihre Hand in seine nahm.

„Das hast du sehr schön gesagt, Lulu. Danke." Er schluckte. Dann stieß er einen abgrundtiefen Seufzer aus und das hörte sich an, als ob eine schwere Last von ihm abfiel. „Du hast mir damit mehr geholfen, als du dir vorstellen kannst."

Ihre Hände schienen miteinander zu verschmelzen, und das fühlte sich so wunderbar an, dass sie wünschte, er würde sie nie wieder loslassen. Seine starken Finger umschlossen ihre, und sie spürte, dass ihre Knie weich wurden. Sie wurde schwach. Nein, sie durfte nicht schwach werden! Das durfte ihr nicht passieren! Niemals! Heftiger als beabsichtigt zog sie ihre Hand zurück und der warme Strom riss ab.

Ben schaute verwirrt, vielleicht sogar bestürzt drein. „Hab ich was Falsches gesagt?"

„Äh, ja, ich meine, nein", stammelte Lulu, die eigentlich niemals stammelte. Normalerweise plapperte sie einfach drauflos und sprach aus, was ihr gerade in den Sinn kam.

„Was denn nun, ja oder nein?", bohrte er.

Lulu spürte, wie ihr die Röte ins Gesicht stieg, was glücklicherweise bei ihrer Hautfarbe nicht so auffiel. Sie dachte an ihre Mommy, an Andi und an seine Kumpels, atmete tief durch, war wieder sie selbst und polterte: „Ich kann Händchenhalten nicht ab, okay?"

Ben blickte ihr forschend in die Augen. „Okay", sagte er gedehnt.

Vielleicht war er enttäuscht, vielleicht auch nicht, das ließ sich schwer sagen. Auf jeden Fall war er nicht beleidigt. Sie hielt ihm die Ghetto-Faust hin und grinste ihn an. „Freunde?"

Seine Lippen kräuselten sich. „Freunde", sagte er und tippte mit seinen Fingerknöcheln dagegen.

Lulu blickte zur Wanduhr, einem uralten Ding aus Porzellan. „Wir sollten nicht den ganzen Tag vertrödeln!" Unternehmungslustig schnappte sie sich den Korb.

Ben nickte. Er zog seinen Autoschlüssel aus der Hosentasche und wandte sich zum Gehen. Nacheinander verließen sie die Küche. Ben ging vorweg, Lulu schloss sich an und Gonzo, der natürlich nicht alleine zurückbleiben wollte, flog hinter ihnen her und landete auf ihrer Schulter.

Schüsse aus dem Hinterhalt

Ben trat durch die Haustür nach draußen. Am Himmel war der Kondensstreifen eines Flugzeugs zu sehen. Vielleicht ein Urlaubsflieger auf dem Weg nach Mallorca. Er überlegte einen Moment und kam zu dem Schluss, dass es keinen Ort auf der Welt gab, der ihm lieber wäre als Mühldorf.

Die Amseln sangen, ein Buchfink stimmte mit ein und nun meldete sich auch eine Kohlmeise.

„Lass dich bloß nicht von denen einschüchtern!", sagte Lulu aufmunternd zu Gonzo. „Die machen den ganzen Tag nichts anderes als Singen. Keiner von denen kann ein einziges Wort sprechen."

Ben lachte. Lulu war wirklich ein verrücktes Ding! Manchmal ging sie ihm fürchterlich auf die Nerven, aber er musste sich eingestehen, dass es auch andere Momente gab. Momente wie diesen, wo sie ihn zum Lachen brachte. Und - nun ja - Momente wie gerade eben in der Küche. Er konnte sich nicht erklären, was da mit ihm passiert war. Aus irgendeinem Grund hatte er sich so sehr zu ihr hingezogen gefühlt, dass er sie am liebsten in die Arme genommen und geküsst hätte. Doch stattdessen hatte er nur ihre Hand genommen – und sich dafür eine deutliche Abfuhr eingehandelt.

Ihre heftige Reaktion nagte immer noch an ihm, aber das war nur sein Ego, das sich gekränkt fühlte. Im Grunde genommen war er heilfroh. Ja, er war froh, dass er seinem seltsamen Impuls nicht gefolgt war und dass er sie nicht geküsst hatte. Er sah die Realität wieder klar und deutlich. Sie waren nur Freunde, weiter nichts! Sich in Lulu zu verlieben war ausgeschlossen. Lulu war keine Frau, mit der ein Mann glücklich werden konnte. Sich eine Zukunft mit ihr auszumalen, war schier unmöglich. Sie war eine ehemalige Prostiuierte – allein das war schon Grund genug, keinen weiteren Gedanken an sie zu verschwenden. Ben wollte gar nicht wissen, wie vielen Männern sie zu Diensten gewesen war – allein bei diesem Gedanken drehte sich ihm der Magen um. Dann waren da noch ihre Kraftausdrücke und ihr Faible für tierische Fette. Und ihr seltsamer Kleidungsstil. Zwar machte Ben sich im Allgemeinen nicht viel aus Kleidung, aber ein neongelbes Shirt zu pinkfarbenen Leggings zeugte nicht gerade von gutem Geschmack.

Erstaunt bemerkte er, dass der rote Jaguar weit und breit nicht zu sehen war. „Bist du etwa zu Fuß gekommen? Mit dem schweren Korb?", erkundigte er sich.

„Jepp!" Sie grinste breit.

Prompt bekam er ein schlechtes Gewissen. Sie hatte all die Sachen hergeschleppt! Hatte er sich überhaupt schon bei ihr für das leckere Frühstück bedankt? „Soll ich dich bis zu Neunabers mitnehmen?", bot er ihr an. Das war ja wohl das Mindeste, was er tun konnte, um sich für ihre Mühe zu revanchieren!

Lulu nickte. „Klar, gerne doch." Sie kletterte auf den Beifahrersitz und Gonzo machte es sich auf der Kopfstütze bequem.

Ben warf den Motor an, legte den Rückwärtsgang ein, bugsierte den Wagen aus dem Schuppen auf die Straße und steuerte in Richtung Dorfladen.

Lulu kramte eine zerknitterte rosafarbene Kaugummipackung aus ihrer Handtasche. „Magst du Hubba Bubba?" Sie hielt ihm ein Kaugummi hin.

Ben rümpfte die Nase und schüttelte den Kopf.

„Halt mir jetzt bloß keinen Vortrag!", warnte sie ihn. „Deinetwegen hab ich zum Frühstück auf Salami verzichtet." Sie pulte das Papier vom Kaugummi und schob sich das farbstoffgetränkte Ding in den Mund. „Hast du dir schon überlegt, was du mit dem Veterinär anstellen willst?"

„Ich werde ein ernstes Wort mit ihm reden."

„Oho! Das klingt ja richtig böse!" Sie lachte. „Und was willst du machen, wenn er durchdreht?"

„Wieso sollte er *durchdrehen*?", erwiderte er gereizt.

Sie hob die Finger der einen Hand und zählte mit dem Zeigefinger der anderen ab. „Geier hat deine Tür aufgebrochen und dein Haus verwüstet. Als nächstes jagt er dir ne Kugel in den Kopf und dann ist Ende im Gelände."

Ben verdrehte die Augen. „Wir sind hier in Mühldorf, Lulu, nicht in der Bronx!"

„So steht's zumindest auf dem Ortsschild geschrieben", meinte sie gleichmütig. „Und was ist mit dem Typen da vorne am Straßenrand?", plapperte sie und zeigte durch die Windschutzscheibe nach vorn. „Wenn mich nicht alles täuscht, hat der ne Knarre in der Hand."

„Hände hoch oder es knallt!", krähte Gonzo von der Kopfstütze aus.

„Unsinn!", schnaubte Ben. „Kein Mensch in Mühldorf ..." Er brachte den Satz nicht zu Ende, denn nun sah er, dass Lulu diesmal weder übertrieb, noch phantasierte. „Großer Gott! Das ist Hubertus Geier!"

Der Veterinär hatte ein Jagdgewehr an seiner Schulter angelegt und linste durch das Zielfernrohr. Die Mündung des Gewehrs zeigte genau auf Bens Jeep.

„Scheiße, der schießt auf uns!", schrie Lulu, riss in einer einzigen blitzartigen Bewegung Gonzo von der Kopfstütze, presste ihn an sich und verkrümelte sich im Fußraum. „Gib Gas, Ben! Der macht ein Sieb aus deiner Karre!"

Ben trat das Gaspedal durch, der Motor heulte auf, das Heckteil schlingerte. Krampfhaft hielt er das Lenkrad umklammert, um den Wagen auf der Straße zu halten, und raste auf die Kreuzung zu. Geier riss das Gewehr hoch und sprang beiseite. Neunabers Laden flog vorbei, Ben zog das Steuer nach links und schoss in den Dorfring.

Sein Herz raste, er schnappte nach Luft. Er nahm den Fuß vom Gas und blickte in den Rückspiegel. Niemand zu sehen. Gott sei Dank! „Alles in Ordnung", sagte er zu Lulu. „Du kannst wieder hochkommen."

„Das wurde auch Zeit. Ist ganz schön unbequem da unten." Sie setzte Gonzo wieder auf die Kopfstütze, strich die Zöpfe aus ihrem Gesicht und zupfte ihr Shirt zurecht. „Wo ist hier der nächste Waffenladen? Wir müssen aufrüsten, das ist dir hoffentlich klar." Sie machte eine rosafarbene Blase mit ihrem Kaugummi und ließ sie platzen.

Erst jetzt wurde ihm bewusst, dass Neunabers Laden hinter ihnen lag und Lulu immer noch in seinem Wagen saß. Nun, wie dem auch sei, ihre Anwesenheit sollte im Augenblick wohl seine kleinste Sorge sein.

Sie tuckerten den Dorfring entlang, vorbei an Schlotterhoses Schmiede und der Abzweigung, die zu Brills Hof führte. Die Grundschule kam in Sicht, sie lag verlassen da. Es war Samstag, da hatten die Kinder frei.

Ben atmete tief durch und versuchte sich zu sammeln, um einen klaren Kopf zu bekommen. Vielleicht war es sogar gut, dass Lulu dabei war. Ja, das war sogar sehr gut! Sie war seine Zeugin. Sie würde bezeugen, dass der Veterinär mit einem Gewehr auf sie gezielt hatte. Diesmal kam Geier nicht ungeschoren davon. Ben würde sich nicht noch einmal von Toni abwimmeln lassen, so viel stand fest!

„Hast du Erfahrung mit Schreckschusspistolen? Nicht gerade die beste Wahl, ich weiß, aber alles andere ist nicht frei verkäuflich."

„Ich werde mich n*icht* bewaffnen", entgegnete er.

„Das solltest du aber! Also ich wüsste da so ein, zwei, drei Leute, die dir im Handumdrehen ein ganzes Waffenarsenal beschaffen könnten", verkündete sie. „Sturmgewehre, Maschinengewehre, Handgranaten, was du willst. Der Haken ist nur, dass das Andis Leute sind, und die frag ich nicht, ganz bestimmt frag ich die nicht! Das musst du schon selber machen. Aber du darfst denen auf keinen Fall sagen, von wem du den Tipp gekriegt hast!"

Der Bürgermeister wohnte gegenüber der Kirche. An der Hauswand hing ein Schild, das wie ein Wappen geformt war und auf dem in verschnörkelter Schrift *Bürgermeister von Mühldorf* geschrieben stand. Das Haus war von üppigen Kletterrosen umgeben, die bis unters Dach rankten. Das Mauerwerk war weiß getüncht, die Sprossenfenster und die Haustür himmelblau. Das Nachbarhaus war im gleichen Stil gebaut, brauchte aber dringend einen neuen Anstrich und statt der Kletterrosen vertrockneten dort Stiefmütterchen in Plastik-Blumenkästen. Zwischen den beiden Häusern war ein schmaler Durchgang.

Lulu rutschte auf ihrem Sitz umher. „Wir brauchen einen Schlachtplan. Und wir sollten ein Codewort verabreden."

Ben rollte die Augen. „Himmel, du musst wirklich viele schlechte Krimis geguckt haben!" Er löste den Sicherheitsgurt, strich seine widerspenstige Haarsträhne zurück und warf Lulu einen beschwörenden Blick zu. „Ich gehe *allein* zum Bürgermeister! *Ohne* dich. Du bleibst *bitte* im Auto!"

Sie verschränkte die Arme vorm Leib und schob die Unterlippe vor. „Wie du meinst", schnappte sie. „Aber beschwer dich nachher nicht, wenn die Sache in die Hose gegangen ist."

Auf dem Weg zur Haustür drehte er sich noch einmal um und sah ihre Nase an der Autoscheibe kleben.

Entschlossen drückte er auf die Klingel. Sein Puls ging schneller. Hoffentlich gelang es ihm, Stefan Blümel zu überzeugen! Ach, er wünschte sich so sehr, dass er Fritzi helfen durfte.

Hinter der weißen Häkelgardine, die den Glasausschnitt der Haustür zierte, tat sich nichts. Ben klingelte nochmal, wieder nichts. Da fiel sein Blick auf die Lücke zwischen den Häusern. Vielleicht genoss der Bürgermeister das schöne Wetter im Garten und hatte die Klingel nicht gehört.

Hoffnungsvoll steuerte Ben den Durchgang an. Der Gang war wirklich schmal, nur einen knappen Meter breit. Er bezweifelte, dass der Bürgermeister hindurchpasste, zumal dort die Mülltonnen standen.

Ben schob sich an den Tonnen vorbei und gelangte zu den rückwärtigen Gärten der beiden Häuser. Schmale, rechteckige Grundstücke. Auf Blümels Seite ein Mustergarten mit Birnbäumen und liebevoll angelegten Blumenbeeten. Auf dem Nachbargrundstück unzählige Maulwurfshaufen, Gestrüpp und ein baufälliges Gartenhaus.

Die Blumenbeete hatte sicherlich Stefans verstorbene Frau Linda angelegt. Es musste schwer für ihn sein, den schönen Garten anzuschauen, ohne an seinen schmerzlichen Verlust zu denken. Aber vielleicht schenkten ihm die Blumen ja auch ein bisschen Trost. Pflanzen und Tiere können viel mehr, als man manchmal glaubt.

Im Garten war niemand. Kein Stefan Blümel und keine Fritzi. Schade. Ob die beiden einen Spaziergang machten? Weit konnten sie nicht sein. Blümel war zu dick für lange Strecken und Fritzi zu krank.

Plötzlich rummste und schepperte es gewaltig. Das Getöse wurde von den Wänden der beiden Häuser als doppeltes Echo zurückgeworfen. Ohne hinzusehen wusste Ben, dass die Mülltonnen umgekippt waren. Und natürlich wusste er auch, von wem. Seufzend wandte er sich um.

„Verdammte Axt! Was soll das sein, ein Hindernisparcours?" Lulu kämpfte sich, mit den Armen rudernd, zwischen den umgefallenen Tonnen und dem Müll hindurch. Gonzo klammerte sich an ihren Zöpfen fest und spreizte die Flügel, um für eine Notlandung vorbereitet zu sein.

Ben musste wider Willen grinsen. Dabei hatte er eigentlich allen Grund, wütend auf Lulu zu sein.

„Solche schmalen Gänge sollten verboten werden! `N Unding ist das, da passt ja kein normaler Mensch durch!", regte sie sich auf. „Ich hab vor Schreck mein Hubba Bubba verschluckt. Da hätt ich dran sterben können!"

„Im Garten ist niemand. Du hast dein Leben ganz umsonst riskiert", entgegnete er trocken. „Kannst gleich wieder umdrehen, wir gehen."

Natürlich dachte Lulu gar nicht daran, umzudrehen, sondern nahm Blümels Grundstück ins Visier. Dann wendete sie sich nach nebenan und ließ ihren Blick über die Maulwurfshügel und das Gestrüpp wandern.

Ein Dachfenster flog auf, eine Frau mit Lockenwicklern beugte sich raus. „He, Sie da!", schrie sie. „Was machen Sie da?"

Ben winkte ihr freundlich zu. „Hallo! Ich suche Stefan Blümel, den Bürgermeister. Wissen Sie vielleicht, wo er sein könnte?"

„Sie wollen unseren lieben Bürgermeister ausspionieren und bei ihm einbrechen!", keifte sie. „Ich werd die Polizei rufen!"

„Setz dich lieber unter die Trockenhaube, du blöde Schrappnelle", rief Lulu.

„Blööööde Schrappnelle!", krähte Gonzo.

Ben hob beschwichtigend die Hände. „Ich bin kein Einbrecher, ich bin Tierarzt", informierte er die Dame.

„Und wenn Sie der Kaiser von China sind, das ist mir doch egal! Ich ruf jetzt die Polizei!", quäkte sie und verschwand vom Fenster.

Ben wollte sich weder weiteren Ärger einhandeln, noch hatte er Sehnsucht nach Tonis Gesellschaft. „Komm, Lulu, lass uns abhauen! Na los, beeil dich!" Er stellte schnell die Mülltonnen wieder auf, hastete durch den Gang und war im Nu beim Wagen. Lulu stolperte hinter ihm her, quetschte sich fluchend an den Tonnen vorbei und kletterte umständlich in den Jeep. „Ey Mann, wieso machst du so nen Stress?"

„Weil ich nicht noch mehr Ärger haben will, schon gar nicht mit der Polizei!", knurrte er und fuhr los.

„Ich weiß nicht, was du hast. Toni ist doch ganz locker drauf."

Er warf ihr einen missmutigen Seitenblick zu. „Wenn er *dein* Cousin wäre, wüsstest du, was ich meine."

Der Neue macht Ärger

Sie rumpelten über den Dorfring, das Gasthaus kam in Sicht. Ein paar Leute hockten auf Gartenstühlen im Schatten des großen Baums und tranken Bier.

„*Zur Goldenen Pfanne*, pah!", spie Lulu und zog einen Flunsch. „Geh mir bloß los mit dem Kackladen!"

„Hast du mal gezählt, wieviele Kraftausdrücke du am Tag benutzt?", erkundigte Ben sich.

Die Leute unterbrachen ihren Klönschnack und gafften.

„Wieso glotzen die so blöd?" Lulu schüttelte den Kopf. „Ist dir schon aufgefallen, dass die Leute hier in Mühldorf den ganzen Tag nur glotzen? Haben die nichts Besseres zu tun?" Sie presste ihre Nase an die Scheibe und schnitt eine Grimasse. „Glotz! Glotz! Glotz! Ihr Blödies!"

„Blöööödies!", echote Gonzo.

„Da vorne ist er!", rief Ben atemlos.

„Da vorne ist *wer*?", murrte sie, schaute wieder auf die Straße und erblickte einen dicken Mann und einen kleinen Hund.

„Stefan Blümel und Fritzi", erklärte er, hielt am Straßenrand an und stieg aus. „Drück mir die Daumen!"

„Na klar." Lulu ließ schnell die Scheibe runter, damit sie nichts verpasste.

Der Bürgermeister starrte Ben finster entgegen. „Verschwinde, Petterson! Ich will nichts mehr von deinen Verschwörungstheorien hören! Lass mich bloß in Ruhe!"

Ben hob die Hände. „Bitte, Stefan, hör mir zu, ich will Fritzi doch nur helfen!"

Erstaunt bemerkte Lulu, dass auf einmal Leute herbei kamen. Männer, die eben noch beim Frühschoppen gesessen hatten, und ein paar Frauen, eine mit Lockenwicklern. Sie strömten aus ihren Häusern und Gärten, als hätten sie nur darauf gelauert, dass endlich mal was in ihrem langweiligen Kaff passierte.

„Du bleibst lieber hier", sagte Lulu zu Gonzo und streichelte ihm über den Rücken. „Sicher ist sicher." Sie tauchte in die Menschentraube ein und erblickte einen Typen, der aussah wie ein Karussellbremser vom Jahrmarkt. Er hatte sich vor Ben aufgebaut und ließ seinen Bizeps spielen. Lächerlich!

„Bist du schwerhörig, Ben Petterson? Du sollst nen Adler machen, hat unser Bürgermeister gesagt!" Er ließ die Träger seiner blauen Latzhose fletschen. Die Dorfbewohner stimmten ihm zu.

Arschgesichter! Lulu ballte die Fäuste.

„Ich will doch nur Fritzi helfen", wiederholte Ben, der genauso groß wie der Karussellbremser und wesentlich sportlicher war.

Der Bürgermeister stieß ein wütendes Schnauben aus. „Fritzi braucht deine Hilfe nicht. Der Veterinär bringt ihre Babys auf die Welt."

„Aber Geier irrt sich! Fritzi bekommt keine Babys", beharrte Ben.

„Buuuuuhhhh!" Lautstarker Protest ertönte. „Du willst nur unseren Veterinär schlecht machen! Was für ein schäbiges Benehmen!", empörten sich die Leute.

„Zieh Leine, sonst setzt es was!", knurrte der Karussellbremser.

Lulu hatte genug gesehen. Sie war auf fünfhundertachtzig. „Seid ihr so blöd, oder tut ihr nur so?" Die Leute wichen erschrocken zur Seite, denn Lulu stampfte geradewegs durch die Menge hindurch. „Ben ist der beste Tierarzt, den die Welt je gesehen hat! Also haltet verdammt nochmal die Fresse und hört ihm zu!"

In diesem Moment ertönte ein gellender Schrei. „Hilfe! Das sind sie!", kreischten die Lockenwickler. „Die beiden wollten bei dir einbrechen, Stefan! Ich hab das genau beobachtet!"

„Nein", erklärte Ben dem Bürgermeister in bewundernswert ruhigem Ton. „Ich wollte nicht bei dir einbrechen, sondern mit dir reden."

„Die haben herumspioniert und ich hab die Polizei gerufen!", plärrte die Frau.

Wie auf ein Stichwort sauste ein Polizeiwagen herbei und hielt am Straßenrand an.

Die Lockenwickler winkten dem Polizeiauto zu. „Hilfe! Hierher! Hier sind die Übeltäter!"

Die Menge teilte sich wie das Rote Meer und bildete eine Gasse für ihren Dorfsheriff. Toni rückte seine Dienstmütze zurecht, klemmte die Daumen hinter den Pistolengürtel und schlenderte zum Mittelpunkt des Geschehens.

Als er Lulu sah, blieb er stehen. „Hallo schöne Frau", sagte er und schaute ihr ziemlich lange in die Augen.

Gelassen begegnete Lulu seinem Blick und seinem verwegenen Lächeln. „So schnell sieht man sich wieder", stellte sie fest.

„Was ist hier los, Günni?", wandte Toni sich an den Karussellbremser.

„Die beiden wollten bei unserem Bürgermeister einbrechen!", krakeelte die dusselige Alte.

„Der Neue macht Ärger", antwortete Günni und zeigte mit dem Daumen auf Ben. „Hab ihm gesagt, dass er Leine ziehen soll, aber er hat die Ohren auf Durchzug."

„Fritzi ist nicht trächtig, sie ist krank. Wahrscheinlich hat sie einen Tumor", erklärte Ben seinem Cousin.

„Sie bekommt Babys!", hielt der Bürgermeister dagegen, woraufhin die Leute johlend Beifall klatschten.

Toni klopfte dem Bürgermeister freundschaftlich auf die Schulter. „Aber klar kriegt sie Babys, Stefan. Das ganze Dorf freut sich doch schon auf den Nachwuchs. Kein Grund zur Aufregung."

„Die wollten einbrechen!", plärrten die Lockenwickler, wurden aber von niemandem so recht für voll genommen.

Mit hängenden Schultern und traurigem Blick wandte sich der Bürgermeister an Ben. „Ich kann dir leider nicht vorschreiben, wo du deine Praxis hast, aber ich wünschte, ich könnte es. Dann würde ich dir nämlich befehlen, sofort das Dorf zu verlassen." Er drehte sich schwerfällig um und ging mit Fritzi davon.

Die Leute liefen rechts, links und hinter ihm her wie eine gackernde Hühnerschar. Alle zogen ab, sogar die Lockenwickler. Nur der Karussellbremser blieb zurück. Mit vorm Latz verschränkten Armen flankierte er den Dorfsheriff und atmete übertrieben geräuschvoll durch die Nase aus.

Toni schob seine Mütze in den Nacken, schaute der abziehenden Meute hinterher und wandte sich dann Ben zu. „Wow!", meinte er grinsend. „Du hast echt'n Talent, dich unbeliebt zu machen, mein lieber Cousin. Wieso behältst du deine Spekulationen nicht einfach für dich, statt das ganze Dorf gegen dich aufzuwiegeln?"

„Weil Fritzi nicht sprechen kann. Wenn ich mich nicht für sie einsetze, wird sie bald sterben."

Wutschnaubend packte Günni Ben am Unterarm. „Halt endlich die Backen, du Stümper!"

„Lass ihn in Ruhe", sagte Toni gutmütig.

Ben schüttelte den Karussellbremser ab. „Oho, stehst du ausnahmsweise mal auf meiner Seite?", fauchte er Toni an. „Dann kannst du gleich zu Protokoll nehmen, dass Hubertus Geier vorhin mit einem Gewehr auf mein Auto gezielt hat."

„Das ist lächerlich", meinte Toni.

„Von wegen! Es war genauso, wie Ben sagt", schaltete sich Lulu ein. „Ich saß nämlich zufälligerweise auf dem Beifahrersitz."

Toni wandte sich zu ihr um. „Was war denn das für ein Gewehr?"

„Ne lange Flinte. Mit Zielfernrohr." Sie tat so, als hätte sie ein Gewehr auf der Schulter, und betätigte mit dem Finger den Abzug.

„Aha." Toni nickte grinsend.

Lulu stieß mit dem Finger nach ihm. „Ich hatte den Gewehrlauf direkt vor der Nase und wär vor Schreck fast an meinem Kaugummi erstickt! Willst du die Arschkrampe etwa ungeschoren davonkommen lassen?"

Toni klemmte die Daumen tief hinter den Gürtel und schob sein Becken vor. „Okay, ich werd unseren Veterinär verwarnen. Aber nur, weil du's bist, Lulu."

„*Verwarnen*? Wo hast du deine Polizeiausbildung gemacht? Im Wollsocken-Ashram?", regte sie sich auf.

Seine dunklen Augen blitzten belustigt. „In Mühldorf regeln wir unsere Angelegenheiten auf unsere eigene Weise. Bei uns gelten andere Gesetze."

„Na schön, wie du meinst!", schnaubte Lulu. „Dann schaukel du weiter deine Eier und ich kümmere mich selber um die Arschkrampe."

Plattfüße

Am frühen Montagmorgen hämmerte es an der Tür. Ben nahm den Stuhl beiseite, den er unter die Klinke geklemmt hatte, und stand Johann Schlotterhose und seinem Lehrjungen gegenüber.

„Moinsen Herr Tierdoktor. Wir machen Se nu das Schloss heile", meinte der Alte. „Basti, geh Werkzeuch holen!"

„Jaujau, Chef!" Der Junge machte kehrt und schlenderte den Gartenweg entlang zum Auto.

Der Schmied schaute sich die Tür von allen Seiten an, obwohl sich seit vorgestern nichts an ihrem Zustand verändert hatte. Dann beugte er sich so weit runter, dass seine Brillengläser fast am Türschloss klebten. Nachdenklich schabte er mit den Fingernägeln über die grauen Stoppeln auf seinen Wangen.

„Hoffentlich bekommt ihr das heute fertig", meinte Ben und strich sich seine Haarsträhne aus der Stirn.

Ächzend richtete sich der Schmied wieder auf. „Nu mach ma bloß kein Stress, Benny. Stress is nich gut, da wird man krank von."

Basti kehrte mit einem Armvoll Werkzeug zurück und breitete es auf dem Treppenabsatz aus.

„Haste auch an Inbus gedacht, Basti?"

„Jupp, hab ich!"

„Erst Hammer und Schraubendreher."

„Jaujau, Chef!" Der Junge reichte seinem Chef die gewünschten Werkzeuge und wandte sich dann an Ben. „Gehört das so, das mit Ihren Reifen? Ich mein, dass die platt sind?", erkundigte er sich.

„Meine Reifen? Du meinst, die Reifen an meinem Wagen sind platt?", wiederholte Ben begriffsstutzig.

„Jupp. Ham Sie das gar nich gewusst?"

Ben drängelte sich an den beiden Handwerkern vorbei, lief zum Wagenschuppen und blieb wie angewurzelt stehen.

Johann Schlotterhose und sein Lehrjunge stolperten herbei, taperten einmal um den Jeep herum und untersuchten die vier Reifen mit fachkundigen Mienen. „Die ham Löcher wie'n Schweizer Käse", kommentierte der Alte und richtete sich ächzend auf. „Da is nix mehr dran zu retten."

„Aber ... Verdammt! Das gibt's doch nicht!" Ben rang verzweifelt die Hände. Was wollte Hubertus Geier denn noch alles anstellen, um ihn aus Mühldorf zu vertreiben?

„Aufregen nützt nix", meinte Johann Schlotterhose. „Es is, wie's is."

Ben konnte die Polizei anrufen - und er konnte es auch lassen. Toni würde sowieso nichts unternehmen und auf seine schlauen Sprüche konnte er gut verzichten.

Basti strich mit dem Daumen über das Reifenprofil. „Die wären sowieso bald fällig gewesen. Hat der Wagen schon mal neue Puschen gekriegt?"

„Keine Ahnung. Ich hab ihn gebraucht gekauft." Wie betäubt sank Ben an die Motorhaube. Vielleicht lief er nur einem Kindheitstraum hinterher und es wurde Zeit, diesen Traum zu begraben. Er schaute hinüber zum Haus, zu seiner Tierarztpraxis, und spürte, wie sein Hals eng wurde. Tiefschwarze Gedanken übermannten ihn und schlugen wie Wellen über ihm zusammen. Er versuchte, dagegen anzukämpfen, aber das war, als würde er sich mit einem Tsunami anlegen.

„Du musst neue Reifen haben", nuschelte Johann und kratzte sich die Bartstoppeln. „Sonst kannste nich fahrn."

„Wir könn' die besorgen und montieren", bot Basti an. „Wir ham'n Händler anne Hand, der macht gute Preise."

Benommen schüttelte Ben den Kopf. Ganz gleich, wie seine Zukunft aussah, er brauchte auf jeden Fall ein fahrbereites Auto. Er schaute Johann und Basti an. „Okay, kümmert euch bitte um die neuen Reifen. Wie lange wird das dauern?"

Der Alte zuckte mit den Schultern. „Wir könn' uns nich zerteiln. Eins geht nur zur Zeit. Erst machn wir deine Tür fertich, da sind wir ja nu grade bei."

„Aber ich brauch meinen Wagen!", protestierte Ben. „Ein Kunde könnte anrufen, weil ein Tier meine Hilfe braucht..."

Wunschdenken. Sein Telefon hatte erst ein einziges Mal geklingelt, nämlich als Isabel angerufen hatte. Wenn irgendwo in Mühldorf und Umgebung ein Tier krank war, riefen die Leute Hubertus Geier an.

„Basti merk dir die Größe vonne Reifen."

„Jaujau, Chef!"

Gegen Mittag hatte Bens Haustür tatsächlich ein neues Türschloss. Johann und Basti kramten das Werkzeug zusammen und machten sich auf den Weg zum nächsten Kunden, versprachen aber, sich bald um die neuen Reifen zu kümmern.

Die Tierarztpraxis war so still wie eine Grabkammer. Ben ging durchs Wartezimmer, an den leeren Stühlen vorbei, und betrat den Behandlungsraum. Seine Schritte klangen hohl auf den Fliesen. Es war Montag, alle Menschen gingen ihrer Arbeit nach - und er hatte rein gar nichts zu tun.

Also begann er, die Praxis aufzuräumen. Er räumte auf, obwohl es eigentlich gar nichts aufzuräumen gab, aber das war besser, als herumzusitzen und die Wände anzustarren. Dann beschloss er, gründlich sauberzumachen. Er reinigte alle Regale, Schränke, den Behandlungstisch und das

Spülbecken, und dann widmete er sich dem Fußboden. Er lief in die Küche und holte neutralen Reiniger und Wischmopp herbei, dann wischte er den Boden und zog eine akkurate Bahn nach der anderen. Es tat gut, die Hände zu beschäftigen, dann musste der Kopf weniger nachdenken.

Der Fußboden glänzte feucht. Ben öffnete ein Fenster, um frische Luft herein zu lassen – und erblickte ein Pferd. Ein großrahmiger Dunkelfuchs mit edel gewölbtem Hals, langen Beinen und ausgeprägter Muskulatur an der Hinterhand. Im Sattel saß Isabel.

Ein harmonisches Bild. Die Bewegungen von Mensch und Tier waren miteinander zu einer Einheit verschmolzen. Die Ohren des Pferdes spielten, der Schweif pendelte. Das Pferd war entspannt. Isabel war eine gute Reiterin.

„Hallo Bennylein!" Sie lachte fröhlich und strich eine rote Locke, die sich aus ihrem Zopf gelöst hatte, aus ihrem Gesicht.

„Du machst einen Ausritt", sagte er einfältig.

Gelassen lenkte sie den Fuchs in die Einfahrt und ritt im Schritt auf das Haus zu. Die Pferdehufe hallten in gleichmäßigem Takt auf dem Pflaster.

„Cicero hat sich ein bisschen Entspannung in der Natur verdient. Er geht in diesem Jahr erstmals S-Dressuren auf dem Turnier und wir trainieren fleißig. Er ist hochkonzentriert bei der Arbeit, es macht so viel Spaß mit ihm!", plauderte sie. Ein paar Meter vor seinem Fenster hielt sie an, nahm die glänzenden Stiefel aus den Steigbügeln und schwang sich in einer anmutigen Bewegung aus dem Sattel. Dann tätschelte sie ihrem Pferd den Hals und löste den Sattelgurt ein wenig.

„Moment, ich komme raus", versprach Ben, damit er nicht länger wie ein Depp aus dem Fenster guckte. Dankbar für die Ablenkung ging er nach draußen und erblickte Isabel auf der alten Holzbank unterm Apfelbaum. Sie hatte ihren Zopf gelöst, ihr Haar fiel in weichen Wellen über ihre Schultern. Sie lehnte sich zurück, streckte die Beine aus und hielt ihr Pferd am langen Zügel. Es stand so ruhig wie ein Denkmal da. Nur hin und wieder verscheuchte es eine Fliege mit seinem Schweif.

Ben setzte sich in ausreichendem Abstand neben sie auf die Bank. Süßer Parfumduft stieg ihm in die Nase. „Wie geht es deiner Katze? Ist sie inzwischen wieder aufgetaucht?"

Sie schlug kurz die Augen nieder. „Muschi geht's wieder gut. Hubertus Geier hat sie behandelt."

„Aha", machte Ben. Hoffentlich verstand der Veterinär wenigstens etwas von Wundversorgung!

Isabel schien seine Gedanken zu erraten. „Hubertus ist ein guter Tierarzt, Benny! Obendrein ist er Willis Freund, sie spielen zusammen Skat und so was."

„Dann ist ja alles bestens", schnappte Ben.

Der Wind fuhr wie ein unsichtbarer, großer Kamm über das Gras der gegenüberliegenden Wiese. Am Himmel trieben die Wolken wie Eisschollen auf einem Ozean vorbei.

Isabel suchte seinen Blick. „Du bist damals einfach abgereist, ohne dich zu verabschieden. Und du hast dich nie wieder in Mühldorf blicken lassen. Es hieß, du hättest deinen Onkel bestohlen."

„Ein dummer Irrtum", entgegnete er hölzern.

„Das muss schlimm für dich gewesen sein", murmelte sie mitfühlend. „Für mich war es auch schlimm. Ich war überzeugt, dass wir beide füreinander bestimmt sind. Mit zwanzig hat ein Mädchen sehr romantische Vorstellungen." Sie lachte leise.

Ihm fiel nichts ein, was er darauf hätte sagen können.

„Ich wünschte wirklich, es wäre so gekommen, wie ich es mir erträumt hatte", flüsterte sie. „Dann wäre ich jetzt deine Frau und wir hätten einen Pferdehof *und* eine Tierarztpraxis." Sie zeigte auf das Nebengebäude mit den leeren Boxen.

„Hör auf damit, Isabel!"

„Hast du inzwischen schon Patienten? Ich hab gehört, dass du ein bisschen Ärger mit ein paar Leuten aus dem Dorf hast."

„Aha, das hast du gehört, ja?", motzte er. „Lass mich raten, wer dir das erzählt hat: Willis Skatbruder Hubertus Geier?"

Sie senkte den Blick und spielte mit dem Zügel in ihrer Hand. Ihre roten Locken fielen ihr über die Schulter und verdeckten ihr Gesicht. „Ich mein es doch nur gut mit dir, Bennylein."

„Ich heiße Ben!" Er atmete seufzend aus. „Entschuldige, Isabel. Meine Nerven liegen gerade ziemlich blank." Mit einer unwirschen Handbewegung strich er sich die Haare aus der Stirn. „Um deine Frage zu beantworten: Nein. Ich habe keinen Patienten. Nicht einen einzigen."

„Das tut mir sehr leid für dich."

Ben nickte und kam sich vor wie der allerletzte Loser. „Schon gut."

„Willi und ich sind leider oft unterschiedlicher Meinung, vor allem, wenn es um Pferde geht", erzählte sie. „Ich bin mit Pferden aufgewachsen und Willi mit Kühen und Viehhandel. Er hat seine Leidenschaft für Pferde erst durch mich entdeckt."

Ben betrachtete den edlen Fuchs, dann ließ er seinen Blick über den glänzenden Ledersattel und das Zaumzeug schweifen. „Warum erzählst du mir das?"

„Damit du verstehst."

Ben verstand gar nichts.

Sie rückte so nah an ihn heran, dass sich ihre Oberschenkel berührten. „Bennylein?" Ihre Stimme war ein sanftes Wispern. In Zeitlupe schaute sie zu ihm auf. Grüne Augen unter langen, wohlgeformten Wimpern. Ihre Lippen waren leicht geöffnet, sie ließ ihre rosafarbene Zungenspitze langsam darüber gleiten. „Würdest du mich heiraten, wenn Willi nicht wäre?"

„Was ist das denn für eine Frage!", regte er sich auf.

„*Wenn Willi nicht wäre.*"

„Das ist eine theoretische Frage."

„Wieso hast du ihn denn geheiratet?", fragte er verständnislos. „Liebst du ihn überhaupt?"

In einer hilflos erscheinenden Geste hob sie die Schultern. „Ich wollte immer einen Pferdehof haben." Sie schmunzelte. „Dank Willi habe ich meinen Pferdehof."

Auf einmal fielen ihm die steilen Falten auf, die von ihren Nasenflügeln bis zu ihrem Kinn reichten, und er bemerkte, dass sich ihre Mundwinkel abwärts zu neigen begannen. Isabel war zwar nicht glücklich, aber sie hatte bekommen, was sie haben wollte.

Ben war heilfroh, dass er Single war. Lieber allein, als unglücklich verheiratet.

Sie legte den Kopf schief und blinzelte gekonnt unter ihren langen Wimpern zu ihm auf. „Sag mal, was ist eigentlich mit dir und dieser Lulu?"

„Nichts", bellte er.

Sie lachte schallend. „Da bin ich ja beruhigt. Sorry, aber ich konnte mir das einfach nicht vorstellen. Du – und *sie*?"

Ihre Worte verletzten ihn und machten ihn wütend, und aus irgendeinem Grund empfand er das dringende Bedürfnis, Lulu zu verteidigen.

„Lulu ist ein guter Mensch. Und sie würde ganz sicher niemanden wegen seines Geldes heiraten", knurrte er und stand auf.

Isabel lächelte maliziös. „Ach nein? Die gute Lulu lässt sich für *Geld* flachlegen. Sehr ehrenwert, ich muss schon sagen!"

Verletzende Worte

„Moin Moin! Schönen guten Tag!", flötete Gonzo und drehte sich im Kreis herum.

„Na du bist ja gut drauf", muffelte Ben. Er fegte einen braunen Haufen auf eine Schaufel, warf ihn auf die Schiebkarre und warf Besen und Schaufel gleich hinterher.

„Ganz im Gegensatz zu dir", stellte Lulu fest.

„Ich will dich nackt sehen!", rief Gonzo.

„Sag lieber Moin und Schönen guten Tag, Gonzo."

„Bumsen oder blasen?" Gonzo gackerte fröhlich.

Ben, der sowieso schon grimmig aus der Wäsche guckte, blickte noch grimmiger drein. „Kannst du Gonzo endlich mal abgewöhnen, dauernd solche versauten Sachen zu sagen?", motzte er.

„Was ist los? Ist dir'n Bus über'n Fuß gefahren?" Sie setzte sich auf die alte Holzbank, streckte die Beine aus und wackelte mit den Zehen.

„Und warum läufst du immer in solchen Klamotten rum?" Er zeigte auf ihre Sandalen, ihre pinkfarbene Satin-Leggings und ihr Lieblings-Glitzershirt.

Allmählich ging er ihr auf den Senkel mit seinem griesgrämigen Gesicht und seinen doofen Fragen. „Das geht dich zwar nichts an, aber ich verrat's dir trotzdem: Ich liebe bunt. Bunt ist meine Lieblingsfarbe. Nun zufrieden?"

Seine Augen waren dunkel, so als wären sie hinter einer Wolkenwand versteckt. Er presste die Lippen zusammen und starrte stumm an ihr vorbei, bis er irgendwann sagte: „Das geht mich wirklich nichts an, du hast recht." Er räusperte sich. „Möchtest du was trinken?"

„Ne Maxi-Cola mit Eis, einem Scheibchen Zitrone, Strohhalm und Pappschirmchen", erwiderte sie.

„Wasser, Tee?"

„Nee, lass man." Sie winkte ab. „Wasser schmeckt nach nichts und Tee geht nur bei Magen-Darm-Grippe."

„Dann kann ich dir nicht helfen." Ben sank schwerfällig auf die Bank. „Tut mir leid, dass ich dich eben so angepflaumt habe. Ich bin heute ziemlich schlecht drauf."

„Was du nicht sagst. Ist mir gar nicht aufgefallen." Sie zwinkerte ihm fröhlich zu. Gonzo imitierte einen Furz und fing an zu gackern.

Bens Lippen kräuselten sich. Na also, wer sagt's denn! Mit einer unwirschen Geste verscheuchte er seine Haare aus der Stirn, was wie immer zwecklos war, denn im nächsten Moment machten sie doch wieder, was sie wollten. Die Wolkenwand verzog sich und nun leuchteten seine Augen wieder so blau wie der Himmel an einem sonnigen Tag.

Ihre Blicke begegneten sich und hielten sich fest. Lulu wollte wegschauen, aber sie schaffte es nicht. Bens Augen saugten sie in einen Strudel hinein. Sie waren wie ein Sog, aus dem sie nicht entkommen konnte. Lulu bekam eine Gänsehaut und erschauderte. Gleichzeitig fühlte sich ihr Körper so glühend heiß an, als ob ihr Inneres in Flammen stünde. Sowas hatte sie noch nie erlebt. Es war beängstigend, aber es war auch irgendwie schön.

So sehr sie sich auch bemühte, sie konnte den Blick nicht von seinen magischen Augen abwenden. „Was ist das?", flüsterte sie. Ihre Stimme hörte sich fremd an. Oder war das gar nicht ihre Stimme? Hatte sie gerade etwas gesagt? Sie war sich nicht sicher.

„Was ist *was*?", rätselte er und schaute sich suchend um. Sein Blick fiel auf die Schiebkarre und wurde wieder mürrisch. „Das sind Pferdeäpfel."

Erleichtert atmete Lulu auf. Das magische Was-auch-immer war vorbei.

„Du hast Pferdeäpfel zusammengefegt?", plapperte sie. „Lass mich raten." Sie legte den Zeigefinger ans Kinn. „Ich hab's: Frau Knackarsch ist rein zufällig vorbeigehoppelt, hat dir schöne Augen gemacht und ihr Zossen hat auf deinen Gartenweg gekackt."

„Sie heißt Isabel", korrigierte er sie und fragte erstaunt: „Woher wusstest du, dass sie *zufällig* vorbeigekommen ist?"

Lulu lachte. „Weil ich weiß, wie Frauen ticken."

„Hm." Ben kratzte sich am Kopf.

Sie schwiegen eine Weile. Es war ein friedliches Schweigen. Auch das war neu für Lulu. Einfach still mit einem anderen Menschen zusammenzusein. Über irgendwas konnte man schließlich immer quatschen.

Gonzo flatterte in den Apfelbaum, richtete sich auf einem Ast ein und guckte sich die Welt von oben an.

„Machst du dir gar keine Sorgen, dass Gonzo wegfliegen könnte?", fragte Ben.

Lulu schaute hoch zu ihrem gefiederten Liebling und lächelte. „Nee. Er ist seit zehn Jahren bei mir. Warum sollte er plötzlich wegfliegen?"

„Hoffentlich behältst du recht!"

„Ich hab Gonzo von Andi bekommen und der hat ihn von einem Seefahrer", erzählte Lulu. „Der hatte keine Kohle, nicht einen Cent, alles versoffen. Da hat er mit Gonzo bezahlt, das war das einzige, was er außer seinen stinkenden Klamotten besaß. Seitdem sind wir zusammen, Gonzo und ich."

Ben runzelte die Stirn und räusperte sich. Plötzlich richtete er sich kerzengerade auf und stützte die Hände auf die Oberschenkel, als wäre er auf dem Sprung. So als hätte er keine Zeit für einen gemütlichen Plausch, weil er Wichtigeres zu tun hatte. Was natürlich Unsinn war, denn wenn's nicht brennt und niemand Hilfe braucht, ist nichts wichtiger als ein gemütlicher Plausch.

„Wie war's bei Arschkrampe Geier? Hast du kurzen Prozess mit ihm gemacht?" Lulu schob die Unterlippe vor. „Dass du mir verboten hast, ihm die Eier langzuziehen, nehm ich dir echt übel. Zur Strafe musst du mir jetzt alles haarklein erzählen!"

„Geier!", schnaubte Ben. „Ich war x-Mal bei seinem Haus oben auf dem Hügel." Er nickte rüber in Richtung Wald, um ihr die grobe Richtung zum Hügel zu zeigen. „Der Mistkerl war nicht da. Der versteckt sich vor mir!"

„Dann lauern wir ihm eben auf! Wir erwischen ihn, jede Wette! Ich bin richtig gut in sowas." Lulu klatschte in die Hände. Sie war Feuer und Flamme.

Ben schüttelte den Kopf. „Das ist nicht nötig. Ich hab ihn angerufen und mich mit ihm verabredet. Mittwochvormittag um zehn in seiner Praxis."

„Du hast die Arschkrampe *angerufen*?", staunte Lulu.

Er hob die Schultern. „Irgendwas musste ich schließlich tun."

„Übermorgen um zehn." Nachdenklich kratzte Lulu sich das Kinn. „Bei *ihm* in *seiner* Praxis? Da solltest du auf gar keinen Fall alleine aufkreuzen! Ey, der Typ hat ne Knarre!"

Ben hob in einer hilflosen Geste die Hände zum Himmel. „Ich würde mich gerne im Guten mit ihm einigen, trotz allem! Letzte Nacht hat er meine Reifen zerstochen. So kann das doch nicht weitergehen! Geier lässt wirklich nichts unversucht, mich aus Mühldorf zu vertreiben. Inzwischen habe ich Zweifel, ob eine Einigung überhaupt möglich ist." Seine Arme sanken runter, er starrte dumpf auf die Erde.

Lulu war baff. „Arschkrampe hat deine Reifen zerstochen?" Sie holte tief Luft. „Weißt du, was das ist?"

„Ja. Das ist Sachbeschädigung."

„Das ist eine offizielle Kriegserklärung!", rief sie und ballte die Fäuste.

„Stell dir nur mal vor, eine Kuh oder ein Pferd auf einem der Höfe würde meine Hilfe brauchen! Ich könnte nicht hinfahren, weil meine Reifen platt sind!" Er schüttelte resignierend den Kopf. „Ach, was soll's. Meine Hilfe wird hier ja sowieso nicht gebraucht."

„Hey, du wirst dich doch wohl nicht von Herrn Arschkrampe unterkriegen lassen!"

„Du hast leicht reden."

„Verdammt, Ben! Du willst der neue Tierdoktor sein?", rief sie und sah ihn sparsam nicken. „Dann *sei* der neue Tierdoktor!"

„Aber wie denn ohne Patienten?", fragte er verzweifelt.

„Ganz einfach!", trompetete sie. „Du gehst in die Offensive! Ziehst deine Praxis ganz groß auf! Mit mir als Tierarzthelferin."

Die Idee war ihr gerade eben gekommen. Eine tolle Idee! Anständiger Job, netter Chef und Gonzo könnte immer mit dabei sein.

Ben guckte sie mit großen Augen an und fing an zu lachen. „*Du* als Tierarzthelferin?", prustete er. „Das ist jetzt nicht dein Ernst."

Sie strahlte ihn an. „Und ob! Ich such nämlich zufälligerweise gerade einen Job. Ich krieg das supergut hin, sollst sehen!"

Er hörte auf zu lachen. „Mal abgesehen davon, dass ich keine Helferin brauche, wärest *du* völlig ungeeignet."

„Woher willst du das wissen? Nur, weil ich ein einziges Mal aus den Latschen gekippt bin? Das passiert mir bestimmt nicht wieder. Ich werd mir ganz viel Mühe geben und alles lernen, was man als Tierarzthelferin können muss."

Seine Brauen schoben sich zusammen, seine Lippen wurden schmal. „Nein, Lulu! Du bist keine Tierarzthelferin und du wirst auch niemals eine sein."

Sie spürte, wie die Enttäuschung - dieses Gefühl, das sie so hasste - sie runterziehen wollte, und wurde wütend. „Verdammt, Ben, du bist doch nur zu feige! Ich hab tolle Pläne, wie wir die Praxis in Schwung bringen können, aber du willst nur weiter das Opfer spielen!"

„Du weißt nicht, wovon du sprichst. Du hast überhaupt keine Ahnung, und trotzdem mischst du dich ständig in meine Angelegenheiten ein!"

„Das würde *dir* natürlich niemals passieren!" Sie stieß mit dem Finger nach ihm. „*Du* hältst dich aus allem fein raus, dir sind die Sorgen und Probleme deiner Mitmenschen kackegal. Du stehst für niemanden ein. Nicht mal für dich selbst!"

„Das ist nicht wahr!", schnappte er, presste die Lippen zusammen und starrte auf den Boden.

Sie wollte ihn provozieren. Ganz bewusst und mit voller Absicht. Sie war verletzt und sie war stinksauer. „Warum hängst du die Praxis nicht an den Nagel und gehst zurück nach Frankfurt in die Tierklinik?"

Er sprang auf und funkelte sie an. Seine Augen waren so dunkel wie Gewitterwolken. Ein Muskel an seinem Kiefer pulsierte. „Ich will dir ja nicht zu nahe treten, Lulu", stieß er zwischen den Zähnen hervor. „Aber bevor du große Reden über Dinge schwingst, von denen du nichts verstehst, solltest du lieber bei dem *Job* bleiben, mit dem du bisher dein Geld verdient hast."

Verfluchter Mistkerl!

Sie baute sich vor Ben auf, stemmte die Hände in die Hüften und schob das Kinn vor. „Was, bitte schön, soll das denn heißen?"

„*Bumsen oder blasen*", ahmte er Gonzo böse nach, machte eine wegwerfende Handbewegung und knurrte:

„Ach, vergiss es!" Er drehte sich auf dem Absatz um, ließ sie stehen und marschierte ohne ein weiteres Wort ins Haus hinein. Scheppernd fiel die Tür ins Schloss.

Lulu hatte einen bitteren Geschmack im Mund. Sie schluckte hart. Natürlich wusste sie, was Ben von ihr dachte, sie war schließlich nicht blöd. Traurig zuckte sie die Schultern. Die Menschen glauben, was sie glauben wollen. Dagegen kann man nichts machen. Will man sie vom Gegenteil überzeugen, dann glauben sie einem erst recht nicht.

Ihr Herz tat weh. Normalerweise war Lulu hart im Nehmen und ließ sich nicht unterkriegen. Um sich dieses dicke Fell zuzulegen, war sie durch eine harte Schule gegangen, denn dort, wo sie herkam, waren verletzende Worte an der Tagesordnung. Doch Ben hatte eine Wunde in ihr berührt, seinen Finger hineingesteckt und die Wunde aufgerissen. Lulu zitterte am ganzen Körper.

Mit dünner Stimme rief sie Gonzo herbei, er hockte sich auf ihre Schulter und sie schlich den Birkenweg zurück zu Neunabers Laden.

Sie hatte sich selbst getäuscht. Als sie aus der Stadt abgehauen war, hatte sie sich eingeredet, ein neues Leben anzufangen. Ein ganz normales, gutes Leben – ohne Andi, die Sorge um ihre Mom und die Angst um ihre Sicherheit. Sie seufzte. „Man fängt nicht einfach ein neues Leben an, nur weil man woanders hingeht", murmelte sie. „Egal, wo man ist, man hat sich selber immer dabei."

Gonzo schmiegte sich an ihre Wange. Er war viel mehr als ein geliebtes Tier. Er war der allerbeste Freund, den ein Mensch haben konnte.

Um Motje und Sötje nicht zu begegnen, steuerte sie die Hintertür an. Sie wollte allein sein. Sie musste nachdenken.

Die Rückseite des Ladens bildete zusammen mit zwei Garagen und einer Wand des Wohnhauses einen

Hinterhof, der von der Straße nicht einsehbar war. Dort parkte der Jaguar, damit der Parkplatz vorne an der Straße für die Kunden frei war. Lulu ging an den Müllkübeln, einem Stapel Paletten und ein paar ausrangierten Einkaufswagen vorbei.

Kurz bevor sie die Hintertür erreichte, klingelte es in ihrer Handtasche. Ben? Ihr Herz klopfte heftig beim Gedanken, dass er es sein könnte, der sie anrief. Aber hatte er überhaupt ihre Nummer? Sie nahm das Handy heraus, schaute drauf und ihr Herz fiel ins Bodenlose. Für ihr Seelenleben wäre es besser, wenn sie es einfach klingeln lassen würde. Für ihre Sicherheit war es besser, ranzugehen. Sie spürte, wie sich die Muskeln in ihrem Nacken anspannten.

„Hast du Alzheimer? Ich hab dir doch gesagt, dass du mich nicht mehr anrufen sollst!", fauchte sie.

„Letzte Chance, Schlampe: Gib mir meinen Jaguar und die Kohle zurück", drang die verhasste Stimme an ihr Ohr.

„Vergiss es, Arschloch!"

„Aaaasch!", trompetete Gonzo.

„Dann muss ich mir mein Eigentum wohl holen", sagte Andi, dessen Stimme plötzlich butterweich klang. „Das wird aber leider gar nicht gut für dich ausgehen, fürchte ich."

Lulu lief es eiskalt den Rücken herunter. Irgendetwas in seinen Worten ließ sie ahnen, dass er nicht bluffte. Aber er konnte doch unmöglich wissen, wo sie war! Nein, das konnte er nicht.

Andi war ein sehr guter Schauspieler. Ihre Mom war auf ihn reingefallen, genau wie viele andere Frauen auch. Aber Lulu konnte er nichts vormachen!

Dies war das letzte Mal, dass er sie anrief. Sie würde nie wieder von ihm hören. Mit grimmiger Entschlossenheit drückte sie auf die Aus-Taste. Dann schob sie den Deckel des Müllkübels auf und warf das Handy im hohen Bogen hinein.

Ein umwerfendes Angebot

Ben starrte nach draußen auf den Mühlsee. An der Brücke, dort, wo der gestaute Bach heraussprudelte, war die Wasseroberfläche aufgewühlt, so dass sich feiner Schaum bildete. Gegenüber am Ufer postierte sich ein Fischreiher.

Er hatte sich total bescheuert benommen. Was ging es ihn an, ob Lulu Prostituierte war oder nicht? Gar nichts! Sie war auf der Suche nach einer anständigen Arbeit, also hatte sie anscheinend mit ihrer Vergangenheit abgeschlossen.

Ben versuchte, seine Gedanken abzuschalten. Er hörte die alte Küchenuhr ticken und das gedämpfte Rauschen des Mühlbachs. Ansonsten war alles still. Viel zu still.

Er stützte seinen Kopf in die Hände. Der Reiher stand regungslos im flachen Wasser und wartete geduldig darauf, dass ein Fisch vorbeikam. Der Kreislauf der Natur. Fressen und gefressen werden. Leben und sterben.

Das Klingeln des Handys durchschnitt die Stille.

„Petterson, Mensch, wie geht's, wie steht's?" Sein Chef Hanfried Mesterharm brüllte ihm aus dem Hörer entgegen. Sein Ex-Chef, besser gesagt. Aus dem Hintergrund waren Stimmengewirr und Hundegebell zu hören.

Das Bild des graumelierten Mannes mit Kartoffelnase tauchte vor seinem inneren Auge auf. Er sah ihn durch den breiten Flur der Klinik marschieren, wo wie immer reges Treiben herrschte. Tierärzte und Helferinnen in grünen Kitteln, die von einem Untersuchungsraum zum nächsten hasteten. Hunde und Katzen, die tierärztliche Hilfe brauchten. Menschen, in deren Gesichtern Besorgnis, Erleichterung oder Trauer um ihren Liebling geschrieben stand. Ben schluckte und bekam plötzlich Heimweh.

„Hallo Hanfried." Wie sehr er sich danach sehnte, ein wichtiger Teil eines wichtigen großen Ganzen zu sein! Diese Sehnsucht überwältigte und erschreckte ihn gleichermaßen. Niemals hätte er gedacht, dass er sich nach einem anderen Ort als nach Mühldorf sehnen könnte. Er hatte sich getäuscht.

„Na, wie gefällt's dir als Selbstständiger? Steckst bis über beide Ohren in Arbeit, was?"

Ben war ein schlechter Lügner. Aber selbst wenn er wüsste, wie man einen ungünstigen Umstand glaubhaft beschönigte, hätte ihm dieses Wissen nichts genutzt. Es gab nichts zu beschönigen, weil es einfach nichts *gab*. Während die Tierärzte in der Klinik von einem Patienten zum anderen eilten, war er zum Nichtstun verdammt. Das war die Realität.

„Es läuft gar nicht gut", gestand er seufzend. „Ich hab nichts zu tun."

„*Was?*" Hanfried fiel aus allen Wolken. „Wieso hast du nichts zu tun? Gibt's keine Tiere in Mühldorf und Umgebung?"

„Doch natürlich."

„Dann verstehe ich nicht, warum du keine Kunden hast!"

„Hier gibt es bereits einen Tierarzt", murmelte Ben.

„Ja, und? Es gibt keinen Besseren als dich. Die Mühldorfer müssen Idioten sein, wenn sie das nicht merken."

Ben hatte bislang kein sonderlich inniges Verhältnis zu Hanfried gehabt, aber in diesem Augenblick hätte er ihn am liebsten umarmt. Auf einmal wurde ihm bewusst, dass er begonnen hatte, an seinen Fähigkeiten zu zweifeln. Das gefiel ihm ganz und gar nicht. Normalerweise brauchte er keine Anerkennung, um zu wissen, wer er war. Er hatte sich selbst nie überschätzt, aber er hatte immer an sich geglaubt.

„Heißt das, dass du in diesem Kaff rumsitzt und Däumchen drehst? Das kann nicht angehen, Petterson! Das ist verschwendete Zeit."

„Was soll ich denn sonst machen?" Himmel, wie jämmerlich er klang! Ben konnte sich selbst kaum ertragen.

„Das will ich dir sagen, Petterson: Komm zurück in die Klinik. Du fehlst uns hier nämlich gewaltig, und zwar an allen Ecken und Enden. Ich hab diesen Neuen eingestellt, Frerichs, 'n Jungspund mit gutem Zeugnis. Hab ihn gleich wieder rausgeschmissen. Der kann ne Hufrehe nicht von Spat unterscheiden, kannst du dir das vorstellen? Ne Schande ist das! Wenn das die neue Generation Tierärzte ist, dann mal gute Nacht!"

Einer weniger. Ben mochte sich gar nicht ausmalen, was derzeit in der Klinik los war. Die Kollegen krochen vermutlich schon auf dem Zahnfleisch. Einen neuen Tierarzt für die Behandlung der Kleintiere zu finden, dürfte nicht so schwierig sein. Aber Hanfried brauchte jemanden, der sich auch mit Pferden, Rindern und Schweinen auskannte.

Die Hintergrundgeräusche verstummten. Hanfried war jetzt in seinem Büro und hatte die schallhemmende Tür geschlossen. Ben sah die schicke Einrichtung deutlich vor

126

sich. Cremeweiße Schränke, Maßanfertigungen eines renommierten Frankfurter Möbelfabrikanten, der leidenschaftlicher Pferdezüchter und ein guter Kunde der Klinik war.

Im Schrank hinterm Schreibtisch, drittes Fach von links, bewahrte Hanfried seine teuren Whiskeys für besondere Anlässe auf. Es gab eine Menge besonderer Anlässe, zumindest für Hanfried. Ben hörte, wie er zwei Fingerbreit in ein Glas einschenkte, und schaute im Geiste zu, wie Hanfried im Ledersessel Platz nahm, sich zurücklehnte und die Füße auf den Schreibtisch legte. Die Flüssigkeit gluckerte durch seine Kehle und als er zischend die Luft ausstieß, wusste Ben, dass der Whiskey im Magen angekommen war.

„Ich hab mir was überlegt, Petterson", sagte Hanfried. „Du kommst zurück an Bord. Aber nicht als Angestellter. Du wirst Teilhaber der Klinik. Du und ich, jeder Halbe Halbe. Was sagst du?"

Ben schnappte nach Luft. Er konnte nicht glauben, was er da gerade gehört hatte. „Du schlägst mir eine Beteiligung an der Tierklinik vor?", wiederholte er fassungslos.

„Jawohl, Petterson. Ich will nämlich, dass du zurückkommst. Dich nur mit einem Angestelltenvertrag zu locken, erscheint mir nicht besonders aussichtsreich."

Ben fehlten die Worte. Hanfrieds Angebot verschlug ihm glattweg die Sprache. Hinter seiner Stirn lief wie auf einer Kinoleinwand ein Film. Es war ein großartiger Film, in dem er eine Hauptrolle spielte.

Was für eine unglaubliche Chance!

Er würde die Klinik zu der Besten machen. Außer auf klassisch wissenschaftliche Tiermedizin würde er auf alternative Heilmethoden setzen. Osteopathie, Chiropraktik, Akupunktur, Schwimmtherapie ... Sein Herz klopfte so laut, dass Hanfried es bestimmt hören konnte. Ben sprang auf und lief, den Hörer am Ohr, in der Küche umher.

Hanfried nahm einen weiteren Schluck. „Schlaf ne Nacht drüber, Petterson, und lass dir mein Angebot in Ruhe durch den Kopf gehen. Das ist ne Entscheidung fürs Leben, und die fällt man nicht mal eben so aus'm Stand."

Hanfried hatte natürlich recht. Gleichwohl war Ben bewusst, dass sein Ex-Chef sehr überlegt vorging, indem er ihm Zeit zum Nachdenken einräumte. Eigentlich war Hanfried nämlich ein Mann der Schnellschüsse, der niemals länger als zwei Minuten über irgendwas nachgrübelte, und der dieselbe Entschlussfreude auch bei seinen Mitmenschen voraussetzte. Seine bedachte Vorgehensweise zeigte umso mehr, wie sehr ihm daran gelegen war, dass Ben sein Partner in der Klinik wurde.

Ben sank zurück auf den Stuhl, das Telefon noch immer in der Hand, obwohl Hanfried längst aufgelegt hatte. Benommen schaute er nach draußen zum See. Der Fischreiher schnellte vor, stach blitzschnell seinen Schnabel ins Wasser und tauchte im nächsten Augenblick wieder auf. Er hatte bekommen, worauf er gewartet hatte. Nun hob er ab und flog davon.

Ben schwirrte der Kopf. Onkel Ottos Praxis oder Teilhaber der Frankfurter Tierklinik? Eigentlich brauchte er nicht darüber nachzudenken. Er wäre wirklich dumm, wenn er Hanfrieds Angebot ausschlug. Wieso sollte er ablehnen? Für eine Tierarztpraxis ohne Patienten?

Sein Blick fiel auf das gerahmte Foto an der Wand über der Eckbank. Ein großer, breitschultriger Mann mit

128

Schnurrbart und ein schmächtiger Junge, der bewundernd zu ihm aufschaut.

Eigentlich merkwürdig, dass Onkel Otto das Bild behalten hatte, obwohl er damals geglaubt hatte, dass Ben ihn bestohlen hätte. Es wäre nur verständlich gewesen, wenn er es weggeworfen hätte.

Ben wünschte, er könnte noch einmal mit ihm sprechen.

Was würde Onkel Otto sagen, wenn er wüsste, dass er nach so kurzer Zeit das Handtuch werfen wollte? Dass Ben sein Lebenswerk, das er ihm zu treuen Händen vererbt hatte, einfach aufgab?

Er wäre fassungslos und er wäre enttäuscht.

Bens Magen krampfte sich zusammen, als hätte er was Falsches gegessen.

Er warf einen letzten Blick auf das Foto. Dann stand er vom Stuhl auf und steckte das Telefon in die Hosentasche.

Auf eigene Faust

Lulu saß auf dem schmalen Bett, umgeben von gebastelten Flugzeugen, und schaute Gonzo bei der Fußpflege zu. Sötje und Motje waren im Laden und lauerten auf Kundschaft. Und Ben hockte vermutlich trübsalblasend in seiner leeren Praxis.

Draußen vorm Fenster war es grau, der Himmel hing voller Wolken. Der ganze Tag lag vor ihr und sie hatte keine Ahnung, was sie damit anfangen sollte.

Lulu zuckte die Schultern. Das Leben war dazu da, das Beste draus zu machen. Sie brauchte nur einen neuen Plan zu schmieden, das war alles. Prompt hatte sie eine großartige Idee. Und noch eine! Zwei tolle Ideen auf einen Schlag!

Auch wenn Ben sich gestern ziemlich blöd benommen hatte, er war und blieb trotzdem ihr Freund. Einem Freund ist man nie lange böse und wenn ein Freund in der Klemme steckt, dann hilft man ihm!

Sie schnappte sich ihre Handtasche, setzte Gonzo auf ihre Schulter und verließ das Zimmer. Die Katzenklappe flog auf und Karl der Zweite hoppelte in den Flur. Er fegte einmal um ihre Füße herum und bog dann in die Küche ab, wo wie immer jede Menge Grünzeugs für ihn bereitstand.

Lulu erzählte Motje und Sötje von ihren Ideen und die beiden erklärten sich bereit, mitzumachen, um Ben zu helfen. Dann ging sie durch die Ladentür nach draußen, umrundete das Gebäude, startete den Wagen und fuhr aus dem Hinterhof. Gonzo saß auf dem Armaturenbrett und guckte neugierig durch die Windschutzscheibe. Dann und wann gab er einen fröhlichen Pfiff von sich. Er war wie immer mit sich und der Welt im Reinen.

Sie folgte dem Dorfring bis zu Schlotterhoses Schmiede. Dann bog sie ab und fuhr die lange schmale Straße entlang, an der Ben die verletzte Katze entdeckt hatte.

Isabels Muschi.

„Da vorne ist Brills Hof", sagte sie und zeigte mit dem Daumen nach links.

„Schönen guten Tag!", krähte Gonzo und schlug übermütig mit den Flügeln.

Lulu kicherte. Sie musste an Bens verdattertes Gesicht denken, als er das Rollo hochgezogen hatte. Das war wirklich lustig gewesen.

An der Landstraße fuhr sie statt in Richtung Autobahn durch mehrere Dörfer, bis sie schließlich einen größeren Ort erreichte. Sie fand eine Druckerei und traf auf einen freundlichen Mitarbeiter, der ihren Auftrag entgegennahm und sie um zwei Stunden Geduld bat. Die Wartezeit kam Lulu wie gerufen, denn ein Stückchen weiter hatte sie einen vielversprechenden Imbiss entdeckt. Dort verputzte sie leckere Pommes mit doppelt Mayo, einen großen Schoko-Shake und zum Nachtisch drei wirklich köstliche Donuts. Dann kaufte sie in einem Heimwerkergeschäft ein paar Tuben *Hardys Superkleber extra stark*, fuhr wieder zur Druckerei, holte die Kartons ab und machte sich auf den Rückweg nach Mühldorf.

Nach einer Weile sah sie in der Ferne den Kirchturm und ein Stück weiter rechts die Baumkronen des Wäldchens, und im selben Moment wurde ihr warm ums Herz. Bisher hatte sie mit dem Wort Heimat nie etwas anfangen können, aber so ähnlich musste es sich wohl anfühlen, wenn man irgendwo zu Hause war. Sie schaltete runter in den zweiten Gang und bog vorsichtig links ab, damit Gonzo nicht vom Armaturenbrett kippte. „Wir sind gleich da", erklärte sie ihm und schaltete wieder rauf in den Dritten.

Das Brill-Anwesen lag hinter ihnen, Lulus Blick streifte die Kartons auf dem Beifahrersitz. Ihr Herz klopfte vor lauter Spannung und Vorfreude. Sie liebte schöne Überraschungen, und einem Freund eine schöne Überraschung zu bereiten, machte ganz besonders viel Spaß.

In den Kartons waren bunte Plakate und Flyer. Vor ihr lag eine Menge Arbeit, denn heute Abend sollte das ganze Dorf damit zugekleistert sein. An jedem Gebäude würde ein Plakat hängen und in jedem Briefkasten ein Werbezettel liegen. Alle Dorfleute würden sich auf Sonntag freuen, auf den großen Tag der offenen Tür in Bens Tierarztpraxis! Das spektakulärste Event aller Zeiten! Mit Freibier, Hotdogs, tollen Attraktionen und Live-Musik. Da wollten alle hin, niemand wollte das verpassen. Am Sonntag würden die Dorfleute Ben die Bude einrennen! Die Vorstellung, wie sehr er sich darüber freute, zauberte ein glückliches Lächeln in Lulus Gesicht.

Sie parkte den Wagen auf dem Grasstreifen beim Ortsschild, holte einen Stapel Werbung aus dem Karton und stieg aus. Kühle Luft empfing sie und sie zog fröstelnd die Schultern hoch. Sie hätte ihre kuschelige Plüschjacke mitnehmen sollen! Ach was, sie hatte eine sportliche Höchstleistung vor sich, und wenn man Sport macht, ist warme Kleidung überflüssiger Ballast.

Sie setzte Gonzo auf ihre Schulter, klemmte den Papierstapel unter den Arm und nahm den ersten Streckenabschnitt ins Visier. Oha! Vor ihr lag eine endlose Dorfstraße mit vereinzelt stehenden Häuschen und kilometerlangen Vorgärten. Eine Hochhaussiedlung mit dreihundert Briefkästen wäre ihr lieber gewesen.

„Das schaffen wir mit links!", verkündete sie, denn schließlich kommt es immer auf die innere Einstellung an.

Man kann sich das Leben schwer machen oder ganz leicht. Schwer ist es, wenn man Gedanken denkt, die einen runterziehen. Leicht wird es, wenn man einfach an was Schönes denkt. Zum Beispiel an Speckmäuse! Zum Glück hatte sie eine ganze Tüte dabei. Sie steckte sich zwei oder drei Mäuse in den Mund und marschierte gut gelaunt auf das erste Haus los.

Ein gelber Bungalow mit Gardinen von anno dazumal. Im Vorgarten thronte ein verblichener Gartenzwerg auf einem Stein, die Erde war fein säuberlich geharkt. Weit und breit kein Briefkasten. Schon klar! Die Beete beackern wie sonst was, aber zu faul, um täglich ein paar Schritte zum Briefkasten zu gehen!

Lulu stiefelte die ellenlange Zufahrt hinauf, fand den Briefkasten neben der Haustür, faltete das erste Werbeblatt sorgfältig in der Mitte, steckte es in den Schlitz und stiefelte wieder zurück zur Straße. Beim nächsten Haus dasselbe Spiel. Da gab es zwar keinen Gartenzwerg und geharkt hatten sie auch nicht, aber dafür prangte auf ihrem Briefkasten ein gelber Aufkleber, auf dem „Bitte keine Werbung!" geschrieben stand.

„Was bilden die sich eigentlich ein?", schnaufte Lulu. „Glauben die wirklich, dass ich mich von einem Aufkleber abschrecken lasse?" Sie stopfte drei Zettel in den Kasten, dann reckte sie den Mittelfinger und stapfte die lange Auffahrt zurück bis zur Straße.

Eine halbe Stunde später klebte ihr das Shirt am Rücken fest, sie starb fast vor Hunger und Durst und der Papierstapel war nicht wesentlich kleiner geworden. Nach kurzer Diskussion kam sie mit Gonzo überein, dass es Zeit für eine Pause war.

Sie schleppte sich zurück zum Wagen, breitete eine Decke im Gras aus und warf einen Armvoll Proviant dazu. Dann ließ sie sich auf die Decke fallen, lehnte sich mit dem Rücken an das Ortsschild, trank eine halbe Flasche Cola auf Ex, aß Speckmäuse und schnippelte ein gesundes Mittagessen für Gonzo.

Vorbeifahrende Autofahrer stiegen auf die Bremse und glotzten wie die Weltmeister. Ein Bauer hielt an und kletterte vom Trecker, weil er dachte, sie würde auf ihrer Decke einen Flohmarkt veranstalten. Sie drückte ihm einen Stapel Werbeblätter in die Hand und nahm den Flohmarkt für Sonntag ins Programm auf. Der Bauer war begeistert und wollte auf jeden Fall dabei sein.

Leider ist auch die schönste Pause irgendwann zu Ende. Lulu musste noch eine Million Flyer verteilen, von den Plakaten ganz zu schweigen.

Die Plakate waren groß und bunt, wirklich tolle Hingucker in Schaufensterscheiben oder an Litfaßsäulen. Weil es in Mühldorf aber nur zwei Schaufenster und null Litfaßsäulen gab, hatte sie Hardys Superkleber gekauft. Damit wurden Bohrmaschine und Hammer überflüssig, denn der Superkleber klebte einfach alles. Das war Heimwerken der neuen Generation!

Lulu öffnete eine Tube, gab großzügig Superkleber auf die Rückseite des ersten Plakats und pappte es mitten auf das Ortsschild. Wow! Sie brauchte nicht mal fest anzudrücken, denn kaum berührte das Papier das Holz, verbündeten sich die beiden bis in alle Ewigkeit. Sie trat einen Schritt zurück und betrachtete ihr Werk.

Großer TAG DER OFFENEN TÜR
beim Tierdoktor BEN PETTERSON im Birkenweg!
Einzigartiges SHOW-PROGRAMM!
LIVE-MUSIK! BIER und HOT-DOGS FOR FREE!

Auffällig große Buchstaben, fett gedruckt, jede Menge Ausrufezeichen. So geht Werbung!

Das Plakat hing fast gerade und hatte rundherum einen hübschen Holzrahmen. Von „Mühldorf" war nichts mehr zu sehen, aber das machte gar nichts. Jeder wusste, wie das Dorf hieß, in dem er wohnte. Wer das nicht wusste, dem war sowieso nicht mehr zu helfen.

Plakate ankleben machte Riesenspaß und war nicht halb so anstrengend wie das Gerenne mit den Zetteln zu den Briefkästen. Vielleicht sollte sie ernsthaft darüber nachdenken, Plakat-Ankleberin zu werden. Das war eine kreative Tätigkeit ganz nach ihrem Geschmack. Sie war wie Banksy, der geheimnisvolle Streetart-Künstler. Sie tauchte einfach irgendwo auf, klebte ein Plakat an, machte die Welt ein bisschen bunter und verschwand wieder.

Lulu war voll im kreativen Flow und pflasterte gerade ein Buswartehäuschen mit Plakaten zu, als neben ihr ein Wagen anhielt. Ein Polizeiwagen. Toni stieg aus, schob seine Mütze in den Nacken und stiefelte herbei wie John Wayne in seinen besten Zeiten.

Er blieb vorm Buswartehäuschen stehen, klemmte die Daumen hinter seinen Gürtel und setzte eine strenge Miene auf. „Was wird das denn, wenn's fertig ist?"

„Wonach sieht's denn aus?" Lulu klebte ein Plakat auf die letzte freie Stelle und schraubte den Deckel auf die Tube. Sie nahm einen großen, grauen Stromverteilerkasten ins Visier, ein wirklich hässliches Ding, dem sie durch ein schönes, buntes Plakat zu neuem Glanz verhelfen würde. Anschließend wollte sie sich die triste Mauer am Friedhof vornehmen.

„Dir ist schon klar, dass das Sachbeschädigung ist?"

„Sachbeschädigung? Bullshit! Lesen Sie erstmal durch, was auf dem Plakat draufsteht, Herr Wachtmeister", empfahl sie ihm.

„Hm", er nahm eine Hand vom Gürtel und rieb mit Daumen und Zeigefinger über den Bartschatten an seinem Kinn, während er das Plakat studierte. „Bier und Hotdogs for free? Klingt nicht übel." Er grinste verwegen. „Was ist das für ein Showprogramm? Führst du Limbo-Dance oder Schlammcatchen vor?"

„Das hättest du wohl gerne!"

„Stimmt", gab er lachend zu. „Aber du bist ja mit meinem Cousin zusammen, da hab ich wohl eh keine Chance bei dir."

Lulu schluckte. Plötzlich sah sie Ben vor sich. Seine blauen Augen, sein Lächeln und wie er sich immer mit einer unwirschen Handbewegung den Haarschopf aus der Stirn strich. Und sie spürte wieder das Feuerwerk an unbekannten Gefühlen, die seine Blicke und Berührungen in ihr ausgelöst hatten. „Ben ist nur ein Freund", wollte sie sagen, aber sie brachte kein Wort heraus. Wütend über sich selbst schüttelte sie den Kopf. Ben *war* ein Freund und mehr nicht! *Mehr* war undenkbar! Sie würde niemals mit einem Mann *mehr* wollen.

„Du kannst nicht einfach so überall im Dorf Werbung aufhängen, Lulu. Dazu brauchst du ne behördliche Genehmigung."

„Moin-Moin. Schönen guten Tag. Bumsen fünfzig Euro", rief Gonzo und gackerte wie ein Huhn.

„Olala!", machte Toni grinsend und zückte sein Portemonnaie. „Ich nehm einmal das volle Verwöhnprogramm."

„Pffft! Ne Genehmigung? In *Mühldorf?* Das glaubst du doch wohl selber nicht!" Lulu tippte sich an die Stirn. „Mühldorf ist rechtsfreier Raum. Da kann man einfach irgendwo einbrechen und Wände versauen, man darf mit einem Gewehr auf Leute zielen und man kann Reifen zerstechen, ohne dass man irgend ne Strafe kriegt. Erzähl du mir bloß nichts von ner *Genehmigung!*"

„Ben hat selber Schuld." Toni winkte ab. „Alle Leute hätten ihn mit offenen Armen im Dorf aufgenommen. Hier kriegt jeder ne zweite Chance, das ist'n ungeschriebenes Gesetz. Aber mein lieber Cousin hat ja nichts Besseres zu tun, als sich von der ersten Minute an unbeliebt zu machen."

Lulu horchte auf. „Zweite Chance? Du meinst wegen damals? Ben hat doch nicht wirklich geklaut? Das kann ich mir beim besten Willen nicht vorstellen."

Toni hob die Schultern. „Meinem Vater ist Geld weggekommen. Mehr kann ich dir auch nicht sagen. Ben und ich waren noch nie die besten Freunde." Er betrachtete seine Stiefelspitzen.

„Dein Vater hat Ben das Haus vererbt und nicht dir. Warum hat er das gemacht? Das verstehe ich nicht."

„Danke für dein Mitgefühl." Toni schaute auf und grinste schief. „Die Viecher gingen meinem Vater über alles. Wahrscheinlich wollte er, dass die Praxis weiterläuft."

Lulu musste nachdenken. Sie zog die Süßigkeiten aus ihrer Handtasche, steckte sich zwei in den Mund und dann hielt sie Toni die Tüte hin.

Er langte hinein und bediente sich. „Mhh, leckere Speckmäuse! Ich muss schon sagen, du bist eine Frau mit gutem Geschmack", schmatzte er, und in diesem Augenblick meldete sich sein Handy. Er machte ein paarmal „Yo" und beendete das Gespräch. „Das war Günni, unser Brandmeister", klärte er Lulu auf.

„In Mühldorf gibt's ne Feuerwehr?", wunderte sie sich.

„Yo, ne freiwillige Feuerwehr. Läuft alles in Eigenregie. Du hast Günni letztens bei dem kleinen Tumult, den mein lieber Cousin angezettelt hat, kennengelernt. Erinnerst du dich?" Er deutete Riesenmuskeln auf seinen Armen an.

„Der Karussellbremser in der blauen Latzhose?"

Toni nickte grinsend. „Hey, unsere Feuerwehr braucht noch mehr gute Leute! Günni wär begeistert, wenn du mitmachen würdest. Du hast ihn nämlich mächtig beeindruckt." Toni wurde ein bisschen verlegen. „Und nicht nur ihn."

„Hm", machte sie und musste schon wieder an Ben denken. *Ihn* hatte sie ganz sicher nicht beeindruckt. Verdammt! Sie musste aufhören, solche bescheuerten Gedanken zu denken!

„Dienstags ist Übungsabend, wir treffen uns auf Günnis Hof. Komm doch einfach vorbei!"

„Ihr trefft euch auf einem Bauernhof? Habt ihr kein Feuerwehrhaus?"

Toni schüttelte bedauernd den Kopf. „Das ist letztes Jahr abgebrannt. Aber wir kriegen ein neues! Unser Bürgermeister hat Gelder beantragt und unser Veterinär will den Rest dazu schießen. Was ist nun, kommst du zum Übungsabend?"

„Ich überleg's mir."

Er rückte seine Polizeimütze zurecht und hob die Hand. „Die Pflicht ruft, ich muss weiter. Bis bald, Lulu. Und danke für die Speckmäuse."

Lulu klebte noch ein paar Plakate an, dann fuhr sie zum Dorfring und parkte vor Schlotterhoses Schmiede. Schaufenster Nummer eins. Beladen mit einem Stapel Plakaten und Flyer marschierte sie an den Schrottbergen vorbei und traf auf Johann und Basti, die gerade ihren rostroten Lieferwagen beluden.

„Wat gibt's?" Der Alte schaute sie mit schief gelegtem Kopf durch seine dicke Brille an.

„Großer Tag der offenen Tür am Sonntag in der Tierarztpraxis", verkündete Lulu und drückte ihm den Stapel in die Hand. „Wär toll, wenn ihr die Plakate ins Schaufenster hängt und die Werbezettel an eure Kunden verteilt."

Er nahm ein Plakat vom Stapel und reichte den Rest an seinen Lehrjungen weiter. Dann studierte er das Plakat, indem er es ein paar Zentimeter vor seine Nase hielt. „Freibier? Da sagen wir nich nein, nich, Basti?"

Der Junge grinste breit. „Da sind wir mit vonne Partie!"

„Der Tierdoktor is schließlich unser Kunde und Kunden muss man sich warm halten, nich, Basti?"

Basti nickte. „Wir sind just auf'm Weg, um ihm die neuen Puschen zu montieren", erklärte er Lulu. „Hast Glück, dass du uns noch erwischst. Zwei Minuten später, und wir wär'n weg gewesen."

Lulu lugte in den Wagen und erblickte in dem Durcheinander vier neue Reifen. „Dann wollen wir mal hoffen, dass Arschkrampe Geier die nicht auch aufschlitzt", meinte sie.

Der alte Schmied blinzelte sie überrascht an. „Watt? Du glaubst, dat der Veterinär dem Tierdoktor seine Reifen kaputtgemacht hat?" Er schüttelte den Kopf. „Nee, Mädchen, wenn de das glaubst, biste schief gewickelt."

„Hubertus ist'n anständiger Kerl", bestätigte Basti. „Was der schon alles Gutes für unser Dorf gemacht hat!"

Lulu verdrehte die Augen. „Er war's aber! Der ist nicht der heilige Samariter, für den ihr ihn haltet. Er ist ne neidische, hinterhältige Arschkrampe, das ist er!"

„Aaaaasch!", rief Gonzo und flatterte heftig mit seinen Flügeln.

Den Kopf in den Nacken gelegt, schielte der Alte besorgt hoch zum bleigrauen Himmel. „Da is was im Anmarsch. Wenn dat losgeht, will ich drinne aufe Couch sitzen. Ham wir alles an Bord, Basti?"

„Jaujau, Chef!"

Die beiden rauschten ab und Lulu zog ebenfalls weiter. Sie stopfte Werbezettel in die Briefkästen, klebte Plakate an die Schule und auf die Fenster des Rathauses und erreichte schließlich das Gasthaus *Zur Goldenen Pfanne*, diesen blöden Kackladen. Aus niederen und durchaus verständlichen Beweggründen hätte sie am liebsten das ganze Gebäude zugeklebt, aber so viele Plakate hatte sie nun auch wieder nicht. Außerdem kam Anni, die hinterfurzige Wirtin, just in diesem Moment aus der Tür.

Lulus Laune änderte sich schlagartig. Die Erinnerung an ihren ersten Tag in Mühldorf, als sie fröhlich ins Gasthaus marschiert war und die gemeine Abfuhr bekommen hatte, saß wie ein Stachel in ihrer Brust. Sie starrte die Wirtin böse an.

„Oh, hallo Lulu!", rief Anni überrascht. „Wie gut, dass ich dich treffe!" Sie strahlte sie an und breitete die Arme aus.

Hä? Was war denn mit der los? Hatte die was genommen, oder warum war die plötzlich so aus dem Häuschen?

Ehe sie sich versah, wurde sie von Anni umarmt. Natürlich reichte die kleine Frau nicht ganz mit ihren Armen um Lulu herum. Aus ihren grauen Löckchen stieg der Duft nach Essen.

„Du bist letztes Mal so schnell verschwunden, dass ich gar keine Gelegenheit hatte, das Missverständnis aufzuklären", plapperte Anni.

„Missverständnis?", fragte Lulu skeptisch und trat einen Schritt zurück.

„Nun, offensichtlich hast du es persönlich genommen, dass ich keine Arbeit für dich habe", sagte die Wirtin und blickte bekümmert drein. „Das tut mir sehr leid, denn so hab ich das wirklich nicht gemeint. Es ist nur so, dass meine Nichte Franzi seit einem halben Jahr bei mir arbeitet, na ja, und Edu, unser Koch, ist ja auch noch da. Mehr Personal kann ich mir beim besten Willen nicht leisten."

„Hm", machte Lulu und schaute forschend in Annis Augen, konnte aber weder Verlogenheit noch Hinterfurzigkeit darin entdecken. Sollte sie sich wirklich so dermaßen getäuscht haben?

„Ben hat mir erzählt, dass du gerne gutes Essen magst", sagte die Wirtin. „Edu hat Rollbraten mit Buttergemüse und Semmelknödeln gemacht. Noch ist es ruhig, da hab ich ein bisschen Zeit zum Schnacken, und gegessen hab ich auch noch nicht. Ich lad dich ein! Wie wär's?"

„Hm", machte Lulu nochmal und kratzte sich nachdenklich am Kinn. Ob sie über ihren Schatten springen und Annis Friedensangebot annehmen sollte?

Der erste Patient

Es klingelte an der Tür. Ein ungewohntes Geräusch.

Ben ging öffnen und erblickte einen Transportkäfig aus grauem Kunststoff mit schmalen Schlitzen an den Seiten, durch die man nicht hindurchsehen konnte. Noch wusste er nicht, was für ein Tier sich in der Box befand. Es konnte eine Katze, ein Schoßhund, ein Huhn, ein Reptil oder ein Nager sein. Aber im Grunde genommen war das ganz egal! Ein Tier brauchte seine Hilfe, das allein zählte.

Im Nu war Ben obenauf und voller Tatendrang. Sein erster Patient! Was für ein wunderbarer Moment! Er hatte die Hoffnung schon aufgegeben, aber jetzt schien sich wie durch ein Wunder das Blatt zu wenden.

Mit dem Transportkäfig kamen zwei Frauen in die Praxis. Motje und Sötje Neunaber. Die beiden wirkten wie ein Trauerzug. Ben hielt ihnen die Tür auf und führte sie in den Behandlungsraum.

Motje hatte einen Kuchen dabei. „Selbstgebacken", murmelte sie und überreichte ihn mit trauriger Miene an Ben.

„Du magst doch Rosinen?", erkundigte sich Sötje bedrückt.

Er nickte, bedankte sich und stellte den Kuchen beiseite.

„Oh, wir sind gleich dran, das ist ja praktisch", sagte Motje. „Dann muss unser lieber Karl nicht so lange im Käfig sitzen."

„Im Käfig ist unser Karl nämlich gar nicht gerne, das ist er nicht gewohnt", ergänzte ihre Tochter, brach ab, biss sich auf die Unterlippe und warf Ben einen unsicheren Blick zu. „Wir kommen doch hoffentlich nicht ungelegen?

Du solltest draußen ein Schild mit den Öffnungszeiten aufhängen."

Ben winkte ab. „Ihr seid genau richtig. Ich hab alle Zeit der Welt."

Mutter und Tochter Neunaber staksten zum Behandlungstisch, stellten behutsam den Käfig ab und öffneten die Verschlüsse. Ben überprüfte derweil, ob die Zimmertür fest geschlossen war, damit der Patient nicht entwischen konnte.

„Die Tür kann ruhig aufbleiben. Unser Karl ist ganz zahm", sagte Sötje.

„Karl bleibt immer in unserer Nähe", bestätigte Motje und lächelte sparsam.

„Reine Vorsichtsmaßnahme", erklärte Ben geduldig. „Tiere verhalten sich oftmals in einer Tierarztpraxis vollkommen anders als in ihrem gewohnten Umfeld."

Das sparsame Lächeln verblasste, die beiden Frauen waren wieder genauso bedrückt wie zuvor. Um sie von der Sorge um ihren Liebling abzulenken, holte Ben ein bisschen weiter aus. „Der Transport in der ungewohnten Box, die fremden Gerüche und Geräusche, die bisherigen Erfahrungen beim Tierarzt und natürlich die Stimmungslage der begleitenden Personen - all das hat großen Einfluss auf das Tier."

Sötje und Motje guckten ihn an und nickten synchron.

Der Deckel war geöffnet, schwarz-weiße Kaninchenohren lugten über den Rand, gefolgt von neugierigen Kulleraugen.

„Das ist unser Karl", erklärte Motje feierlich. „Karl, das ist Ben, der neue Tierdoktor."

„Ben wird sich zukünftig um dich kümmern, wenn du mal kr...", begann Sötje, brach ab und schaute zu Boden.

Ben näherte sich dem Tisch und blieb in etwa einem Meter Abstand stehen, damit das Tier Zeit hatte, ihn wahrzunehmen und sich an die fremde Umgebung zu gewöhnen.

„Was fehlt Karl denn?", erkundigte er sich mit ruhiger Stimme.

Die beiden Frauen blickten sich einen Moment lang ratlos an. Dann sagte Motje zögerlich: „Nun, er ... er frisst nicht so gut."

„Genauso ist es! Er... er hat keinen Appetit mehr!", rief Sötje.

„Seit wann?" Ben hatte den Behandlungstisch erreicht und nun spürte er kitzelnde Tasthaare an seinen Unterarmen. Er ließ sich geduldig beschnuppern.

„Vielleicht seit drei Tagen?", schlug Sötje vor.

„Drei Tage, das kommt wohl hin", bestätigte ihre Mutter.

Um eine Diagnose stellen zu können, musste Ben mehr wissen. Also erkundigte er sich, was Karl zu fressen bekam, und stellte befriedigt fest, dass Motje und Sötje Neunaber gut über die gesunde und artgerechte Fütterung eines Kaninchens Bescheid wussten. Das war weiß Gott keine Selbstverständlichkeit! Die meisten Leute fütterten ihre Kaninchen mit gepresstem Trockenfutter aus dem Handel und gaben ihnen obendrein Leckerlis und Knabberstangen. Die Folge: Beeinträchtigter Stoffwechsel, Verdauungsstörungen, Zahnerkrankungen und Überempfindlichkeiten.

Kaninchen Karl hatte es gut bei Neunabers. Er hatte viel Bewegung und bekam abwechslungsreiche Kost, die aus Obst und Gemüse, Kräutern, Gras und Heu bestand. Doch seit etwa drei Tagen rührte er sein Futter kaum noch an, und dafür musste es einen Grund geben.

Das Kaninchen klappte die Ohren zurück und legte sich vertrauensvoll auf den Behandlungstisch. Während es abwechselnd von Sötje und Motje gestreichelt wurde, warf Ben einen Blick in den Impfpass und war nicht überrascht,

Geiers Praxisstempel darin zu finden. Verärgert stellte er fest, dass dieser zu viele Impfungen verabreicht hatte. Dafür konnte es nur zwei Gründe geben: Entweder wusste Geier es nicht besser oder ihm war der eigene Verdienst wichtiger als die Gesundheit seines Patienten. Unwillkürlich musste Ben an Hanfried denken und verzog das Gesicht. Der impfte, was das Zeug hielt, viel öfter als nötig, denn Impfungen spülten Geld in die Kasse.

Ben würde wie ein Besserwisser klingen, doch er konnte nicht verantworten, dass Karl in ein paar Wochen womöglich schon wieder geimpft wurde. „Grundsätzlich kann man über den Sinn und Unsinn von Impfungen streiten", sagte er, während er mit der sorgfältigen Untersuchung des Kaninchens begann. „Man sollte jedoch stets im Einzelfall entscheiden. Jede Impfung ist eine Chemiekeule für den Organismus, das sollte man immer im Hinterkopf haben, und Nutzen und Risiko sorgfältig gegeneinander abwägen."

Die beiden Frauen zuckten zusammen. „Ach du Schreck! Haben wir irgendwas falsch gemacht und unserem Karl damit geschadet? Wir haben uns voll und ganz auf den Veterinär verlassen, der ist schließlich Fachmann!"

Ben wollte sie nicht beeindrucken, er wollte, dass sie verstanden. Deswegen verzichtete er wie immer ganz bewusst auf Fremdwörter und verwirrendes Fachchinesisch. „Die Impfung gegen RHD, besser bekannt als Chinaseuche, ist sinnvoll, denn sie schützt das Tier. Einmal jährlich reicht aber vollkommen aus. Gegen Darmlähme und Kaninchenschnupfen zu impfen macht jedoch höchstens in Mast- und Zuchtbetrieben Sinn, sie ist also überflüssig."

„Dann hat unser armer Karl zu viel Chemie bekommen? Und wir dachten immer, dass Impfen gut für ihn ist."

Ben tastete den Körper des Kaninchens ab, dann nahm er das Stethoskop, überprüfte Atmung und Herzschlag und kontrollierte die Zähne. Er konnte nichts Ungewöhnliches feststellen. Keine Gasbildung im Magen, keine Verstopfung. Im Gegenteil: Das Kaninchen wirkte kerngesund und quicklebendig.

Er blickte auf und bemerkte, dass die beiden Frauen ihn bedröppelt anschauten.

„Für Appetitlosigkeit oder Fressunlust gibt es viele mögliche Gründe", erklärte er. „Eine Kotprobe kann helfen, der Ursache auf die Spur zu kommen."

„Oh ja, darum kümmern wir uns", versprach Motje. Sie wirkte erleichtert.

Sötje atmete ebenfalls auf. „Wir bringen gleich morgen ein paar Kötel her", versicherte sie.

Die Frauen setzten das Kaninchen in die Transportbox und schlossen den Deckel. „So, lieber Karl, jetzt gehen wir zurück nach Hause und da kannst du wieder nach Herzenslust herumtoben", sprach Sötje wie eine Mutter zu ihrem Kind.

Motje nickte schmunzelnd. „Und weil unser Karl so brav war, bekommt er zur Belohnung eine Extraportion Haferflock..."

Sötje stieß ihr den Ellenbogen in die Seite. Mutter und Tochter wurden rot und guckten schuldbewusst runter auf den Fußboden.

Plötzlich fügten sich die Ungereimtheiten wie Puzzleteile zusammen. Ein langer Seufzer stieg aus den Tiefen seiner Seele auf und Bens Herz wurde tonnenschwer. Da hatte er gerade für einen kleinen Moment neue Hoffnung geschöpft, und dann war sie wieder dahin! Es wäre ihm sehr viel lieber gewesen, wenn Motje sich nicht verplappert hätte. Dann wäre ihm zumindest die Illusion geblieben. „Karl leidet gar nicht an Appetitlosigkeit", murmelte er dumpf.

146

Sötje und Motje Neunaber machten betretene Gesichter. „Nein."

„Wieso seid ihr dann mit ihm hergekommen?", stieß er hervor. „Aus Neugier? Oder damit ihr euch im Dorf über mich lustig machen könnt?"

Zwei Augenpaare starrten ihn erschüttert an. „Nein! Wir würden uns niemals über dich lustig machen!", versicherte Motje, und Sötje fügte schnell hinzu: „Das war Lulus Idee. Um dir zu helfen."

Ben schnaubte wütend. Hätte er sich doch gleich denken können, dass Lulu dahintersteckte! „Sie soll endlich aufhören, sich in meine Angelegenheiten einzumischen!", bellte er. „Richtet ihr das bitte aus!"

Motje hob abwehrend die Hände. „Lulu hat es gut gemeint", sagte sie. „Genau wie Sötje und ich. Wir haben es alle drei wirklich nur gut gemeint."

Von wegen! Wenn Lulu ihm wirklich hätte helfen wollen und wenn sie nur einen Funken Anstand im Leib hätte, dann hätte sie ihm diese Schmierenkomödie erspart. Stattdessen hatte sie dafür gesorgt, dass sein ohnehin angeknackstes Selbstwertgefühl nun vollkommen hinüber war.

Auf einmal, mitten in seinem Ärger über Lulu, spürte er Klarheit. Sie stieg in ihm auf und manifestierte sich zum unverrückbaren Entschluss. Seine Entscheidung stand fest. Erleichtert atmete er auf. Seine Berufung lag in der Tierklinik in Frankfurt. Dort wurde er gebraucht, dort konnte er vielen Tieren helfen. Er würde Hanfrieds Angebot annehmen.

Er lächelte. Die beiden Frauen lächelten scheu zurück. Sie konnten nichts dafür, sie hatten in gutem Glauben gehandelt. Lulu hatte sie angestiftet.

„Du hast uns sehr geholfen, Ben!", versicherte Sötje. „Das mit den Impfungen haben wir nicht gewusst. Wenn

Karl wirklich mal krank sein sollte, dann kommen wir auf jeden Fall zu dir!"

„Auf jeden Fall!", bekräftigte ihre Mutter.

„Ich glaube nicht, dass die Praxis von einem kerngesunden Kaninchen existieren könnte", scherzte er. „Aber trotzdem danke."

Sötje und Motje traten mitsamt Käfig den Rückweg an und wieder hielt er die Tür auf. Er schaute ihnen hinterher, wie sie, vorsichtig die Transportbox balancierend, den Gartenweg entlang staksten. Aus der Ferne war dumpfes Grollen zu hören. Ben warf einen Blick zum bedrohlich dunklen Himmel und erschauderte. Ein ungutes Gefühl breitete sich in seiner Magengegend aus. Dabei war doch nur ein harmloses Gewitter im Anmarsch.

Er schloss die Tür und war wieder allein. Er sollte die Ruhe genießen, denn sobald er wieder in Frankfurt war, würde er keine freie Minute mehr haben. Gewissenhaft säuberte er das Stethoskop und legte es zurück an seinen Platz. Dann reinigte er den Behandlungstisch.

Das Klingeln riss ihn aus der Stille. Er ging zur Tür.

„Wir ham' deine Reifen dabei", sagte der Schmied anstelle einer Begrüßung und zeigte zum Himmel. „Die montiern wir fix und dann hau'n wir gleich wieder ab." Damit drehte er sich um und marschierte zum Wagenschuppen. „Basti!"

„Jaujau, Chef!" Der lange Lehrjunge flitzte hinter ihm her, Werkzeug unterm Arm.

Ben atmete auf. Bald hatte er wieder ein fahrbereites Auto. Seiner Rückkehr nach Frankfurt stand nichts mehr im Wege. Er zog sein Handy aus der Tasche und rief Hanfried an.

Kribbelmücken im Bauch

Vanilleeis mit frischen Erdbeeren und Sahne. Ein krönender Abschluss eines mega-leckeren Essens. Anni hatte einen guten Koch. Und sie war richtig nett.

„Bens Vater war ein harter Hund", erzählte sie. „Oberstudienrat. Furchtbar streng, kein Gramm Humor im Leib. Der arme Junge tat mir leid und deshalb hab ich ihn immer ein bisschen verwöhnt, wenn er hier im Gasthaus war."

„Und seine Mutter?" Lulu schleckte den Löffel ab, dann legte sie ihn neben die leere Glasschüssel auf das ovale Silbertablett. Zufrieden lehnte sie sich zurück. Sie war pappsatt und herrlich entspannt. Amüsiert beobachtete sie Gonzo, der mitten auf dem Tisch saß und sich eine Erdbeere schmecken ließ.

„Bens Mutter? Die war dauernd krank. Entweder war sie im Krankenhaus oder sie lag daheim im Bett. Sie starb, als Ben zwölf oder dreizehn war. Schlimm für ein Kind, wenn es so früh die Mutter hergeben muss!"

„Wenigstens hatte er schöne Sommerferien", meinte Lulu.

Anni nickte, ihre grauen Löckchen wippten. Mit ernster Miene beugte sie sich vor. „Ich hab schon damals nicht geglaubt, dass Ben das Geld aus Ottos Kasse gestohlen hat", sagte sie mit gedämpfter Stimme, obwohl außer ihnen niemand in der Gaststube war. „Aber das Geld war weg und Otto hat Ben aus dem Haus gejagt. Das war schlimm, aber ich konnte nichts dagegen tun. Niemand konnte was tun."

„Außer dem Dieb, würde ich mal sagen", meinte Lulu pragmatisch. „Wenn's Ben nicht war, dann muss es ja logischerweise jemand anderes gewesen sein."

„Ben war's nicht! Ben ist ein guter Junge!", entgegnete Anni überzeugt.

Lulu blickte die alte Frau forschend an. „Hast du einen Verdacht, wer's wirklich war?"

Anni biss sich auf die Lippe. „Hm, ja", gab sie schließlich zu. „Man kann's Otto nicht verdenken, dass er Ben beschuldigt hat." Sie schüttelte den Kopf, als wolle sie einen schlechten Gedanken verscheuchen, und setzte sich wieder aufrecht hin.

Lulus Gedanken überschlugen sich. „Toni?", hauchte sie ungläubig.

Anni legte den Zeigefinger auf die Lippen, erhob sich und stellte das Geschirr zusammen. „Otto muss seinen Irrtum schließlich doch noch erkannt haben, denn sonst hätte er Ben wohl kaum das Haus vererbt."

Lulu stand ebenfalls auf und half beim Abräumen. Gonzo unternahm derweil einen Erkundungsflug durch die Gaststube. Sie stellte das Geschirr auf den Tresen und schaute zum Fenster. Der Himmel war dunkelgrau, aber zum Glück regnete es nicht. Sie seufzte. „Ich muss weiter, die restliche Werbung verteilen."

Anni türmte das Geschirr zu einem Berg auf, dann wandte sie sich um und lächelte Lulu herzlich an. „Toll, dass du Ben unterstützt. Er ist bestimmt sehr froh, dass er dich hat." Sie ließ ihren Blick durch die Gaststätte schweifen. „Ich werde die Plakate in die Fenster und an die Tür hängen", entschied sie. „Und ich werde jedem Gast einen Werbezettel mitgeben." Mit verschmitztem Schmunzeln fügte sie hinzu: „Und ich übernehme das Freibier am Tag der offenen Tür, was hältst du davon?"

„Wow, das ist super! Tausend Dank, Anni!"

Die kleine Frau breitete die Arme aus. „Weißt du was, Lulu: Ich hab dich richtig gerne! Komm her, lass dich drücken!" Sie herzte sie wie eine verlorene Tochter, und das war absolutes Neuland für Lulu. Hach, willkommen zu sein, war ein wunderschönes Gefühl!

„Komm recht bald wieder, ja?"

„Das mach ich ganz bestimmt!", versprach Lulu glücklich und dann pfiff sie Gonzo herbei.

Er landete im Sturzflug auf ihrer Schulter. „Schönen guten Tag und tschüss!", krähte er fröhlich.

Draußen schien die Luft stillzustehen. Die Wolken hingen dunkel und schwer über dem kleinen Dorf.

Lulu verteilte die Werbeblätter im ganzen Dorfring und hängte weitere Plakate auf. Dann entschied sie, dass sie für heute genug geleistet hatte. „Feierabend! Morgen ist auch noch ein Tag", sagte sie zu Gonzo und er war ganz ihrer Meinung.

Jetzt wollte sie zu Ben. Na, der würde Augen machen! Beschwingt stieg sie in ihren Wagen. Auf einmal hatte sie Kribbelmücken im Bauch, so doll freute sie sich auf sein überraschtes Gesicht.

Er würde vielleicht erst ein bisschen überrumpelt sein, er war ja nicht besonders spontan. Aber das machte gar nichts, denn schlussendlich würde er begeistert von ihrer tollen Werbeaktion sein.

Dann fiel ihr ein, dass der Schmied Bens Reifen montieren wollte, und der hatte ihn bestimmt auf das große Fest angesprochen. Umso besser, dann hatte sich Ben an den Gedanken gewöhnt und malte sich bereits den Ablauf seiner großen Einweihungsfeier in bunten Farben aus.

Lulu bog in den Birkenweg und warf einen Seitenblick auf Neunabers Laden, aber Motje und Sötje klebten ausnahmsweise mal nicht am Schaufenster.

Je näher Lulu der Tierarztpraxis kam, umso schneller schlug ihr Herz. Vor ihrem inneren Auge lief ein schöner Film. Sie hockte gemeinsam mit Ben in der Küche und sie schmiedeten Pläne für den Tag der offenen Tür. Ein warmes Gefühl durchströmte sie.

Vielleicht, ganz vielleicht, würde er ja wieder nach ihrer Hand fassen. Ihre Finger würden sich ineinander verschränken, so als wollten sie für immer miteinander verbunden sein. Vielleicht könnte sie ja versuchen, ihre Hand diesmal nicht wegzuziehen.

Donnerwetter

Ben starrte fassungslos auf das seltsame braunbehaarte Ding in der Mitte des Plakats, das Lulu heimlich an seine Tür geklebt hatte. „Was soll das sein, ein Gorilla? Ein Neandertaler?"

„Ein Hund, das sieht man doch! Ich war in der Schule nicht besonders gut, aber in Kunst hatte ich immer eine Zwei. Nun sag schon, wie findest du das Plakat?"

Die Frage konnte sie unmöglich ernst meinen! „Tag der offenen Tür!", schnaubte er. „Was für eine bescheuerte Idee! Warum, zum Donnerwetter, hast du mich vorher nicht gefragt? Warum mischst du dich ständig ungefragt in meine Angelegenheiten?"

Gonzo schwang sich in die Luft, landete auf Bens Schulter und strich mit dem Schnabel an seinem Ohrläppchen entlang. So gerne er Gonzo mochte, aber in diesem Moment kam ihm der Vertrauensbeweis überhaupt nicht gelegen. Er war so furchtbar wütend, und das zu Recht!

„Ich wollte dich überraschen", entgegnete Lulu ungerührt. „Und ich will dir helfen, das ist ja klar. Wir sind doch Freunde, oder etwa nicht?" Sie strahlte ihn treuherzig an und hielt ihm ihre Faust hin.

Er tippte nicht dagegen. Er dachte gar nicht daran!

Sein Puls raste. Erst das Kaninchen und nun auch noch die Einweihungsfeier. „Du bist keine *Freundin*, Lulu! Du hast überhaupt keinen Schimmer, was Freundschaft bedeutet!", spie er und stieß mit dem Finger auf das Plakat. „Das da ist nämlich genau das Gegenteil von Freundschaft! Das ist gemein und hinterhältig. Damit

153

sorgst du dafür, dass sich die Leute im Dorf über mich totlachen."

Lulu schaute ihn mit großen Augen an und dann schüttelte sie entschieden den Kopf. „Bullshit! Die Leute sind froh, dass in Mühldorf endlich mal was los ist. Anni spendiert das Bier und wir haben schon die erste Anmeldung für den Flohmarkt."

Er knetete seine Hände, sonst hätte er Lulu wahrscheinlich erwürgt. *„Die erste Anmeldung für den Flohmarkt!"*, äffte er sie böse nach. Mit zusammengekniffenen Augen überflog er den Text und fand keinen Hinweis auf einen Flohmarkt, dafür bekam er beim Lesen wieder genauso heftige Bauchschmerzen wie gerade eben schon. „Einzigartiges Show-Programm! Was stellst du dir darunter vor? Soll ich Handstand machen?", spie er.

„Kannst du Handstand?", erkundigte sie sich ernsthaft. „Bisher hatte ich Show-Cooking, Dosenwerfen und Papageien-Akrobatik geplant. Du kannst gerne Ideen beisteuern, ist schließlich deine Party. Noch ist nichts in Stein gemeißelt."

„Show-Cooking und Dosenwerfen? In einer Tierarztpraxis? Du hast sie nicht alle."

„Das zieht Leute, sag ich dir! Wir werden überrannt! Hoffentlich wird Sonntag gutes Wetter, dann machen wir das draußen, das ist einfacher."

Fassungslos tippte er sich an die Stirn, stolperte über den Programmpunkt Live-Musik und fauchte: „Wen hast du engagiert, die Wildecker Herzbuben?"

„Ich hab doch gerade gesagt, es ist noch nichts in Stein gemeißelt", wiederholte sie geduldig. „Falls wir bis dahin keine Musiker haben, nehmen wir einfach nen Ghettoblaster."

„Das ist keine Live-Musik!" Er funkelte sie an.

154

„Na und? Ist doch ganz egal, Hauptsache irgendwo dudelt was. Wenn es überhaupt jemandem auffällt, sagen wir einfach, dass die Band kurzfristig abgesagt hat."

Arggh!

Ben biss die Zähne so fest zusammen, dass es in seinem Nacken krachte. „Das sieht dir ähnlich! Hast du dir eigentlich noch nie Gedanken darüber gemacht, dass du andere Menschen mit deinen Lügengeschichten enttäuschen könntest?"

Das treuherzige Lächeln wich keinen Augenblick aus ihrem Gesicht. „Hey, komm mal runter! Du steigerst dich da gerade echt in was rein", meinte sie. „Wie wär's wenn du dich einfach mal freust?"

Ben rollte die Schultern, aber das änderte nichts an seiner verkrampften Anspannung. Sein Nacken war hart wie Stein. „Du solltest dich was schämen, Lulu! Aber wahrscheinlich weißt du nicht mal, was schämen überhaupt ist. Du drehst dir die Wahrheit einfach so hin, wie du sie haben willst."

„Törööö!" Gonzo flog auf, drehte eine Runde durch den Vorgarten und nahm wieder auf Lulus Schulter Platz. Er kratzte sich am Ohr und löste damit den Gähnreflex aus.

„Ach Ben, du siehst das viel zu eng. Die Hauptsache ist doch, dass möglichst viele Leute herkommen und du hinterher viele Kunden hast", sagte sie. „Was hältst du von einer Rabattaktion? Zehn Prozent Nachlass für die ersten zehn Leute, die mit ihrem Tier zur Behandlung in deine Praxis kommen?"

Nun hatte er endgültig die Nase voll. Noch ein Wort von ihr und er konnte für nichts mehr garantieren. „Du sammelst jetzt sofort sämtliche Plakate wieder ein, verstanden? Es gibt keinen Tag der offenen Tür. Ich gehe zurück nach Frankfurt. Die Party ist hiermit abgesagt!"

„Das geht nicht. Ich kann die Plakate nicht wieder abnehmen."

„Und ob das geht! Du hast die Mistdinger aufgehängt, also nimmst du sie auch wieder ab." Energisch schob er sie auf den Gartenweg, aber das war nicht so einfach. Sie stemmte die Füße fest in den Boden und wehrte sich wie ein störrischer Esel. Gonzo krallte sich an ihrer Schulter fest. Ben hatte Erfahrung mit störrischen Eseln und hätte sich durchsetzen können, aber seine Hände prickelten, als würde er in eine Steckdose fassen. Schnell ließ er sie wieder los.

Wutentbrannt drehte er sich zur Tür um, fasste das Plakat an der oberen rechten Ecke an und riss es in einem Stück von der Tür. Zumindest wollte er es abreißen, aber stattdessen hielt er nur einen winzigen Papierfetzen zwischen seinen Fingern. Er versuchte es an der anderen Ecke, wieder nur ein Fitzelchen.

„Ich hab doch gesagt, dass das nicht geht. Das ist Hardys Superkleber extra stark. Der klebt wie verrückt."

Ben flog herum und begegnete Lulus Blick. Sie wirkte seltsam zerknirscht. Hatte sie jetzt endlich ein schlechtes Gewissen? Das wurde auch Zeit! „Verschwinde, Lulu, und komm nie wieder!", stieß er zwischen den Zähnen hervor. „Lass dich *niemals*, hörst du, *niemals* wieder bei mir blicken, verstanden?"

Tränen schimmerten in ihren braunen Augen. Ihre Nasenflügel zitterten und sie biss sich auf die Lippe. „Verstanden", sagte sie so leise, dass es nur ein Wispern war. Dann drehte sie sich um und ging langsam den Gartenweg zurück zur Straße.

Gonzo hangelte sich an ihren Zöpfen hoch auf ihr Schädeldach und drehte sich einmal um seine eigene Achse. Mit ein bisschen Phantasie könnte man denken, Lulu hätte ein Blaulicht auf dem Kopf.

Grimmig wandte Ben sich wieder dem Plakat zu. Er musste das Mistding beseitigen, und zwar jetzt sofort. Zwei Minuten später rückte er dem Superkleber mit einem

Spachtel zu Leibe, und während er das Papier von der Tür kratzte, flaute seine Wut allmählich ab. Was kümmerte es ihn, ob die Dorfbevölkerung über ihn lachte oder nicht? Lange war er doch sowieso nicht mehr hier! Er hatte seine Sachen bereits gepackt.

Als er fast alle Spuren des Plakats beseitigt hatte, kam Wind auf. Obwohl er normalerweise überhaupt nicht schnell fror, wurde sein Körper plötzlich von einer Gänsehaut überzogen. Fröstelnd schaute er hoch zum Himmel. Pechschwarze Wolken ballten sich direkt über ihm zusammen. Er streckte seine Hände aus, aber es fiel kein einziger Regentropfen. Beunruhigt schaute er wieder nach oben. Die schwarzen Wolken sahen nicht nach einem erfrischenden Sommerregen, sondern nach einem heftigen Unwetter aus. Um ihn herum wurde es von Minute zu Minute dunkler. Das Rauschen des Mühlbachs schwoll an, als würde sich der Bach hinter seinem Haus in einen reißenden Strom verwandeln.

Bens Schläfen pochten und er spürte einen schmerzhaften Druck hinter der Stirn, als stünde der fallende Luftdruck der Atmosphäre in direkter Verbindung mit den Druckverhältnissen in seinem Kopf. Er knipste die Außenbeleuchtung an und begann, die restlichen Papierschnipsel vom Boden einzusammeln, bevor der Wind sie in alle Himmelsrichtungen verteilte. Beim Bücken wollte sein Schädel explodieren, und jetzt sehnte er den Wolkenbruch geradezu herbei.

Drinnen klingelte das Telefon. Ben richtete sich mühsam auf, stapfte ins Haus und nahm den Hörer ab.

„Ist da der Tierdoktor?", rief eine Frau. „Sie müssen sofort herkommen!"

Von einem Moment zum anderen war Ben wieder voll da. „Erklären Sie mir kurz, worum es geht, und nennen Sie mir Ihre Adresse!" Er zog den Notizblock heran und griff zum Kugelschreiber.

„Mathilde! Sie liegt da und kann nicht mehr aufstehen! Sie kommt einfach nicht hoch!" Die Stimme der Anruferin überschlug sich. „Bitte, Herr Doktor, kommen Sie ganz schnell! Unsere Mathilde darf nicht sterben."

Ben hielt nicht viel von langen Befragungen am Telefon, erst recht nicht, wenn es sich um einen Notfall handelte. Trotzdem musste er zumindest wissen, um was für ein Tier es sich handelte.

„Mathilde ist unsere älteste Bentheimer Sau. Sie hat uns schon viele gute Ferkel geschenkt." Schluchzend nannte sie ihre Adresse.

Ein Hof in Altenschoo, einem Nachbardorf, ein paar Kilometer entfernt. Friedensdamm Nummer sieben.

„Holen Sie Decken und sorgen Sie dafür, dass Mathilde es schön warm hat! Ich bin gleich bei Ihnen", rief Ben, schnappte sich den Autoschlüssel und stürzte hinaus.

Die ersten Tropfen klatschten auf die Erde. Dicke, fette Regentropfen. Die Wolken hingen so tief, dass man meinen könnte, sie mit dem ausgestreckten Arm berühren zu können. In der nächsten Sekunde brach das Unwetter los. Es goss wie aus Kübeln, in der Ferne krachte ein Donnerschlag.

Ben rannte zum Wagenschuppen und als er dort ankam, klebte sein Hemd kalt an seinem Rücken. Er wischte sich die nassen Haare aus der Stirn, sprang in den Jeep, setzte zurück und fuhr los. Auf der Straße schaltete er die Scheinwerfer und den Scheibenwischer an und überlegte sich den schnellsten Weg zum Friedensdamm in Altenschoo. Er war mit Onkel Otto unzählige Male in den Nachbardörfern gewesen.

Die Landstraße hätte einen Umweg bedeutet. Schneller ging es durch das Wäldchen und dann rechts am Hügel vorbei, auf dem Geier sein Haus gebaut hatte.

Arschkrampe Geier.

Ben verscheuchte den Gedanken an Lulu. Konzentriert starrte er durch die Scheibe auf die schmale Teerstraße, die im strömenden Regen mit der nachtschwarzen Umgebung verschwamm. Die Wischerblätter kämpften gegen die Wassermassen an.

Der Wagen rumpelte. Vermutlich ein Schlagloch. Ben hielt das Lenkrad fest umklammert, verringerte das Tempo und bog vorm Hügel rechts ab. Es war eine enge Kurve, und er hatte sie offenbar zu schnell genommen, denn plötzlich brach der Jeep aus. Ben lenkte mit aller Kraft gegen, um den Wagen wieder in die Spur zu bringen, aber es gelang ihm nicht. Er verlor die Kontrolle über das Fahrzeug, er war vollkommen machtlos.

Im Scheinwerferlicht tauchte ein dunkler, mächtiger Baumstamm auf. Der Jeep schien magnetisch davon angezogen zu werden. Mit aller Kraft riss Ben am Steuer, hörte das Knirschen von Metall und dann eine dumpfes, schleuderndes Kreischen. Im nächsten Moment rummste es und er kam sich vor wie auf einem Schiff, das Schlagseite hatte. Der Sicherheitsgurt schnitt in seinen Hals und hielt seinen Körper wie in einem Halteseil. Trotz dieser seltsam schiefen Position zerrte Ben am Lenkrad.

Der Wagen reagierte nicht, bewegte sich unaufhaltsam auf den Baumstamm zu. Die Scheibenwischer taten weiterhin ihren Dienst, die Scheinwerfer auch, Ben wollte nicht nach vorne sehen, aber er konnte nicht anders. Der Baum war direkt vor ihm. Und dann krachte es. Ein heftiges, unheilvolles Krachen, das den Wagen bis ins Mark erschütterte.

Er musste nach Altenschoo zu Mathilde, der Bentheimer Sau. Sie brauchte seine Hilfe. Vor seinen Augen flimmerte ein Regenbogen. Blau, lila und helles Pink mit glitzernden Sternchen. Dann wurde es plötzlich schwarz.

Rache

Lulu konnte überall schlafen, zur Not sogar im Stehen. Aber letzte Nacht hatte sie kein Auge zugemacht. Dabei war doch fast alles beim Alten. Karls schmale Pritsche, die Propellermaschinen unter der Decke und natürlich Gonzo, der in ihrer Nähe war.

Motje und Sötje hatten sich Sorgen wegen des Unwetters gemacht. Sie befürchteten, dass Wasser in den Keller laufen könnte, weil das irgendwann schon mal passiert war. Aber alles war gutgegangen. Was jedoch die Plakate betraf, sah die Sache anders aus. Trotz Hardys Superkleber war bestimmt nicht mehr viel von ihnen übrig. Wenigstens hatten einige Leute Werbezettel in den Briefkästen und vielleicht hatten zumindest die Plakate im Buswartehäuschen den Regen überlebt.

Überflüssige Gedanken, denn es würde keinen Tag der offenen Tür geben. Zum hunderttausendsten Mal grübelte Lulu darüber nach, ob sie einen Fehler gemacht hatte. Hätte sie vorher mit Ben sprechen sollen, anstatt ihn mit der Plakataktion zu überraschen? Hätte er dann anders reagiert? Hätte er der Einweihungsparty zugestimmt? Nein.

Sie hätte sich die ganze Mühe sparen können. Dabei hatte sie sich schon so gefreut! Ab Sonntag hätte Ben sich vor lauter Kundschaft nicht mehr retten können. Ach Mensch, das hätte sie ihm wirklich gegönnt! Stattdessen wollte er die Praxis aufgeben und zurück nach Frankfurt gehen.

Ben war echt ein Oberhonk. Schade eigentlich.

160

Nun denn, das Leben ging weiter! Wie, das wusste Lulu noch nicht so genau, aber eigentlich weiß man das ja vorher sowieso nie. Zum Glück war endlich die blöde Nacht vorbei.

Gonzo hatte auf dem Regal bei den Passagiermaschinen geschlafen und blinzelte sie träge an. Er hatte noch keine Meinung, so früh am Tag war mit ihm noch nicht viel anzufangen. Lulu rief ihm einen Gutenmorgengruß zu und schwang die Beine über die Bettkante.

Vom Flur waren Geräusche zu hören. Sötje und Motje redeten durcheinander, ihre Stimmen klangen schrill. Was war passiert? Vielleicht doch Wasser im Keller?

„Lulu!", riefen die beiden im Chor und hämmerten an ihre Tür. „Wach auf!"

Erst frühstücken, dachte Lulu, während sie in ihrem rosaroten Lieblingsschlafanzug durchs Zimmer tappte. Danach helf ich mit, den Keller trockenzulegen. Mit leerem Magen lief bei ihr gar nichts.

Sie streckte ihren Kopf hinaus und erblickte vier weit aufgerissene Augen in zwei leichenblassen Gesichtern. Kaninchen Karl sauste wie der Blitz den Flur entlang und verkrümelte sich unterm Schuhschrank. Lulu hatte zwar noch nie mit Wasser im Keller zu tun gehabt, fand aber, dass man sich deswegen nicht so aufregen musste.

Motje klappte den Mund auf. Ihre Lippen zitterten, ihre Stimme auch. „Ben hatte einen Autounfall. Er ist gegen einen Baum gefahren."

„Unten am Hügel. Hubertus Geier hat ihn gefunden", ergänzte Sötje.

„Oh nein!" Lulu wurde schwindelig. Die Köpfe ihrer Freundinnen tanzten wie Gummibälle vor ihren Augen herum. Sie tastete nach dem Türrahmen und hielt sich daran fest. „Was fehlt ihm? Und wie ist das passiert?", fragte sie so gefasst wie möglich.

Sötje hob bekümmert die Schultern. „Er liegt im Krankenhaus, mehr wissen wir leider auch noch nicht. Toni war eben hier, weil er doch morgens immer seinen Tagesproviant bei uns kaufte. Er hat's uns erzählt."

„Jemand hat die Radmuttern an Bens Wagen gelöst", ergänzte ihre Mutter. „Deswegen ist ein Rad abgegangen und deswegen ist der Unfall passiert, sagt Toni."

In Lulus Kopf ging alles durcheinander. Sie musste etwas unternehmen, auch wenn sie noch nicht wusste, was das sein könnte. Ben im Krankenhaus besuchen? Das kam wohl nicht in Frage. Er würde sie hochkant rauswerfen.

Während sie sich angestrengt bemühte, die Informationen irgendwie zu sortieren, tauchte Arschkrampe Geier vor ihrem inneren Auge auf. Seelenruhig machte er sich an Bens Wagen zu schaffen, sie konnte ihm regelrecht dabei über die Schulter gucken. Sie hörte ihn leise lachen und das klang so furchterregend teuflisch, dass sie am ganzen Körper eine Gänsehaut bekam.

Geier hatte das Haus verwüstet und die Reifen zerstochen, und ganz nebenbei hatte er mit einem Gewehr auf sie gezielt. Nun hatte er die Radmuttern losgedreht, damit sein Konkurrent ein für alle Mal von der Bildfläche verschwand.

„Welchen Wochentag haben wir heute?", murmelte sie und im selben Moment, wusste sie die Antwort. Plötzlich war ihr alles klar.

„Heute ist Mittwoch", sagte Motje und hob fragend die Augenbrauen.

Die beiden Frauen schauten sie neugierig an, sie warteten auf eine Erklärung.

„Ben und Geier sind für heute Vormittag verabredet. Ben wollte versuchen, sich im Guten mit ihm zu einigen, was wirklich großmütig von ihm war nach allem, was

Geier ihm angetan hat. Die Arschkrampe hat dafür gesorgt, dass aus dem Treffen nichts wird."

„Oh Gottogott, das ist ja entsetzlich!", rief Sötje und bekreuzigte sich.

„Hubertus Geier ist zwar ein bisschen eigen, aber solche Schlechtigkeiten hätte ich ihm niemals zugetraut!", murmelte Motje betroffen.

„Ich auch nicht!", stimmte Sötje ihr zu.

„Toni wird der Sache auf den Grund gehen, hat er gesagt." Motje klang zuversichtlich.

Lulu winkte ab. „Wird er nicht, das kannst du vergessen. Toni und Geier sind Bestmackers. Geier wird auch diesmal ungeschoren davonkommen. Es sei denn, jemand unternimmt etwas." Sie ballte die Fäuste. Sie konnte Unrecht auf den Tod nicht ausstehen, was vielleicht an ihrer Vergangenheit lag. Sie würde jedem helfen, der in einer solchen Klemme steckte, auch wenn derjenige Ben Petterson hieß und partout nicht wollte, dass sie sich in sein Leben einmischte.

„Was kann man denn da bloß machen?", rätselten Motje und Sötje bekümmert.

Lulu wusste, was sie zu tun hatte. Jetzt sofort! Sie musste handeln, sie hatte keine Zeit zu verlieren. Sicherheitshalber weihte sie ihre Freundinnen nicht in ihren Plan ein. Die beiden hätten versucht, sie davon abzubringen.

Zwei Minuten später saß sie schon im Auto und bog in den Dorfring ab. Sie hatte einen Pulli über ihren Schlafanzug geworfen, die Handtasche umgehängt, Schuhe angezogen und Gonzo auf die Kopfstütze gesetzt.

Der Himmel war wolkenverhangen und ließ der Sonne keine Chance zum Durchkommen. Die Straße glänzte nass vom nächtlichen Unwetter, an den Rändern standen Pfützen. Es war noch früh am Morgen. Die Kinder waren unterwegs zur Schule, ausgerüstet mit bunten Tornistern und Turnbeuteln. Ein paar Leute machten sich auf den Weg zur Arbeit.

Lulu bog vom Dorfring ab und folgte der Straße zum Hügel. Rechter Hand lag das Wäldchen, aber sie musste weiter geradeaus. Am Straßenrand stand ein übertrieben großer Wegweiser: *Veterinär Hubertus Geier*. Am liebsten hätte Lulu angehalten und das ganze Schild mit Plakaten zugepflastert.

Ihr Körper stand unter Strom, was wahrscheinlich an Unterzuckerung lag, denn sie hatte ja heute noch keinen Bissen gegessen. Zum Glück hatte sie Gummifrösche dabei! Sie kramte die Tüte hervor und stopfte sich eine Handvoll in den Mund, musste an die blöde Gelatine denken und steckte die Tüte wieder weg. Sie schluckte die süßen Frösche runter und war jetzt sicherlich nicht mehr unterzuckert, aber an ihrer Anspannung hatte sich nichts geändert. Um sich zu beruhigen, dachte sie über ihren Rachefeldzug nach, aber immer wieder schob sich die Angst und Sorge um Ben dazwischen.

Energisch versuchte sie auszublenden, was sie über Krankenhäuser wusste. Sie mochte sich Ben nicht mit abgetrennten Gliedmaßen oder aufgesägtem Schädel vorstellen und sie wollte schon gar nicht an den Kühl- und Sezierraum im Untergeschoss denken. Aber sie konnte sich partout nicht ablenken.

Vor ihrem inneren Auge tauchte ein hässlicher Betonkasten auf. Die automatische Schiebetür glitt ächzend beiseite und der entsetzliche Geruch nach Desinfektionsmittel schlug ihr entgegen. Auf dem Flur saßen jämmerliche Gipsverbände in Bademänteln herum, aus denen nur Augen und Schläuche rausguckten. Und – oh nein! Die Frau an der Information sah haargenau so aus wie Betty Streemer aus *Notfälle im OP*! Kein gutes Omen, überhaupt kein gutes Omen!

Sie fuhr bergauf. Na ja, nicht wirklich bergauf, denn Berge gab es in dieser Gegend ja keine. Es war nur ein Hügel. Der Weg führte in Schlangenlinien hinauf und als sie oben ankam, konnte sie auf das Dorf runtergucken.

Lulu schnaubte verächtlich. „Was bildet der sich ein? Dass er der König von Mühldorf ist, oder was?"

Gonzo blinzelte sie tranig an. Er war noch zu müde, um sich Gedanken über andere Leute zu machen.

Der Weg war hier zu Ende. Eine Sackgasse. Es gab nur ein einziges Haus hier oben, und das sah aus wie ein verdammter Palast. Eine in hellem cremegelb gestrichene, zweistöckige Villa mit dicken weiße Säulen im Eingang und aufwändigem Stuck an den Fenstern. Zwei Garagen, jede so groß wie ein Mehrfamilienhaus. Das Anwesen war mit einem mannshohen Eisenzaun vom Rest der Welt getrennt, an einem der beiden gemauerten Torpfeiler hing ein goldgerahmtes Schild. *Veterinär Hubertus Geier.* Das Tor stand offen.

Lulu parkte den Jaguar vorm Zaun und reckte den Hals. Eine Zufahrt aus Kieselsteinen führte durch den gestylten Garten. Von der Zufahrt gingen schmale, mit Mosaik gepflasterte Seitenwege ab, die wohl sowas wie ein Labyrinth darstellen sollten. Sie kniff die Augen zusammen, erblickte eine hochgewachsene Gestalt und spürte, wie ihr Puls auf Hochtouren kam. „Aha, da ist die Arschkrampe!"

Der Veterinär spazierte zwischen frisierten Buchsbaumhecken und edlen Rosenstöcken herum. Kerzengerade, die Hände auf dem Rücken gefaltet, bedächtig einen Schritt vor den anderen setzend, genau wie dieser doofe Geschichtslehrer, bei dem Lulu sich immer so furchtbar gelangweilt hatte. Er trug ein kariertes Sakko mit Lederflicken an den Ellenbogen und hatte seine stahlgrauen Haare zu einem strengen Zopf gebunden. Er blieb stehen und glotzte seine Rosen an, als gäb's nichts

Wichtigeres auf der Welt als die Frage, ob sie beim Unwetter ein Blatt verloren hatten.

Lulu warf einen Blick auf den dösenden Gonzo. So schläfrig wie er war, würde er ihr keine Hilfe sein, aber wenn man's genau nahm, brauchte sie gar keine Hilfe. Mit einem Typen wie Geier wurde sie ganz allein fertig. Doch Gonzo könnte Angst bekommen, wenn er aufwachte und ganz alleine war. Also nahm sie ihn behutsam von der Kopfstütze, setzte ihn sich auf die Schulter und stieg aus.

Die Kieselsteine knirschten unter ihren Schuhen. Lulu blendete ihre Umgebung aus und behielt Geier, die miese Arschkrampe, fest im Blick. Noch sah sie nur seinen karierten Rücken und seinen strammen Zopf, denn er glotzte seelenruhig weiter seine Rosen an.

Wenige Meter von Geier entfernt entdeckte sie die kleinen schwarzen Kopfhörer in seinen Ohren. Aha, er wandelte durch seinen Garten und ließ sich berieseln. Was er wohl hörte? Beethoven? Englische Folklore? Oder 'nen Podcast für beschissene Arschkrampen? Sie tippte ihm auf die Schulter und nun drehte er sich um.

Er war kein bisschen erschrocken, nicht mal verwundert, sie zu sehen. Stattdessen lupfte er die manikürten Brauen und guckte sie gelassen aus eisgrauen Augen an. Gemächlich pulte er sich die Knöpfe aus den Ohren und steckte sie in seine vordere Jackettasche, aus der auch das dünne Kabel herausschaute. Sein Blick streifte Gonzo.

„Sprechstunde ist erst um siebzehn Uhr", sagte er mit dünnem Lächeln. „Es sei denn, es handelt sich um einen Notfall."

Noch vor wenigen Stunden hatte er dafür gesorgt, dass sein Konkurrent einen schweren Unfall erlitt. Lulu war sowieso schon auf dreihundertachtzig, und seine unbekümmerte Miene brachte sie erst recht in Rage. Überflüssig, sich mit langen Reden aufzuhalten so wie sie das im Film immer machen, wenn's ordentlich spannend werden soll. Das hier war kein Krimi, das war live. Vor ihr stand ein Typ, der einen anderen Menschen aus purem Egoismus in Lebensgefahr gebracht hatte.

„Und ob das ein Notfall ist, Arschkrampe!", fauchte sie und legte ihn aufs Kreuz. Das ging ganz einfach. Geier war vollkommen unvorbereitet und hatte noch nie was von Selbstverteidigung gehört. Schade. Er hätte sich wenigstens ein bisschen wehren können, das hätte die Sache interessanter gemacht. Doch er lag wie ein armseliger Käfer rücklings in seinem albernen Labyrinth auf seinem albernen Mosaikweg, und guckte sich seine albernen Rosen von unten an.

Lulu hockte mit ihrem Hintern auf seinem Brustkorb und parkte ihre Knie auf seinen Armen. Unter ihr erklang ein erbärmliches Stöhnen.

Gonzo war jetzt hellwach. Interessiert lugte er über ihre Schulter. „Hände hoch, oder es knallt!", rief er und imitierte eine Polizeisirene.

„Was fällt Ihnen ein, was soll das?" Geiers Stimme war ein heiseres Keuchen, er hatte Pipi in den Augen und ein bisschen Sabber am Spitzbart. Mit seiner Coolness war's vorbei. Er hatte Schiss bis zum Kragen. Sehr gut.

„Was *mir* einfällt?", schnaubte Lulu spöttisch. „Ich sag nur Ben Petterson. Klingelt da was bei dir, Arschkrampe?"

Sein Gesicht war leichenblass mit einem Stich ins Grünliche. „Ich hab ... ins Kra...haus ...bracht", ächzte er.

Stimmt ja. Geier hatte Ben ins Krankenhaus gebracht, um mit seinem Edelmut bei den Dorfbewohnern zu punkten.

Der Gedanke an den hässlichen Betonkasten lenkte Lulu von ihrem entschlossenen Rachefeldzug ab. Der aufgesägte Schädel flammte vor ihrem inneren Auge auf, blutiger Glibberschleim schwabbelte darin herum. „Ist

Ben schlimm verletzt?", fragte sie bang und gruselte sich vor der Antwort.

„Arm ... Kopf ...", krächzte er und schnappte nach Luft. „Runter ... bitte!" Kein bisschen Mitgefühl. Kein bisschen Reue. Der Veterinär dachte mal wieder nur an sich.

Der Zorn kehrte zurück und pumpte einen heftigen Adrenalinschwall durch ihren Körper. Am liebsten hätte sie Geier getötet. Aber sie hatte noch nie jemanden getötet, nicht mal großartig verletzt, und sie hatte auch nicht vor, das jemals zu tun. Es gab andere Möglichkeiten. Grimmig öffnete sie ihre Handtasche, holte Hardys Superkleber heraus und schraubte den Deckel von der Tube.

„So, Arschkrampe, nun wollen wir doch mal sehen, ob der Superkleber auch an Menschen funktioniert." Mit schadenfrohem Lachen hielt sie ihm die Tube vor die Nase.

Entsetzt starrte er das Totenkopfsymbol und die Warnhinweise an. Ein erstickter Laut drang aus seiner Kehle, ängstlich kniff er seine Augen zusammen. Wenn er dadurch verhindern wollte, dass sie ihm die Augen zuklebte, war er dumm. Das wäre jetzt ein Kinderspiel.

Sie beugte sich ein bisschen vor, hob mit einer Hand seinen Hinterkopf an und mit der anderen Hand gab sie großzügig Hardys Superkleber aufs Mosaikpflaster. Dann legte sie seine Birne wieder ab, so dass sein alberner Zopf schön im Klebstoff badete. Nun zog sie das Handy am Kopfhörerkabel aus seiner Jacketttasche, dann stemmte sie sich hoch, klopfte sich den Schmutz von der Schlafanzughose und schaute zufrieden auf Monsieur Arschkrampe runter.

Erleichtert seufzend klappte er die Augen auf, das Grün verschwand aus seinem Gesicht. „Ich habe zwar immer noch keine Ahnung, was das gerade sollte, aber..." Er wollte sich aufrappeln, aber er konnte nicht. Seine geschniegelte Haarpracht hatte mit dem Mosaik einen

Bund fürs Leben geschlossen. „Hilfe! Sie haben meine Haare festgeklebt!", schrie er und versuchte, irgendwie aufzustehen.

Lulu klatschte in die Hände. „Hihi! Geschieht dir recht, Arschkrampe!", gackerte sie.

„Aaaaasch! Hihi!", stimmte Gonzo mit ein und hopste fröhlich auf und ab.

Demnächst würde der Veterinär ne Menge Zeit vorm Spiegel sparen.

„Was haben Sie gegen mich, verdammt nochmal? Ich hab Ihnen nichts getan!", brüllte er. „Und Ben Petterson hab ich auch nichts getan!"

Logisch, dass er das Unschuldslamm spielte. „Spar dir dein Gesülze", meinte sie, legte sein Handy außerhalb seines Dunstkreises auf eine Gartenbank und machte sich auf die Suche nach Wasser. Sie war ja kein Unmensch.

Hinter einem hölzernen Regenfass entdeckte sie eine Gießkanne. Lulu füllte Wasser hinein, schleppte sie zurück und stellte sie so hin, dass er sie bequem erreichen konnte. Wenn er schlau war, brauchte er nicht bis siebzehn Uhr zu warten, damit er von seiner Kundschaft befreit wurde.

„Hau rein, Arschkrampe!", verabschiedete sie sich und reckte beide Mittelfinger. Dann stapfte sie zurück zum Wagen.

Zweite Wahl

Den Taxifahrer als gesprächig zu bezeichnen, wäre untertrieben. Er brabbelte ohne Pause. Ben wollte seine Ruhe haben, ihm war nicht nach Reden zumute, doch der Fahrer ließ sich nicht davon abbringen, ihn mit gutgemeinten Fragen und Ratschlägen aufmuntern zu wollen.

„Sie sehen ganz schön zugerichtet aus", meinte er wohl zum hundertsten Mal. „Sie hätten sich lieber nicht selber entlassen sollen!"

Ben schaute an sich herunter. Sein Hemd war mit getrockneten Blutflecken übersät und seine linke Hand steckte bis zum Ellenbogen in einem Gipsverband. Die Wunde an seiner Stirn konnte er zwar nicht sehen, aber deutlich spüren. Alles in allem hatte er Glück gehabt.

„Ich hab an sich ja für Ärzte nicht viel übrig." Der Taxifahrer schnaubte abfällig. „Götter in weiß, Sie wissen schon! Aber wenn ich mir Sie so anschaue, dann denk ich mir, manchmal haben die auch Recht. Die wollten Sie dabehalten und ich finde, in Ihrem Zustand hätten Sie wirklich auf die hören sollen."

Vorm Fenster kam Brills Hof in Sicht. Isabel galoppierte mit einem großen Braunen in vollendeter Manier auf dem Zirkel.

Der Taxifahrer pfiff durch die Zähne. „Holla! Bei *der* Frau würd ich gerne mit dem Zossen tauschen. Sie auch?"

„Nein."

Im Mittelpunkt der Bahn forderte Isabel den Braunen gekonnt zum fliegenden Galoppwechsel auf und galoppierte auf dem anderen Zirkel weiter.

170

„Ich sag ja immer: Finger weg von den Rothaarigen, die ziehen einem das letzte Hemd aus! Aber bei der da würd man glatt ne Ausnahme machen, hab ich Recht?"

„Eine Frau sollte mehr sein als nur schön", entgegnete Ben, damit sein Sitznachbar endlich den Mund hielt.

Der Hof lag hinter ihnen, sie näherten sich dem Dorfring und der Fahrer nutzte die verbleibende Zeit, um ihm seine Einstellung zu Frauen mitzuteilen. Ben hörte nur mit halbem Ohr zu.

Daheim bezahlte er das Taxi, was mit einer Hand gar nicht so einfach war. Dann stieg er ein wenig umständlich aus.

„Halten Sie die Ohren steif! Gute Besserung!", wünschte der Taxifahrer und fuhr hupend davon.

Ein einzelner Sonnenstrahl mogelte sich durch die graue Wolkendecke und traf auf sein Haus, als wolle er ihm den Weg dorthin zeigen. Ben kramte in seiner Hosentasche nach dem Hausschlüssel, sein Blick wanderte durch den Vorgarten. Wassertropfen glitzerten auf den zarten Kelchen der Glockenblumen und den schlanken, weißen Blütenblättern der Margeriten. Ein Schmetterling flog herbei und ließ sich auf einem Zweig des Sommerflieders nieder. Die Luft roch nach fruchtbarer, feuchter Erde, der Gesang der Vögel übertönte das Rauschen des Mühlbachs.

Ben ging den Gartenweg entlang, schloss die Haustür auf und trat ein. Der Anblick der leeren Stühle versetzte ihm einen Schlag in die Magengrube und in diesem Moment wurde ihm klar, dass es ein Fehler gewesen war, das Krankenhaus auf eigenen Wunsch zu verlassen. Was bitteschön sollte er hier? Es gab nichts für ihn zu tun, mal abgesehen davon, dass er mit einer Hand ohnehin nicht vernünftig arbeiten konnte.

Verdammt! Er musste Hanfried anrufen und ihm erklären, dass er erst in zwei oder drei Wochen anfangen konnte. So lange würde es mindestens dauern, bis seine Hand wieder einigermaßen brauchbar war.

Missmutig stieg er die Treppe hinauf, zog das schmutzige Hemd aus und warf es in den Müll. Schon holte er es wieder heraus und tastete nach dem Brief in der Brusttasche. Der Brief war noch da. Er wusch sich das Gesicht, zog ein frisches Hemd über und steckte den Brief in die Brusttasche. Sein Handy klingelte.

Für einen klitzekleinen, dummen Augenblick hoffte er, dass es Lulu war. Verärgert schüttelte er den Kopf, spürte einen stechenden Schmerz an der Stirn und biss die Zähne zusammen.

„Ben!", schallte es aufgebracht aus dem Hörer. „Ich hab von deinem Unfall gehört! Wie geht es dir? Bist du noch im Krankenhaus?"

Anni. Sie machte sich Sorgen um ihn.

„Mir geht's gut, ich bin gerade wieder nach Hause gekommen", sagte er, wobei er versuchte, seiner Stimme einen unbeschwerten Klang zu verleihen. *Nach Hause gekommen.* Seine Worte hallten wie ein Echo in seinen Ohren. Sein Zuhause würde nicht mehr lange sein Zuhause sein.

„Du bist daheim?", rief Anni. „Wir brauchen ganz dringend deine Hilfe. Bis gleich!"

„Anni?" Aus dem Hörer kam nur noch Tuten. Sie hatte aufgelegt. Ratlos schaute Ben das Handy an, als könnte er dadurch Aufschluss gewinnen, und stopfte es schließlich in seine Hosentasche. Er ging die Treppe hinunter und hatte die Haustür gerade erreicht, da sah er schon ein kleines gelbes Auto den Birkenweg entlangkommen. Er schaute ihm entgegen, erkannte, wer darin saß, und traute seinen Augen nicht. Eine böse Ahnung beschlich ihn und gleichzeitig fing sein Herz heftig an zu klopfen.

Der Wagen hielt am Straßenrand, direkt vorm Gartenweg. Anni sprang heraus und nun öffnete sich auch die Beifahrertür. Behäbig kletterte der dicke Stefan Blümel aus dem winzigen Gefährt. Er war kreidebleich, Tränen schimmerten auf seinen Wangen. Fritzi lag in seinen Händen, vollkommen bewegungslos, wie tot.

Ben eilte ihnen entgegen.

„Ach du Schreck, du hast ja einen Gipsarm!", rief Anni.

„Und einen Verband am Kopf!"

Fritzi lebte noch. Sie atmete flach, aber sie atmete. Bens Herzschlag beruhigte sich wieder, jetzt war zügiges Handeln wichtig und Nervosität völlig fehl am Platze.

„Sie war putzmunter", stammelte Blümel. „Wir waren in der *Goldenen Pfanne* zum Mittagessen, ich hab ihr was von der gebratenen Leber abgegeben und die hat ihr gut geschmeckt. Aber dann fiel sie plötzlich zur Seite und lag da wie ...." Seine massigen Schultern zuckten, er schluchzte und fing an zu weinen.

Ben führte sie in die Praxis und ging im Geiste die Optionen durch. Verdammt!

„Stefan hat den Veterinär angerufen, aber der ist nicht zu erreichen", erklärte Anni. „Was seltsam ist, denn normalerweise hat er sein Telefon immer dabei. Auch wenn er unterwegs ist."

Ben war nur die zweite Wahl, aber das war unwichtig. Egospielchen waren nicht sein Metier.

„Kannst du Fritzi helfen?", fragte Blümel unter Tränen und legte den Hund behutsam auf dem Behandlungstisch ab.

Der Geruch des nekrotischen Gewebes stieg Ben in die Nase.

„Natürlich kann er das!", sagte Anni wie aus der Pistole geschossen und tätschelte Stefans Schulter. „Ben macht deine Fritzi wieder gesund. Sollst sehen, im Nu ist sie wieder putzmunter!"

„Ich kann nichts versprechen, aber ich werde mein Möglichstes tun", entgegnete Ben, legte sich unbeholfen das Stethoskop an und untersuchte die Hündin. Sie war nicht gut dran, sie war überhaupt nicht gut dran! Ben konnte nur hoffen, dass sie stabil blieb. Mit einer Hand konnte er nicht mal eine Infusion anlegen. Er brauchte Hilfe.

„Dein Einverständnis vorausgesetzt, werde ich Fritzi operieren", sagte er zum Bürgermeister, und überlegte fieberhaft, wer ihm assistieren könnte. Blümel fiel aus, der war viel zu aufgelöst. Anni? Motje oder Sötje?

„Oh Gott! Und was wird aus den Babys, wenn du Fritzi aufschneidest?", quietschte Blümel und griff sich ans Herz.

Himmel, er glaubte immer noch, dass Fritzi trächtig war!

„Beruhige dich, Stefan", sprach Anni auf ihn ein. „Ben wird alle Babys heile rausholen, nicht wahr, Ben?" Sie zwinkerte ihm verschwörerisch zu.

Ben atmete tief durch. „Fritzi ist nicht trächtig. Nichts deutet darauf hin. Sie hat einen Tumor und ihre einzige Chance ist die Operation."

Anni warf ihm einen tadelnden Blick zu.

Der Bürgermeister schlug sich die Hände vors Gesicht und weinte hemmungslos. Ben konnte seinen Kummer nur zu gut nachempfinden, doch das änderte nichts daran, dass er ihm die Wahrheit sagen musste.

„Komm, Stefan, ich bring dich jetzt nach Hause", sagte Anni energisch und hakte den dicken Mann unter. „Daheim legst du dich schön auf dein Sofa und ruhst dich aus, bis Fritzi wieder gesund und munter ist und du sie abholen kannst!"

Blümel nickte schluchzend, wischte sich mit dem Handrücken die Tränen vom Gesicht und streichelte zum Abschied Fritzis Köpfchen. Obwohl er sichtlich um Fassung bemüht war, fing er prompt wieder an zu weinen.

Anni setzte sich in Bewegung und zog Blümel in Richtung Tür. Sie schaute Ben aus ihren klugen grauen Augen an. „Du wirst Hilfe brauchen."

Er nickte.

„Ich muss leider zurück", sagte sie entschuldigend. „Das Gasthaus ist voll, da wartet eine ganze Reisegesellschaft aufs Mittagessen."

„Schon gut. Ich werde Neunabers fragen."

Anni hob die Augenbrauen. „Da wirst du kein Glück haben. Motje besucht ihre Tante im Altersheim, die feiert heute ihren Neunzigsten, und Sötje hütet den Laden."

„Mist!"

„Warum bittest du nicht einfach Lulu?"

„Lulu?" Ein heftiger Stich fuhr ihm ins Herz. „Lulu ist als Helferin völlig ungeeignet."

„Unsinn!", widersprach Anni und schüttelte so heftig den Kopf, dass ihre grauen Pudellöckchen flogen. „Du musst ihr nur erklären, was sie zu tun hat."

Ben warf einen prüfenden Blick auf die schlafende Hündin und begleitete Anni und Stefan zur Tür. Hinter dem kleinen gelben Auto parkte ein roter Jaguar.

„Hei, da ist sie ja!" Anni winkte heftig in Richtung Jaguar. „Lulu! Lulu! Schnell, komm her!"

Lulu stieg aus, sie trug giftgrüne Satinleggings und ein Shirt mit pinkfarbenen Sternen. Gonzo hockte auf ihrer Schulter.

„Lulu, dich schickt der Himmel! Du kommst genau im richtigen Moment!", rief Anni aufatmend und fiel Lulu um den Hals.

„Hilfe naht! Gott sei dank!", schluchzte Blümel.

Ben schwankte zwischen Erleichterung, Groll und irgendeinem Gefühl dazwischen. Aus unerfindlichen Gründen machte sein Herz Purzelbäume, gleichzeitig sträubte sich alles in ihm, auch nur ein einziges Wort mit Lulu zu wechseln.

Die Zeit drängte. Fritzis Leben war wichtiger als sein Gefühlschaos. Er lief ihr entgegen. „Würdest du mir bitte helfen, Lulu?"

Sie hob den Blick. Ben begegnete ihren samtbraunen Augen und auf einmal schien sich ein Tor zu öffnen, das ihn in ihre Seele blicken ließ. Plötzlich konnte er sich nicht mehr erinnern, warum er wütend auf sie gewesen war. Sein Gedächtnis war wie ausgelöscht. Die Welt schien stillzustehen. Alles um ihn herum verschwand im Nebel. Er hätte nicht einmal zu sagen vermocht, ob Anni und Stefan noch neben ihm standen, oder ob sie schon ins Dorf zurückgefahren waren.

„Natürlich helfe ich dir, Ben", sagte sie ruhig.

Es schien, als ob er plötzlich wie durch ein unsichtbares Band mit ihr verbunden wäre. Brennende Sehnsucht stieg in ihm auf. Noch nie in seinem ganzen Leben hatte er sich so sehr zu einer Frau hingezogen gefühlt. Waren es ihre Augen? Ihr rundes Gesicht, das völlig ohne Argwohn, Boshaftigkeit oder Berechnung war? Ihr großes Herz?

„Du bist ein Schatz!", rief Anni und damit hatte sie vollkommen Recht.

„Was ist passiert, Herr Blümel? Sie weinen ja!", erkundigte Lulu sich mitfühlend.

„Meiner Fritzi geht's gar nicht gut", schluchzte Blümel. „Sie muss operiert werden, der Veterinär ist nicht erreichbar und Benny hat nur einen Arm."

Ben konnte seinen Blick nicht von ihr wenden. Auf einmal wurde sein ganzer Körper von einem warmen, weichen Gefühl durchströmt. Seine Füße gingen von ganz allein auf sie zu, bis er ihr so nah war, dass er die Hand hätte ausstrecken können, um sie zu berühren.

Ja, Lulu hatte ein großes Herz, und sie würde sich sämtliche Arme und Beine ausreißen, um ihm zu helfen. Jetzt, in diesem Moment, wurde ihm auf einmal bewusst, dass sie ihm mit Kaninchen Karl und der unseligen

Plakataktion wirklich nur hatte helfen wollen. Wie unglaublich dumm er gewesen war! Er hatte nur an sich gedacht, sein Schicksal bejammert und Lulu fortgejagt.

Er wünschte, er könnte die Zeit zurückspulen und seine harten Worte rückgängig machen. Ein dicker Kloß bildete sich in seinem Hals. Er schluckte, aber der Kloß blieb. „Es tut mir leid", sagte er aufrichtig. „Du hast es gut gemeint, und ich habe mich unmöglich benommen. Bitte verzeih mir, Lulu."

Sie lächelte. „Es gibt nichts zu verzeihen, Ben."

Samson und Blümchen

„So, das war's! Du kannst die Augen wieder aufmachen, es ist kein Blut mehr zu sehen", sagte Ben.

Hm, hatte er es also doch mitgekriegt! Dabei war er doch vollkommen auf die Operation konzentriert gewesen.

Der Geruch nach Desinfektionsmittel kitzelte in Lulus Nase, sie linste vorsichtig mit einem Auge, erblickte einen friedlich schlafenden Hund, und öffnete auch das andere.

„Wow! Ich bin mächtig stolz auf mich", lobte sie sich und klopfte sich auf die Schulter. Mutig hatte sie die Instrumente festgehalten, während Ben das eklige Geschwür rausgeschnitten hatte. Hin und wieder war ihr mal ein bisschen schwummerig geworden, aber das war auch schon alles.

„Du bist nicht umgekippt!", stellte er grinsend fest.

„Törööö!", trompetete Gonzo von der Gardinenstange aus.

Lulu begegnete Bens blauen Augen. Auf einmal verwandelten sich ihre Knie in Wackelpudding. Ihre Haut kribbelte. Ihr Herz klopfte wie verrückt. Sie hatte Magensausen. Und das alles nur, weil Ben sie anschaute. Unfassbar!

„Danke, Lulu!", sagte er. „Ohne deine Hilfe hätte ich das nicht geschafft."

Lulus Herz machte einen glücklichen Hopser. „Kein Ding", meinte sie. „Hauptsache, Fritzi wird wieder gesund."

„Das wird sie", sagte er, wandte seinen Blick von ihren Augen ab und schaute zufrieden auf die kleine Hündin. „Ich habe den Tumor komplett entfernt. Er war abgekapselt und hatte zum Glück noch nicht gestreut."

178

Lulu atmete auf. Ihre Knie waren wieder so standfest wie eh und je. „Da wird sich der Bürgermeister aber freuen!", frohlockte sie.

„Du kamst genau im richtigen Moment", sagte er verwundert. „Als hätte dich wirklich der Himmel geschickt."

„Ich hab mir Sorgen um dich gemacht", erwiderte Lulu. Mehr brauchte er nicht zu wissen.

Cola trinkend und Lakritzschnecken futternd beobachtete sie, wie Ben Fritzi mitsamt der Wärmedecke in den Nebenraum trug und in eine gemütliche Box legte. Dort war es schön schummrig, so dass sie in Ruhe ihren Rausch ausschlafen konnte.

Ben kehrte zurück und Lulu half ihm, die stählernen Instrumente sauberzumachen und in den Sterilisator zu verfrachten. Gonzo imitierte einen Staubsauger und gackerte übermütig. Anschließend reinigte sie den Behandlungstisch so gründlich, dass Ben, der wirklich furchtbar pingelig war, nichts zu meckern hatte.

„Ich werde Stefan anrufen", kündigte er an und ging zum Schreibtisch, auf dem das Telefon stand. „Fritzi soll über Nacht zur Beobachtung hierbleiben. Wenn alles gut läuft, wovon ich ausgehe, kann er sie morgen Vormittag abholen."

Ben hatte just den Hörer in der Hand, da klingelte es an der Tür. Er verzog das Gesicht und legte wieder auf. „Das ist er bestimmt", meinte er wenig begeistert. „Ich kann ja verstehen, dass er sich Sorgen macht, aber Fritzi braucht jetzt Ruhe."

„Soll ich hingehen?", bot Lulu an. „Ungebetene Gäste abzuwimmeln ist eine meiner leichtesten Übungen."

Ben nickte erleichtert. „Richte Stefan aus, dass die Operation gut verlaufen ist und er morgen um elf wiederkommen soll. Und bestell ihm bitte schöne Grüße."

„Schon klar. Ich werd ihm sagen, dass er seinen dicken Arsch schleunigst nach Hause bewegen, ne Runde ins Sofa furzen und sich nicht vor morgen um elf wieder blicken lassen soll." Das war natürlich ein Scherz.

Ben riss entsetzt die Augen auf. „Bleib, wo du bist! Ich geh lieber selber hin."

Lulu brach in wieherndes Gelächter aus. „*Hallo?*" Sie tippte ihm an die Schulter. „Das war ein Witz, Ben! Ein W-i-t-z! Ich werd kein Wort über seinen Arsch und die Furze verlieren, okay?"

„Aaaasch-Furz!", echote Gonzo und imitierte einen Furz.

Nicht ganz überzeugt versuchte Ben, in ihren Augen zu lesen, aber weil darin nichts als ehrliche Hilfsbereitschaft zu finden war, nickte er schließlich.

Also pfiff Lulu Gonzo herbei, verließ das Behandlungszimmer und schloss vorsorglich die Tür, damit Blümel nicht reinglotzen konnte. Dann marschierte sie zur Haustür und öffnete.

Draußen stand nicht der Bürgermeister, sondern eine Öko-Frau in farblosen Leinenklamotten und ausgelatschten Bergsteigersandalen. Von ihren Klamotten abgesehen schien sie aber ganz okay zu sein.

Sie lächelte schüchtern. Ihre Augen leuchteten. „Oh, was für ein prächtiger Papagei!"

„Schönen guten Tag", dienerte Gonzo und schmiss wieder den Staubsauger an.

„Der Veterinär ist nicht erreichbar", sagte die Besucherin zu Lulu, als müsse sie sich für ihr Aufkreuzen entschuldigen.

„Ach! Was Sie nicht sagen!" Lulu verbiss sich ein hämisches Grinsen. Der Dussel guckte sich also immer noch die Rosen von unten an! Da hätte sie sich das Wasserschleppen sparen können.

„Womit können wir Ihnen denn helfen?", fragte sie und kam sich auf einmal ungeheuer wichtig vor.

„Ich bin Conny, die erste Vorsitzende vom Tierschutzverein", sagte sie und zeigte mit einem langen dünnen Finger Richtung Straßenrand auf eine kackbraune Abwrackprämie, die mit allerlei Aufklebern verziert war. „Ich habe zwei Welpen dabei. Sie wurden an der Autobahnauffahrt ausgesetzt."

Lulus Herz zog sich zusammen, gleichzeitig wurde sie furchtbar wütend. „Die Welpen wurden *ausgesetzt?*" Sie boxte in ihre hohle Hand. „Wer sowas macht, gehört an den Eiern aufgehängt!"

„Ganz meine Meinung", sagte Conny und lächelte wieder ihr schüchternes Lächeln. „Ob der Doktor sich die Kleinen wohl ansehen würde?"

„Aber klar doch! Das macht er ganz bestimmt. Kommen Sie, ich helfe Ihnen."

Nebeneinander gingen sie den Gartenweg entlang und als sie beim Auto angekommen waren, öffnete Conny die Heckklappe. Ein umwerfender Gestank nach Knoblauch und ätherischen Ölen schlug Lulu entgegen, so dass sie drei Meter zurückgesprungen wäre, wenn da nicht die niedlichen Welpen gewesen wären. Die beiden Hündchen hockten in einem Karton und lugten neugierig über den Rand. Sie hatten hellbraunes Plüschfell und waren so knuffig wie Mützenbommel. Ein Hundekind sah aus wie Samson aus der Sesamstraße und das andere hatte einen weißen Fleck auf der Stirn, der wie eine Blume geformt war.

Lulu kroch förmlich in den Kombi hinein. „Himmel, sind die süß!", quietschte sie entzückt. „Unfassbar, dass man sie ausgesetzt hat."

„Derartige Fälle erleben wir leider immer wieder", sagte Conny seufzend. „Für manche Leute sind Tiere Sachen, die sie sich aus einer Laune heraus zulegen.

Wenn's schwierig wird oder das Tier nicht mehr in ihr Leben passt, dann trennen sie sich einfach davon."

„Das ist aber noch lange kein Grund, Hunde in einen Karton zu stecken und an der Autobahn abzuladen!"

„Nein, natürlich nicht." Conny nahm das Hundekind mit der Blume, Lulu nahm Samson, und sie gingen zurück zum Haus.

Der Welpe grunzte leise und kuschelte sich zutraulich wie ein Baby in Lulus Arme. Hach, wie unglaublich niedlich er war! Sie war hin und weg von dem Kleinen und wenn es nach ihr ginge, würde sie ihn nicht wieder hergeben.

Ben war überhaupt nicht hin und weg von den Hundebabys, und wenn doch, dann zeigte er das nicht. Gewissenhaft untersuchte erst den einen und dann den anderen Welpen, wobei Lulu ihm wiederum assistierte. Glücklicherweise fand er keine Krankheiten.

„Sie sind etwa zehn Wochen alt", meinte er schließlich. „Nicht gechipt und vermutlich weder entwurmt noch geimpft."

„Da hat wohl eine Hündin Welpen bekommen und der dazugehörige Mensch war damit überfordert", meinte Conny seufzend.

Samson legte den Kopf schief, als würde er ganz genau zuhören. Er hockte brav neben seiner Schwester auf dem Behandlungstisch, guckte den großen Mann vertrauensvoll aus seinen süßen Knopfaugen an und nun leckte er vorsichtig mit seiner rosafarbenen Zunge über Bens Handrücken.

Ben lächelte. Für einen Moment war er nur ein Mensch, der Tiere über alles liebte. Im nächsten oder übernächsten Moment war er wieder der pflichtbewusste Tierarzt.

„Es ist leider sehr unwahrscheinlich, dass wir die Mutter finden", sagte Conny. „Der Hinweis kam anonym.

Derjenige, der die Kleinen ausgesetzt hat, ist längst über alle Berge."

„Die Welpen sollten eine Grundimmunisierung bekommen und entwurmt werden müssten sie auch." Ben schaute die Tierschützerin fragend an und als sie scheu nickte, fügte er hinzu: „Sie brauchen nichts dafür bezahlen."

Conny riss die Augen auf. „Oh, wirklich? Ist das Ihr Ernst?"

Ben zog eine Spritze auf. „Ein Tierschutzverein ist meistens knapp bei Kasse und ich freue mich, wenn ich Sie unterstützen kann."

„Das ist aber nett von Ihnen! Sowas hab ich in zwanzig Jahren Tierschutzarbeit noch nicht erlebt! Damit tun Sie dem Verein wirklich was Gutes."

Lulu warf Ben einen Blick zu und spürte, wie ein warmes Gefühl in ihrer Herzgegend aufstieg. Hach, sie könnte ihn knutschen! Natürlich nur theoretisch. Praktisch kam das selbstverständlich nicht in Frage.

Sie hielt die Kleinen ruhig und flüsterte ihnen was Schönes ins Ohr, während Ben ihnen die Piekse verpasste. Als die beiden verarztet waren, durften sie zum Spielen auf den Fußboden. Unbeholfen tapsten sie durch die Gegend, stupsten sich gegenseitig an und dann alberten sie herum und spielten Kriegen. Lulu könnte ihnen stundenlang zugucken.

Gonzo, der sich das lustige Treiben von der Gardinenstange aus anschaute, gluckste fröhlich. Dann flatterte er los, drehte eine Runde durchs Behandlungszimmer und nahm auf der Untersuchungslampe Platz.

Ben war mit Conny in ein Gespräch über die Tierschutzarbeit in der Umgebung von Mühldorf vertieft. Der Verein bestand aus einer Handvoll tierliebender Leute und weil es kein Tierheim gab, waren sie auf private Pflegestellen angewiesen.

Da passierte ein kleines Malheur.

„Huch, Samson hat einen See gemacht", sagte Lulu lachend und holte Tücher und das biologische Reinigungsmittel herbei.

Ben unterbrach das Gespräch und hob die Brauen. Seine Lippen kräuselten sich. „*Samson*? Aus der Sesamstraße?"

„Genau der", meinte Lulu. „Seine Schwester muss auch einen Namen kriegen."

„Tiffy?", schlug Conny vor.

Nein, wie Tiffy sah das Hundekind nun wirklich nicht aus. „Wie wär's mit Blümchen?"

„Blümchen?" Ben runzelte die Stirn. „Schau dir mal die Pfoten an! Samson und Blümchen werden mindestens so groß wie Bernhardiner!"

Conny seufzte. „Sie werden schwierig zu vermitteln sein. Die Leute mögen lieber kleine Hunde. Bernhardiner brauchen viel Platz."

Ben nickte ernst. „Sie brauchen Platz und Bewegung, viel gutes Futter und einen Menschen, der Zeit für sie hat."

„Und vor allem brauchen sie einen Menschen, der sie liebt", ergänzte Lulu.

Conny lächelte ihr zu und wandte sich wieder an Ben. „Haben Sie zufällig eine Idee, wer die Welpen haben möchte? Oder wo sie übergangsweise in Pflege bleiben könnten?" Sie biss sich auf die Lippe. „Sämtliche Mitglieder unseres Vereins sind überbelegt und können keine Tiere mehr aufnehmen. Zur Not nehme ich sie natürlich, aber ich hab schon sieben Hunde und fünf Katzen bei mir zu Hause."

Ben schüttelte den Kopf. „Nein, tut mir leid."

„Sie könnten hierbleiben", platzte Lulu dazwischen, strahlte Ben an und schob schnell hinterher: „Wäre ja nur für den Übergang."

Sag einfach Ja, Ben! Hach, das wäre zu schön!

Bens Blick wanderte zu Samson, der einen ungelenken Hüpfer machte. Er klappte den Mund auf und Lulu war mega-gespannt, was er antworten würde, da ertönte ein langgezogenes Klingeln. Gleichzeitig hämmerte jemand wie ein Bekloppter an die Haustür.

„Was ist das denn für ein beschissenes Benehmen?" Lulu stapfte durchs Wartezimmer, Gonzo landete im Sturzflug auf ihrer Schulter. Sie hatte die Klinke just in der Hand, da flog die Tür schon auf und ein wutschnaubender Veterinär stürmte herein.

Erschrocken schlug Gonzo mit den Flügeln. „Hände hoch oder es knallt!", kreischte er.

Bei Geiers Anblick bekam Lulu einen Lachanfall, sie konnte sich gar nicht wieder einkriegen. Sie zeigte auf seine zerrupfte Frisur und rief: „Hilfe, wie sieht das denn aus?! Huuhuuuu!"

„*Sie*!", brüllte Geier. „Sie war das!"

Toni schlenderte hinterdrein, O-beinig wie ein Cowboy nach einem Fünftagesritt, die Daumen in seinen Pistolengürtel gehakt. „Hallo Lulu." Er stellte ein Pokerface zur Schau.

Die Tür zum Behandlungszimmer ging auf. „Was ist hier los?", rief Ben alarmiert.

Geiers Stimme überschlug sich. „Diese Frau hat mich auf dem Gartenweg festgeklebt! Sie gehört verhaftet und eingesperrt!"

„Wie bitte?" Verwirrt zog Ben die Stirn kraus.

Nun streckte auch Conny den Kopf aus dem Behandlungszimmer, erblickte Geier und sagte: „Huch! Wo ist denn Ihr Zopf hin? Sie sehen ja aus wie ein aufgeplatztes Sofakissen!"

Daraufhin musste Lulu noch mehr lachen, was den Veterinär natürlich erst recht auf die Palme brachte.

„Sie hat meine Haare auf der Erde festgeklebt!",
kreischte er. „Ich kann von Glück sagen, dass mein Freund
Toni zufällig vorbeikam."

Lulu hielt sich die Seiten. „Gut, dass du Polizist und
nicht Friseur geworden bist", meinte sie glucksend zu
Toni. „Sieht echt verboten aus, was du da fabriziert hast."

„Pass auf, was du sagst!", maulte er. „Sonst hast du
außer Nötigung und Körperverletzung auch
Beamtenbeleidigung am Hals."

„Pfft! Wollen wir doch mal sehen, wie lang die Liste
deines Kumpels ist", konterte sie und zählte an den
Fingern ab: „Hausfriedensbruch, Vandalismus,
Sachbeschädigung, versuchter Mord ..."

Gonzo imitierte eine Polizeisirene und flatterte hektisch
mit den Flügeln.

Und dann geschah das Unfassbare. Ben schüttelte
nachdrücklich den Kopf. „Hubertus ist unschuldig, Lulu.
Er hat nichts von alledem getan."

Lulu war fassungslos. Sie hätte niemals für möglich
gehalten, dass Ben so wenig Rückgrat hatte. Am liebsten
hätte sie ihn durchgeschüttelt, damit er zur Besinnung
kam, aber er war ein großes Kaliber und würde sich
bestimmt nicht einfach durchschütteln lassen.

Sie baute sich einen halben Zentimeter vor ihm auf.
„Was soll das, Ben? Wieso ziehst du plötzlich den
Schwanz ein?", motzte sie ihn an.

Conny schaltete sich ein. Sie hob die Hände wie ein
Pastor auf der Kanzel. „Vielleicht beruhigen sich erstmal
alle? Ich hab Johanniskraut-Tee im Auto. Wer möchte?"

Der Zopf ist ab

Einen Menschen an den Haaren auf dem Boden festzukleben - darauf konnte auch nur Lulu kommen!

Ben war hin- und hergerissen. Natürlich hatte sie sich schon wieder in seine Angelegenheiten eingemischt und natürlich hatte sie es mal wieder maßlos übertrieben. Andererseits war ihm inzwischen klar, dass die Sorge um ihn sie zu dieser Tat gedrängt hatte. Sie hatte geglaubt, dass der Veterinär der Schuldige an den hinterhältigen Attacken war, und das konnte er ihr nicht verübeln. Schließlich hatte er bis gestern Abend genau dasselbe gedacht.

„Hubertus hat mich gefunden und ins Krankenhaus gebracht", erklärte er ihr. „Das hätte er nicht getan, wenn er mich wirklich loswerden wollte."

„Grmpf", machte sie und starrte ihn böse an. „Das hat er nur zur Tarnung gemacht! Damit er der Held im Dorf ist und keiner ihn verdächtigt! Hast du vergessen, dass die Arschkrampe mit einem Gewehr auf uns gezielt hat?"

„Das war ein Missverständnis", fuhr der Veterinär dazwischen. „Ich bin Jäger und ich habe nicht auf euch, sondern auf einen Feldhasen angelegt."

„Feldhasen dürfen nicht geschossen werden! Feldhasen stehen auf der Roten Liste!", regte Ben sich auf.

„Wir haben genug davon. In Mühlbach wimmelt's von Feldhasen", tat Geier seinen Vorwurf ab und fügte anklagend hinzu: „Ich bin unschuldig. Deine Freundin hat mein Leben völlig zu unrecht aufs Spiel gesetzt!"

„Du hättest dich ganz leicht selbst befreien können, Arschkrampe!", fauchte sie den Veterinär an. „Was glaubst du, wozu ich die Gießkanne hingestellt habe?"

Darauf wusste Hubertus keine Antwort.

Toni kratzte sich am Kopf. „Wozu denn?"

„Er hätte sich die Kanne nur über seinen dämlichen Schädel kippen brauchen. Nasse Haare dehnen sich und reißen, ganz im Gegensatz zu trockenen."

„Interessant", murmelte Toni und verkniff sich das Grinsen. „Der Zopf wäre aber trotzdem ab."

„Na und? Der Zopf sah sowieso kacke aus."

„Du solltest deiner Freundin erklären, dass ich gar keinen Grund habe, dich loszuwerden!", wandte sich Geier an Ben. „In Mühldorf und Umgebung ist mehr als genug Arbeit für zwei Tierärzte. Ich wäre heilfroh, wenn ich öfter mal freihätte und in Ruhe zur Jagd gehen könnte."

Ben nickte stumm. Wurde er in Mühldorf vielleicht doch gebraucht? Er spürte, wie es unter seiner Haut zu prickeln begann. Schnell verscheuchte er den Gedanken. Zu spät. Er hatte sich entschieden, er hatte Hanfried zugesagt.

„Ha! Ihr beide seid also plötzlich Kumpels, oder wie seh ich das?", fauchte Lulu. Ihre Augen blitzten zwischen ihm und dem Veterinär hin und her.

„Nun", sagte Ben zögernd und schaute Hubertus an.

Der hob die Schultern und machte eine vage Bewegung mit dem Kopf, die man so oder so auslegen konnte.

„Wir könnten Kollegen sein", hörte Ben sich sagen und erschrak. Das hatte er nicht wirklich gesagt, oder?

„Mein Reden", meinte Geier herablassend, hob seinen Zeigefinger und betonte: „Wenn du hierbleiben willst, musst du aber noch einiges lernen, Ben Petterson!"

Pah, das sagte der Richtige! Ben hätte den Hinweis des Veterinärs mit Humor nehmen können, stattdessen sträubten sich seine Nackenhaare. Er musste sich wohl kaum von jemandem belehren lassen, der einen Tumor nicht von einer Trächtigkeit unterscheiden konnte. Er hatte die Nase voll von der Überheblichkeit und Arroganz der meisten Mühldorfer und er hatte auch keine Lust mehr, vor irgendeinem Dorfbewohner zu Kreuze zu kriechen. Schon gar nicht vor seinem inkompetenten Berufskollegen.

„Wenn du auf die Hündin des Bürgermeisters anspielst", knurrte Ben, „dann muss ich dich leider enttäuschen, Hubertus. Ich habe ihren Tumor entfernt und keine Welpen in ihrem Bauch gefunden." Der letzte Teil seines Satzes strotzte vor Ironie - und Geiers langes Gesicht war Balsam für seine Seele.

Wie auf Zuruf tapsten die beiden Fundtiere aus dem Behandlungsraum ins Wartezimmer und inspizierten neugierig die Hosenbeine und Schuhe. Lulu stieß einen entzückten Laut aus, Toni verzog das Gesicht, Geier streifte die Hunde mit emotionslosem Blick und Conny verteilte den Tee aus ihrer Thermoskanne in Keramikbecher.

„Hat Fritzi die Operation überlebt?", erkundigte Geier sich in sachlichem Ton.

„Ja, das hat sie, und sie hat sehr gute Aussichten, wieder gesund zu werden", entgegnete Ben, während er seinen älteren Kollegen finster anstarrte. „Wenn Stefan Blümel nicht zu mir gekommen wäre, dann wäre sie jetzt tot!"

„Unfug!", schimpfte Geier.

„So'n Quatsch!", pflichtete Toni seinem Freund bei, und wurde von dem kleinen Rüden abgelenkt, der die Zähne in seinen Hosensaum grub und verspielt daran herumzerrte. „Lass das sein! Hör sofort auf damit!", quiekte er und versuchte mit ängstlicher Miene, den Welpen abzuschütteln.

Toni hatte sich nicht verändert. Er hatte keinen Draht zu Tieren, genau wie damals. Kein Wunder, dass Onkel Otto ihm die Praxis nicht vererben konnte.

„Hihi!", gackerte Lulu. „Herr Wachtmeister hat Schiss vor Samson!" Sie bückte sich und nahm den Kleinen auf den Arm, um ihn vor Tonis hektischen Fußtritten zu beschützen. Den Welpen an ihr Herz gedrückt setzte sie sich auf einen Stuhl und vergrub ihre Nase in seinem Fell. Gonzo hockte auf ihrer Schulter und spielte Verstecken unter ihren zahllosen Zöpfen.

„Wir sprechen uns noch", knurrte Toni in Lulus Richtung, schaute auf seine Armbanduhr und gab sich plötzlich sehr geschäftig. „Ich muss weiter, die Pflicht ruft."

„Wollen Sie denn keinen Tee?", fragte Conny und hielt ihm einen Becher hin.

Toni hob die Hände. „Danke nein, ich habe leider keine Zeit." Er floh zur Tür hinaus.

Hubertus Geier trank einen Schluck, strich mit der Hand über seinen spitzen Bart und wandte sich wieder Ben zu. „Wie ich bereits sagte, du musst noch viel lernen, wenn du ein Teil der Dorfgemeinschaft werden willst. Bei uns gelten andere Regeln als in der Stadt. Wir Mühldorfer halten zusammen."

Der Veterinär wollte von seiner Fehldiagnose ablenken, das war sonnenklar - und wahrscheinlich war es sogar menschlich. Aber damit würde er nicht durchkommen. Ben durfte nicht länger klein beigeben, denn sonst bliebe ihm nichts anderes übrig, als Mühldorf zu verlassen.

Er erschrak. Hatte er das wirklich gerade gedacht? Wollte er *wirklich* hierbleiben? Hanfried absagen und die Teilhaberschaft in der Tierklinik gegen eine ungewisse Zukunft in Mühldorf tauschen? Er atmete tief durch, sammelte sich und verschob die Frage auf später.

„Was hat der Zusammenhalt der Dorfbewohner mit deiner Fehldiagnose zu tun?", fragte er seinen Kollegen herausfordernd.

Geier lächelte milde. „Petterson! Glaubst du wirklich, ich hätte angenommen, dass Fritzi trächtig ist?"

Ben nickte, ein wenig verunsichert.

Der Veterinär stellte seine Tasse ab, als müsste er für die Erklärung die Hände frei haben, und setzte eine feierliche Miene auf. „Wir Mühldorfer haben den besten Bürgermeister, den man sich wünschen kann", betonte er. „Stefan Blümel sieht in jedem Menschen nur das Gute, er kann gar nicht anders. Für jeden hat er ein offenes Ohr und er tut sein Bestmögliches, damit alle Leute glücklich und friedlich zusammenleben."

„Ja... Und?", rätselte Ben.

„Alle Dorfleute haben mit Blümel getrauert, als seine liebe Frau Linda an Krebs starb. Er hat den Verlust noch nicht überwunden, du hast selbst erlebt, wie sehr er darunter leidet! Sollte ich diesem guten Mann sagen, dass seine Hündin Krebs hat?"

Ben schnappte nach Luft. Unzählige Gedanken wirbelten durch seinen Kopf, er sprach den erstbesten laut aus. „Du hast Blümel *angelogen*?"

Sein Berufskollege nickte. „Die Wahrheit hätte ihn umgebracht."

„Du hast ihm ein Märchen erzählt! Du hast ihm weisgemacht, Fritzi würde Welpen bekommen!", rief Ben. „Damit hast du das Leben der Hündin aufs Spiel gesetzt!"

„Um den Besitzer zu schützen." Hubertus nahm wieder die Tasse zur Hand, er hielt sie mit spitzen Fingern, den kleinen Finger abgespreizt.

„*Besitzer*!", echote Ben wütend. „Man kann ein Tier nicht *besitzen*", spie er. „Ein Tier ist keine *Sache*!"

Geier blieb gleichmütig. In feine, englische Jagdkleidung gewandet hielt er einen Plausch bei einem Tässchen Tee, nur seine zerrupfte Frisur wollte nicht so recht ins Bild passen. „Stefan Blümel hat wieder neuen Lebensmut, seit ich ihm die wahre Diagnose verheimlicht und sie durch die frohe Kunde ersetzt habe. Er freut sich wie ein Kind auf die Hundebabys. Das ganze Dorf freut sich mit ihm."

„Das ist kein Grund, das Leben eines Tieres zu gefährden", beharrte Ben. „Wie hättest du ihren Tod dem Bürgermeister erklärt?"

Geier lächelte milde. „Fritzi wäre leider bei der Geburt gestorben. Das wäre zwar traurig, aber ich hätte Blümel umgehend einen neuen Teckel besorgt. Er wäre drüber weggekommen."

„Das ist unverantwortlich!"

Hubertus hob erneut den Zeigefinger. „Siehst du, Ben? Es ist so, wie ich sagte. Du musst noch viel lernen." Er trank seinen Tee aus, gab Conny den Becher zurück und verabschiedete sich mit dünnem Lächeln von Ben. „Nun hast du den schwarzen Peter. Jetzt ist es an dir, unserem Bürgermeister klar zu machen, dass es keine Hundbabys geben wird."

Conny horchte auf. „Also, wenn der Bürgermeister gerne Hundebabys haben möchte, dann hätte ich hier zwei, die sich über ein schönes Zuhause sehr freuen würden", rief sie und zeigte auf die beiden Fundtiere.

„Ausgeschlossen! Diese Welpen sind zehn Wochen alt", erinnerte Ben sie. „Und das sind keine Dackel, sondern Bernhardinermischlinge."

„Na und?" Hubertus Geier grinste breit. Vielsagend schaute er erst Conny und dann Ben an.

„Was - na und?", entgegnete Ben unwirsch. „Stefan Blümel ist doch nicht blöd."

„Die Menschen glauben stets das, was sie glauben wollen", entgegnete der Veterinär tiefgründig. „Und wenn ein Fachmann sie obendrein in ihrem Glauben bestärkt, werden sie ihn niemals anzweifeln."

Ungebetene Gäste

Der Himmel war grau, einzelne Tropfen fielen zur Erde. Die Blätter des alten Apfelbaums raschelten im kühlen Wind, als riefen sie dem Sommer zu, dass er endlich zurückkommen solle. Der Mühlbach rauschte lauter als gewöhnlich, das Vogelgezwitscher war verstummt.

Lulu kullerten dicke Tränen über die Wangen. Es fiel ihr so schwer, sich von Samson zu trennen. „Mach's gut, kleiner Mann", murmelte sie mit erstickter Stimme. Sie drückte das süße Fellbündel ein letztes Mal an ihr Herz und dann verabschiedete sie sich genauso liebevoll von Blümchen.

Auch Ben schien der Abschied ein wenig zu schaffen zu machen. Er war sehr still und schaute bekümmert drein. Das konnte aber auch an seinen Gewissensbissen liegen. Im Lügen war er eine absolute Niete. Wenn es nach ihm gegangen wäre, hätte er die ganze Sache aufgeklärt, aber dank Lulus Überzeugungsarbeit hatte er schließlich eingesehen, dass damit niemandem geholfen wäre.

Um elf Uhr drängten sich draußen vor der Tierarztpraxis unzählige Dorfbewohner. Leute in Gummistiefeln, Latzhosen, feinem Zwirn und mit Lockenwicklern in den Haaren. Sie alle wollten dabei sein, wenn ihr Bürgermeister Fritzi und ihre Babys abholte. Sie alle wollten ihren Bürgermeister endlich wieder glücklich sehen. Blümel kam im Feuerwehrwagen daher, Brandmeister Günni saß am Steuer. Das Polizeiauto stand an der Straße, Toni hatte eine bunte Fahne mit dem Wappen des Dorfes dabei und regelte damit den Verkehr.

Als Blümel seine kleine Hündin erblickte, fing er an zu weinen. Schluchzend presste er sie an seine breite Brust. Fritzi wackelte mit dem Hinterteil und schleckte ihm zärtlich die Freudentränen von den Wangen. „Da bist du ja wieder, mein Schätzchen", krächzte er und dann breitete sich ein glückliches Lächeln auf seinem Gesicht aus. Vorsichtig hob er die Hündin an, damit alle sie sehen konnten. „Schaut her!", rief er den Leuten zu. „Fritzi ist wieder wohlauf!"

Die Dorfbewohner jubelten und klatschten, Toni schwenkte die bunte Fahne und Günni drückte auf die Hupe des Feuerwehrwagens.

Nun waren Samson und Blümchen an der Reihe. „Seht euch diese prächtigen Babys an!", rief der Bürgermeister und präsentierte sie stolz der Dorfbevölkerung. Erneut brandete Jubel auf, die Hundekinder wurden gefeiert wie Königskinder. Niemand bemerkte, dass sie schon jetzt größer als ihre Mutter waren. Nun, vermutlich bemerkten die meisten Leute das sehr wohl, aber niemand verlor ein Wort darüber.

„Hinein mit euch, ihr kleinen Racker!", scherzte der Bürgermeister, verpackte seine drei Lieblinge in geblümte Wolldecken und setzte sie behutsam in den Feuerwehrwagen.

Er reichte erst Ben und dann Lulu die Hand. „Danke, ihr zwei!", sagte er und daraufhin jubelten die Leute noch einmal.

Günni ließ die Sirene aufheulen, dann fuhr er langsam los. Die Dorfbevölkerung lief fröhlich schwatzend hinterher, Toni bildete mit seinem Polizeiwagen das Schlusslicht.

Seite an Seite schauten Lulu und Ben dem Tross hinterher, bis er schließlich hinter der Straßenbiegung verschwunden war. Dann gingen sie langsam den

Gartenweg entlang zurück in Richtung Haus. Drinnen würde es leer und still sein.

Lulu wischte sich mit dem Handrücken die Tränen aus dem Gesicht. Sie hatte keinen Grund, traurig zu sein. Alles war gut. Fritzi war wieder gesund, die Welpen hatten ein schönes Zuhause gefunden und Ben hatte sich mit dem Veterinär vertragen. Wer Bens Wände beschmiert, die Reifen kaputtgemacht und die Radmuttern losgedreht hatte, war noch immer ein Rätsel. Das Rätsel würde wohl ungelöst bleiben, denn sobald Bens Arm wieder heil war, wollte er nach Frankfurt zurückfahren. Sein Gepäck stand aufgereiht neben dem Treppenaufgang.

Sie seufzte. Ihre Zeit hier in Mühldorf war zu Ende. Sie brauchte dringend einen Job. Außerdem konnte sie nicht ewig in Karls Bastelstube wohnen, auch wenn Sötje und Motje das anders sahen. Sie musste nach vorne schauen, neue Pläne schmieden, an irgendeinem anderen Ort neu anfangen. Zum Glück war sie nicht allein! Sie hatte Gonzo, und mit Gonzo war jeder Tag ein guter Tag.

Je schneller sie sich von Ben verabschiedete, umso besser. Sonst würde ihr womöglich das Herz brechen, und das durfte auf keinen Fall passieren.

Sie waren an der Haustür angekommen, Ben blieb stehen, wandte sich ihr zu und schaute sie an. Er hatte einen seltsamen Ausdruck in den Augen, den Lulu nicht deuten konnte. So hatte er sie noch nie angesehen.

Sie durfte den Abschied nicht aufschieben. Sie musste es jetzt tun. Jetzt.

Ein dicker Frosch machte sich in ihrem Hals breit. Lulu zwang sich zu einem zuversichtlichen Lächeln. „Auf Wiedersehen, Ben."

Seine Lippen wurden schmal, an seinem Kiefer pulsierte ein Muskel. „Du willst fort?"

Von *wollen* konnte keine Rede sein. Sie würde viel lieber hierbleiben. Sie wünschte, ja, sie wünschte... Nein!

Was sie sich wünschte, durfte sie nicht einmal denken! Am besten brachte sie den Abschied ganz schnell hinter sich.

„Jawohl!", entgegnete sie und bemühte sich, flapsig zu klingen. „Gonzo und ich ziehen weiter. Irgendwohin, wo es ne anständige Döner-Bude gibt."

Da fasste er nach ihrer Hand.

Prompt fuhr ihr ein prickelnder Schauer über die Haut und ihre Knie gaben nach. Gleich würde sie wieder Herzklopfen und Magensausen bekommen, das kannte sie ja schon. Sie wollte ihre Hand wegziehen, aber sie konnte es nicht. Sanft verschränkten sich seine Finger mit ihren und sie wünschte sich, dass sie sich nie wieder voneinander lösten.

Ihr Herz tat so weh, als würde es aus ihrer Brust herausgerissen werden. Dies war der schmerzhafteste Abschied ihres Lebens. Die Vorstellung, Ben nie wiederzusehen, brachte sie beinah um. Unglaublich, dass es sie so umhaute, sie kannte Ben doch noch gar nicht lange! Sie hatte in ihrem Leben schon viele Menschen getroffen und sich dann wieder von ihnen verabschiedet. Das mit Ben war nichts anderes, ein ganz normaler Schlusspunkt am Ende eines Kapitels. Sie würde neue Freunde finden und vielleicht auch ein richtiges Zuhause. Sie durfte jetzt keinen Rückzieher machen.

Doch ihre ineinander verschränkten Hände hatten eine Verbindung geschaffen, die nicht getrennt werden wollte. So als hätte sie endlich gefunden, wonach sie sich schon seit Ewigkeiten gesehnt hatte.

Bens Gesichtszüge wurden weich, seine Stimme war so warm wie ein kuscheliger Mantel. „Danke, Lulu. Für alles. Du hast mir sehr geholfen." Er schwieg einen Moment, während sie beinah in seinen tiefblauen Augen ertrank. „Viel mehr, als dir vielleicht bewusst ist", fügte er hinzu.

„Kein Ding", versuchte sie, ihr Gefühlswirrwarr zu überspielen. „Das hab ich gerne gemacht."

Der Druck seiner Finger wurde ein wenig fester. „Kann ich dich vielleicht überreden, hierzubleiben?", fragte er.

Sie lachte gezwungen. „Um rauszufinden, welches Arschgesicht deine Reifen aufgeschlitzt hat?", scherzte sie.

„Zum Beispiel", erwiderte er mit leisem Lächeln, hielt ihre Hand ganz fest und schaute sie unverwandt an.

Sein Lächeln erinnerte sie an Liebesfilme kurz vorm Happy-End. Fehlten nur noch die schmalzigen Geigen. Lulu mochte keine Liebesfilme. Sie guckte sie nur, wenn im Fernsehen nichts Besseres lief. Liebesfilme hatten nichts mit der Realität zu tun.

„Zeig mir deine Möpse!", krähte Gonzo fröhlich. „Moin-Moin. Schönen guten Tag!"

Lulu hatte sich geschworen, niemals ihr Herz zu verlieren. Schließlich hatte sie hautnah miterlebt, was dann passierte. Sie schüttelte den Kopf. Ein Mann wie Ben würde sich niemals in eine Frau wie sie verlieben. Das Leben war kein Fernsehfilm.

„Nein. Ich kann nicht bleiben." Sie zog ihre Hand aus seiner und der Zauber der Berührung verflog. Ihr Herz zerbrach in tausend Stücke. Schnell wandte sie sich um, denn sonst hätte Ben womöglich gesehen, dass sie mit den Tränen kämpfte.

„Auf Wiedersehen, Lulu", hörte sie seine warme Stimme in ihrem Rücken. Er klang traurig. „Auf Wiedersehen, Gonzo!"

Verdammter Mist!

Schnell lief sie den Gartenweg entlang. So schnell, dass Gonzo sich an ihrer Schulter festklammern musste, um nicht runterzufallen.

Sie lief und lief, und sie schaute nicht zurück. Die Tränen strömten über ihre Wangen, all die Tränen, die sie sich nie zu weinen erlaubt hatte. Sie ließen sich nicht mehr aufhalten. Der Kummer der vielen Jahre, in denen sie um ihre Mommy gebangt hatte, brach auf einmal aus ihr heraus.

Vor ihrem inneren Auge erschien die ausgemergelte Frau, die einmal eine Schönheit gewesen war, lange bevor ihr versoffener Ehemann sie verlassen und sie sich in Andi Arschloch verliebt hatte. Lulu sah ihre leblosen Augen, ihren unkontrolliert zitternden Körper, ihre verwahrlosten Kleider. Sie hörte sie betteln, nach Heroin lechzen, der beschissenen Droge, die Andi ihr angedreht hatte. Mommy hatte alles gemacht, was das Arschloch von ihr wollte, es mit seinen verdammten Freunden und mit jedem x-beliebigen Freier getrieben, nur für einen beschissenen Schuss.

Bis sie sich ihren letzten Schuss verpasst hatte.

Lulu schluchzte verzweifelt auf. Tränenblind lief sie weiter, obwohl sie die Straße kaum noch erkennen konnte.

Anfangs, als ihre Mom frisch mit Andi zusammen war, hatte das Arschloch versucht, auch Lulu um den Finger zu wickeln. Er hatte ihr den Papagei geschenkt und ihr jedes Mal Süßigkeiten mitgebracht, wenn er zu Besuch kam. Dann fing die Sache mit dem Heroin an, die Freier gaben sich die Klinke in die Hand und irgendeiner dieser widerlichen Typen wollte Lulu an die Wäsche gehen. Sie hatte ihm in die Eier getreten, dass er nur noch Sterne sah, und von diesem Tag an hatte sie sich immer irgendwo versteckt, wenn Andi und seine Dealer-Freunde aufkreuzten. Sie hatte sich Videos über Selbstverteidigung reingezogen und wie eine Verrückte trainiert, aber gegen Andi, den glatzköpfigen Koloss, hätte sie nicht den Hauch einer Chance gehabt. Er hatte immer ein Schlachtermesser dabei.

Lulu boxte in ihre hohle Hand. Zum Teufel, wie sie das Arschloch hasste! Sie hätte Andi anzeigen müssen, aber sie war klug genug gewesen, es nicht zu tun. Wenn er überhaupt verknackt worden wäre, wie viel hätte er bekommen? Mit Staranwalt und bei guter Führung vielleicht zwei oder drei Jahre. Danach wäre er wieder rausgekommen und was dann passiert wäre, mochte sie sich gar nicht ausmalen.

Sie war abgehauen, möglichst weit weg, um ein neues Leben anzufangen. Sie wollte vergessen. Aus Rache hatte sie Andi den Jaguar geklaut. Sie hatte ihm wenigstens einen kleinen Denkzettel verpassen wollen. Außerdem hatte sie dringend einen fahrbaren Untersatz gebraucht, und Andi hatte schließlich genug Autos. Das war ein Fehler gewesen. Sie hatte ihn beklaut und deswegen musste sie sich weiterhin vor ihm verstecken.

Zur Hölle mit Andi! Sie musste aufhören, an ihn zu denken. Im Augenblick hatte sie ganz andere Sorgen als sich über das Arschloch Gedanken zu machen. Sie musste ihr zerbrochenes Herz wieder zusammensetzen.

Sie stolperte den Straßenrand entlang und hatte Neunabers Laden fast erreicht. Tränenüberströmt wie sie war, wollte sie ihren Freundinnen auf keinen Fall begegnen, also bog sie vorher auf den Parkplatz ab und ging um das Gebäude herum zum Hinterhof, um die rückwärtige Tür zu nehmen.

Bleischwere Müdigkeit überfiel sie. Jeder Schritt kostete sie unglaublich viel Kraft, ihre ganze Energie schien aus ihrem Körper zu verschwinden. Ihre Füße waren so schwer, als steckten sie in Eisenschuhen. Die Hintertür schien noch meilenweit weg zu sein und sich immer weiter von ihr zu entfernen.

Sie schleppte sich am Jaguar vorbei und stellte sich vor, wie sie sich gleich, wenn sie drinnen war, aufs Bett legte, ein bisschen verschnaufte und dabei an was Schönes dachte. Sobald sie wieder fit war, wollte sie ihre Sachen packen und aufbrechen.

Gonzo tippelte auf ihrer Schulter herum und zog heftig an einem ihrer Zöpfe.

Lulu schaute hoch zu ihm. Sein Blick war wachsam und sein Körper angespannt. Irgendetwas beunruhigte ihn. Lulu hatte keine Ahnung, was das war, trotzdem lief ihr ein kalter Schauer über die Haut.

„Zieh dich aus!", rief er aufgeregt. „Aaaasch..."

Weiter kam er nicht, denn im selben Moment passierte es. Kreischend flog er hoch und entkam der blitzenden Klinge des Schlachtermessers um wenige Zentimeter.

Lulu schrie vor Angst, doch ihr Schrei erstickte, noch bevor er ihren Mund verlassen konnte. Ihr Kopf wurde nach hinten gerissen, gleichzeitig versetzte ihr jemand einen harten Stoß in den Rücken. Ihre Knie knickten ein, sie sackte auf das Betonpflaster, eiskalter Stahl presste sich an ihre Kehle. Sie hatte keine Chance, sie war vollkommen wehrlos.

Es war so weit. Im Grunde hatte sie gewusst, dass es früher oder später so kommen würde. Man konnte nicht ewig auf der Flucht sein.

Sie zitterte am ganzen Körper.

„Keine Bewegung, du Schlampe! Sonst bring ich dich gleich hier um."

Andi beugte sich von hinten über sie und funkelte sie aus stechendgrünen Augen an. Seine Glatze glänzte wie eine frisch polierte, überdimensionale Billardkugel. Ein schwarzes Headset klemmte an einem seiner Ohren. In seinen Mundwinkeln klebte getrockneter weißer Schaum, die hässliche dunkelrote Narbe an seinem Kinn pulsierte.

Lulu konnte vor Angst und Schmerz kaum noch klar denken, trotzdem versuchte sie im Geiste, Gonzo zu beschwören. Hoffentlich versteckte er sich gut, am besten ganz hoch oben in irgendeinen Baum. Er durfte sich um Gottes willen nicht blicken lassen! Wenn Andi ihn erwischte, würde er ihn töten.

„Warum nimmst du deine Karre nicht einfach mit und lässt mich in Ruhe", krächzte sie, um Zeit zu gewinnen. Wofür, das wusste sie noch nicht.

„Pah, das hättst du wohl gerne!", spie er.

Sie spürte Speicheltröpfchen in ihrem Gesicht und musste würgen. Das Messer drückte hart gegen ihren Kehlkopf. Plötzlich hatte sie eine Idee. Ein gewagter Plan. Ihr Herz klopfte schneller.

„Ich hätte dich längst erledigen sollen. Spätestens, als deine verhurte Mutter über'n Jordan gegangen ist, hätt ich's machen müssen. Das war ein Fehler, aber Fehler sind ja bekanntlich dazu da, um draus zu lernen."

Am besten laberte Andi genauso weiter, dann war er schön abgelenkt. Er hatte sich schon immer gerne selbst beim Labern zugehört.

So unauffällig wie möglich bewegte sie ihre Finger in Richtung Handtasche. Wenn sie es schaffte, Andi die Tasche über den Schädel zu ziehen, war er zwar nicht k.o., aber zumindest für einen Moment überrascht. Genau diesen Moment würde sie nutzen und sich aus seinem Griff befreien.

Millimeter für Millimeter tasteten sich ihre Hände voran.

„Mann, Scheiße, ich hasse fette Weiber! Mir wird schon alleine beim Gedanken an Speckrollen schlecht. Bei fetten Weibern krieg ich Kotzkrämpfe."

Eigentlich müsste sie jetzt irgendwas sagen, um ihn zum Weiterreden anzuspornen, aber ihr Hirn war wie leergefegt. Unter ihren Fingerspitzen spürte sie das glatte Kunstleder der Handtasche.

Plötzlich wurde ihr Kopf so heftig zurückgerissen, dass ihr Genick krachte. Unter ihrem Schädeldach explodierte ein Feuerwerk, ihr wurde schwindelig. Ihr Puls hämmerte gegen ihre Trommelfelle, gleichzeitig erklang ein hohes Fiepen in ihren Ohren. Sie japste verzweifelt nach Luft.

„Was machst du da, Schlampe?" Ein Speicheltropfen landete auf ihrer Wange, als Andi sich vorbeugte und ihre Finger auf der Tasche erblickte. „Ich hab gesagt, dass du dich nicht bewegen sollst! Sprech ich Japanisch, oder was?" Er rammte ihr das Knie ins Kreuz.

Der Schmerz trieb ihr die Tränen in die Augen. Andis Gesicht verschwand hinter einem flirrenden Schleier. Verdammt! Sie ließ die Hände fallen.

„Hey Jungs!", rief Andi in sein Headset. „Ich hab sie. Seht zu, dass ihr herkommt!"

Er hatte seine beschissenen Freunde mitgebracht.

Lulu ahnte, was die Mistkerle mit ihr anstellen würden, bevor sie sie töteten. Sie machte sich keine Illusionen. Andi und seine Kumpels waren keine Menschen, das waren gefühllose Monster. Dass sie sie töten würden, war völlig klar. Andi hasste sie, das war eigentlich schon Grund genug. Obendrein wollte er sich rächen.

Sie hatte selber Schuld. Sie hätte ihn nicht beklauen sollen.

Das Motorengeräusch kam rasch näher. Ein Wagen schoss auf den Hof und im nächsten Augenblick hörte Lulu neben sich Bremsen kreischen.

Wo ist Lulu?

Die Praxis war genauso leer, wie Ben sich fühlte. Frische Farbe an den Wänden und robuste Möbel, die darauf warteten, gebraucht zu werden. Sein Haus war wie ausgestorben.

Er durchquerte das Wartezimmer und hielt unwillkürlich bei einem der Stühle an. Gedankenverloren strich er mit den Fingern über die Lehne. Auf diesem Stuhl hatte Lulu gesessen, Gonzo auf der Schulter und den Welpen, den sie Samson genannt hatte, auf dem Schoß. Es war noch keine Stunde her. Zärtlich hatte sie den Welpen geherzt und geknuddelt und bittere Tränen geweint, weil sie den Hund so liebgewonnen hatte und sich von ihm verabschieden musste.

Und dann, für Ben vollkommen überraschend, hatte sie sich auch von ihm verabschiedet. Dabei hatte sie nicht geweint. Sie hatte ihn angelächelt und gescherzt, genau wie immer. Und zum Schluss hatte sie ihm obendrein eine unmissverständliche Abfuhr erteilt.

Er konnte nicht glauben, dass er sie nie wiedersehen sollte. Ihre unerschütterliche Fröhlichkeit, ihre verrückten Einfälle, ihre aufmunternden Worte, ja, sogar ihre derben Ausdrücke – das alles fehlte ihm jetzt schon. Dabei war sie doch eben erst gegangen. Sie hatte ihn aus seinem Schneckenhaus gelockt, ihn zum Lachen gebracht und ihm gezeigt, dass das Leben leicht sein kann. Lulu tat ihm gut.

Fast spürte er noch ihre weiche Hand in seiner und wie unglaublich gut sich das angefühlt hatte. Wenn es nach ihm gegangen wäre, hätte er sie nicht wieder losgelassen. Ihre Vergangenheit war unbedeutend. Was immer sie getan hatte, bevor sie sich begegnet waren, war nicht mehr wichtig. Lulu war ein wunderbarer Mensch, das allein zählte.

Ben kannte sich mit Herzensangelegenheiten nicht besonders gut aus, doch dieses heftige, schmerzhafte Verlangen musste wohl Liebe sein. Er hatte sich in einen einzigartigen Menschen verliebt. Eine Frau wie Lulu gab es kein zweites Mal auf dieser Welt. Sie war ein Wunder. Das Wunder seines Lebens.

Doch sie zog weiter, in irgendeine fremde Stadt. Dabei hatte sie doch so oft beteuert, wie wohl sie sich in Mühldorf fühlte! Hier hatte sie gute Freunde gefunden und die Dorfleute hatten sie in ihr Herz geschlossen. Ausgenommen Hubertus Geier, aber auch der hätte Lulu sicherlich irgendwann verziehen. Spätestens, wenn seine Haare nachgewachsen waren.

Trübsalblasen nützte nichts und jedes *Hätte-Wäre-Wenn* erst recht nicht. Ben musste sich damit abfinden, dass Lulu nicht mehr da war. Er musste nach vorne schauen und überlegen, wie sein Leben weitergehen sollte. Widerstrebend wandte er sich von der Stuhlreihe ab und ging hinüber zum Behandlungszimmer. Seine Schritte hallten auf den Fliesen, wurden von den Wänden zurückgeworfen und hämmerten wie Gewehrschüsse in seinen Ohren.

Er erreichte den Behandlungstisch, blieb davor stehen, stützte sich mit seiner unverletzten Hand darauf ab und verharrte bewegungslos. Seine Gedanken wanderten zurück zu Fritzis Operation – und schon stand er wieder Lulu gegenüber. Sie hatte die Augen zusammengekniffen, während sie wacker die Instrumente hielt, fest entschlossen, ihm bis zum Schluss zur Seite zu stehen. Fast spürte er wieder ihre Nähe. Er spürte, wie sehr er sie liebte und wie sehr sie ihm fehlte. Seine starken Gefühle überwältigten ihn, sie rissen ihm schier den Boden unter den Füßen weg.

Lulu war das Wunder seines Lebens und nun war sie fort. Es war, als wäre mit ihr auch ein Teil von ihm selbst weggegangen.

Dumpf wandte er sich vom Behandlungstisch ab und schaute durchs Fenster hinaus zum alten Apfelbaum, der seine knorrigen Äste in alle Himmelsrichtungen ausstreckte. Zwischen den dunkelgrünen Blättern lugten zwei kleine rote Äpfel hervor.

Lulu war die Frau, mit der er glücklich werden konnte. Aber daraus wurde nichts. Er würde sie niemals wiedersehen.

Er hatte einen Fehler gemacht.

Er hatte den größten Fehler seines Lebens gemacht.

Er hätte Lulu nicht gehen lassen dürfen. Das würde er sich niemals verzeihen.

Zu spät.

Oder?

Vielleicht erwischte er sie ja noch! Er musste es auf jeden Fall versuchen. Er würde alle Hebel in Bewegung setzen, um sie einzuholen. Er musste ihr sagen, dass er sie liebte.

Jetzt sofort! Er durfte keine Sekunde verlieren.

Ben lief los, sah im Augenwinkel einen blau-gelben Papagei zwischen den grünen Blättern auftauchen, und stoppte. Der Papagei flatterte aufgeregt mit den Flügeln. Einer der roten Äpfel fiel herunter.

Gonzo!

Wo Gonzo war, da war auch Lulu. Sie war zurückgekommen, stand draußen vor seiner Tür!

Was hatte das zu bedeuten? Hatte sie es sich anders überlegt? Wollte sie Mühldorf doch nicht verlassen?

Ganz gleich, was sie geplant hatte, diesmal würde er sie nicht wieder gehen lassen!

Ben war so erleichtert wie niemals zuvor. Er konnte sein Glück kaum fassen. Das Herz schlug ihm vor Aufregung bis zum Hals, ein Schwarm Hummeln summte in seinem Bauch herum. Er rannte zur Tür und riss sie freudestrahlend auf - aber da war niemand. Verwirrt schaute er sich um. Hatte sie sich versteckt, um ihn zu foppen?

Nein. Von Lulu fehlte jede Spur.

Er wünschte sich nichts sehnlicher, als sie lachen zu hören. *Ben, das war ein W-i-t-z!* Sie sollte sich bitte jetzt sofort über sein verdattertes Gesicht lustig machen.

Hinter ihm fiel die Haustür ins Schloss. Er hatte keinen Schlüssel dabei.

Wo war Lulu?

„Aaaasch!", kreischte Gonzo aufgeregt vom Apfelbaum aus. „Zieh dich aus!" Der zweite Apfel plumpste zu Boden.

„Gonzo! Was ist passiert? Wo ist Lulu?", rief Ben und bekam auf einmal am ganzen Körper eine Gänsehaut.

Es musste etwas Furchtbares geschehen sein! Lulu würde sich niemals freiwillig von Gonzo trennen und umgekehrt war das ganz genauso. War sie auf dem Weg zurück zu Neunabers Laden gestürzt und hatte sich verletzt? Das wäre schlimm, aber eine innere Stimme sagte ihm, dass es noch schlimmer war. Gonzo war gekommen, um ihn zu Hilfe zu holen.

Die Haustür war zu. Also ohne Auto. Zu Fuß. Er rannte los, rannte, so schnell er nur konnte, und noch schneller. Der Wind brauste in seinen Ohren und trieb ihm die Tränen in die Augen.

Wo war Lulu?

Gonzo flog herbei und landete auf seiner Schulter. Seine Zehen bohrten sich durch sein Hemd in seine Haut. Er war da, um ihn zu Lulu zu bringen.

Nach der Straßenbiegung tauchte endlich der Tante-Emma-Laden auf. Noch etwa zweihundert Meter bis dorthin. Noch hundert.

Da kam plötzlich ein schwarzer Van aus dem Dorfring geschossen. Dunkel getönte Scheiben, glänzender Chrom. Das Kennzeichen war nicht zu erkennen, dafür ging alles viel zu schnell. Der Wagen flog um die Kurve, bremste scharf ab, bog direkt hinterm Laden ab und verschwand.

Das war ganz sicher kein Lieferant für den Laden und auch kein harmloser Besucher!

Wenige Sekunden später hatte Ben das Grundstück erreicht, rannte wie der Teufel über den Parkplatz und die Zufahrt zum Hinterhof. Noch konnte er nicht sehen, wo der Wagen abgeblieben war. Er lief an der Garage vorbei, spürte, wie Gonzos Krallen sich in sein Fleisch gruben, wurde langsamer, blieb stehen und spähte um die Hausecke.

Großer Gott! Was er sah, war beängstigender als der schlimmste Alptraum!

Er sah Lulu, die auf dem Boden kniete, den Kopf im Nacken. Er sah einen Muskelprotz mit polierter Glatze. Der Glatzkopf war über Lulu gebeugt und hielt ihr ein blitzendes Messer an den Hals. Seine eiskalte Miene ließ keinen Zweifel aufkommen, dass er Lulu töten würde.

Ben biss sich auf die Zunge, um nicht laut aufzuschreien. Die Angst um Lulu trieb seinen Adrenalinspiegel hoch, gleichzeitig drohte sein Herz zu zerspringen. Seine Nackenmuskeln wurden zu Stein. Unter dem Gips strengten sich sämtliche Haare an, zu Berge zu stehen.

Du stehst für niemanden ein, Ben! Nicht für andere Menschen und noch nicht mal für dich selbst, klang es in seinen Ohren. Worte der Vergangenheit. Worte, die keine Gültigkeit mehr hatten.

Ben würde nicht zulassen, dass Lulu etwas geschah. Und wenn es das Letzte war, was er in seinem Leben tun konnte: Er würde sie befreien! Er musste zu ihr, jetzt sofort!

In diesem Moment sprangen zwei Männer aus dem Van. Sie trugen schwarze Satinblousons und Armeestiefel. Ihre Haare waren militärisch kurz rasiert, ihre Stiernacken tätowiert. Sie stellten sich neben den Van und brachten sich in Position, breitbeinig und die Schultern rollend wie Preisboxer. Sie waren an die zwei Meter groß und zu schwer für normale Personenwaagen.

Die Lippen des Kahlkopfs verzogen sich zu einem diabolischen Grinsen. „Seht mal, Jungs, was ich hier habe! Die fette Schlampe, die mein Auto geklaut hat."

Andi Arschloch.

Ben zuckte zusammen. Zwar hatte er schon geahnt, dass der Kahlkopf Lulus ehemaliger Zuhälter war, aber die Gewissheit weckte hässliche Phantasien in ihm.

„Super! Ein guter Fang", sagte Schwergewicht Nummer eins.

„Sollen wir die Schlampe fesseln und knebeln, oder willst du sie gleich hier erledigen?", fragte Nummer zwei.

Ben presste die Kiefer vor Anspannung fest zusammen. Drei Fleischberge, mindestens einer davon bewaffnet. Nicht die Sorte Mensch, bei der man mit guten Worten auf Einsicht hoffen konnte. Um Lulu zu befreien, musste er die drei außer Gefecht setzen.

Wie sollte er das anstellen? Er hatte keine Ahnung, wie man jemanden verprügelt. Er hatte überhaupt keine Ahnung von körperlicher Gewalt. Er war sogar den harmlosen Raufereien auf dem Schulhof aus dem Weg gegangen. Seine Chancen waren alles andere als rosig und sie wurden durch den Gipsarm nicht rosiger. Ganz gleich, wie: Er würde Lulu retten. Koste es, was es wolle!

Die Hintertür des Gebäudes flog auf und schlug krachend gegen die Hauswand. Sötje und Motje Neunaber stürzten heraus.

„Hilfe!", kreischte Motje. „Lulu, was wollen diese Männer von dir? Hilfe!"

„Oh mein Gott! Lulu!", übertönte Sötje ihre Mutter und brach in Tränen aus. „Lassen Sie unsere Freundin los, Sie Unhold! Was fällt Ihnen ein, was soll das?"

Ben rannte los, neun oder zehn Meter, und verschanzte sich hinterm Heck des Vans. Sein Herzschlag donnerte in seinen Ohren, sämtliche Muskeln an seinem Körper waren bis zum Äußersten angespannt. Lautlos atmete er auf. Keiner der Männer hatte ihn bemerkt. Sötje und Motje hatten für genügend Ablenkung gesorgt.

Andi kniff die Augen zusammen. „Na los, Jungs, kümmert euch um die beiden Schnepfen!", befahl er.

„Sollen wir sie umnieten?", erkundigte sich der eine Preisboxer und zog eine Pistole aus der Innentasche seines Blousons. Der dicke schwarze Aufsatz war vermutlich ein Schalldämpfer.

Indes stürzten Sötje und Motje wild kreischend zurück ins Haus. Der Typ mit der Pistole hechtete hinterher, war aber einen Tick zu langsam. Die Tür war zugesperrt. Er gab ein paar Schüsse auf das Schließblech ab, dann ließ er seine Waffe sinken. Die Tür bestand aus Eisen. Alte deutsche Wertarbeit. Da konnte er schießen, so lange er wollte.

„Ihr verdammten Idioten!", knurrte Andi seine Jungs an. „Jetzt jagen die Schnepfen uns die Bullen auf den Hals!"

Gut, dass Andi Angst bekam. Wenn er jedoch wüsste, wie es um die Polizei in Mühldorf bestellt war, hätte er sich keine Sorgen gemacht.

„Schuldigung", murmelte der Mann mit der Waffe und versenkte den Blick in seine Schuhspitzen.

„Wird nicht wieder vorkommen", versprach der andere.

„Wir verfrachten die Schlampe ins Auto. Ich mach sie unterwegs kalt. Irgendwo werden wir schon einen Tümpel finden, wo wir ihren Kadaver entsorgen können", bestimmte Andi.

Ein Ruck ging durch Lulus Körper. „Zur Hölle mit dir, Arschloch!", krächzte sie und hob den Mittelfinger.

„Aaaasch ...", echote Gonzo schüchtern, was außer Ben glücklicherweise niemand mitzukriegen schien.

Andis Augen waren Schlitze, die Lippen dünn wie Bleistiftstriche. Seine Hand, die das Messer hielt, bewegte sich.

Ben hielt die Luft an. Er hatte nie geglaubt, dass er beten konnte. Er betete.

Die Klinge ritzte Lulus Haut, sie schrie auf und Ben konnte sehen, dass sie heftig zitterte. Ein Blutfaden lief an ihrem Hals hinab und wurde von ihrem Shirt aufgesogen.

Bens Denkvermögen setzte aus. Rasend vor Zorn und Angst um Lulu und getrieben von dem brennenden Verlangen nach Vergeltung kam er hinter dem Van hervor.

Die beiden Fleischberge versperrten ihm den Weg. Sie hatten ihm ihre breiten Rücken zugewandt, noch ahnten sie nichts von seiner Gegenwart, und Ben konnte nur hoffen, dass das vorerst so blieb. Der Typ mit der Waffe war als Erster dran, mit einem musste er schließlich anfangen. Er konzentrierte alle Kraft in seine Füße, sprang dem Fleischberg mit voller Wucht in die Kniekehlen und brachte ihn zum Schwanken.

Gonzo flog kreischend davon. Gut, dass er sich in Sicherheit brachte!

Die Pistole fiel dem Mann aus der Hand und schlitterte unter den Van. Ben setzte nach, sein Gegner kippte um wie eine gefällte Eiche. Doch dann passierte es: Ein länglicher Gegenstand tauchte in seinem Blickfeld auf und schon traf ihn ein dumpfer Schlag an der Stirn. Die Wunde unterm

Kopfverband platzte auf, warmes Blut floss über seinen Nasenrücken. Grelle Sterne blinkten vor seinen Augen. Ben taumelte rückwärts und prallte gegen den Van, was sein Glück war, denn sonst wäre er zu Boden gegangen, und wäre dem zweiten Fleischberg wehrlos ausgeliefert gewesen.

Aus weiter Ferne hörte er, wie Andi seine Jungs anschnauzte, und, was weitaus schlimmer war, er hörte Lulu schluchzen.

„Lulu!", schrie Ben verzweifelt. Er wollte zu ihr, aber er konnte nicht. Der Fleischberg holte erneut aus. Der längliche Gegenstand war ein Schlagstock, ähnlich dem, den Toni an seinem Gürtel trug.

Ben stieß sich vom Van ab, sprang beiseite und wich dem Knüppel geschickt aus. Allein mit Ausweichmanövern kam er bei dem tätowierten Riesen allerdings nicht weiter. Er musste ihn stoppen. Irgendwie.

Er sprang dem Riesen in den Weg, holte mit der Rechten aus und erwischte ihn seitlich am Kopf. Seine Hand fühlte sich an, als träfe sie auf Beton.

Aus den Bäumen erklang eine Polizeisirene. Schade, dass sie nicht echt war, aber selbst wenn, hätte ihm das wenig genützt.

„Die Bullen kommen! Wir müssen abhauen!", schrie Andi. „Na los Jungs, macht schon!"

„Achtung, Achtung! Hier spricht die Polizei!", ertönte es wie durch ein Megaphon. „Hände hoch oder es knallt!" In einer der Birken schimmerte blau-gelbes Gefieder. Unter anderen Umständen hätte Ben gelacht: Andi war doch tatsächlich auf Gonzo reingefallen und auch die beiden Fleischberge schauten sich nach dem Einsatzkommando der Polizei um.

„Lulu!", schrie Ben. Sein Herz klopfte bis zum Hals. Das Blut rauschte wie verrückt in seinen Ohren. Er lief los, stolperte mehr, als dass er lief, und konnte Lulu nicht entdecken. Der Platz, wo Andi sie in seiner Gewalt gehabt hatte, war leer. Er wischte sich über die Augen, seine Hand war blutig. Sein Hemd auch.

Verdammt, wo war Lulu? Hatte Andi sie weggeschleppt, aus Angst vor der Polizei? Ein flaues Gefühl breitete sich in seinem Bauch aus, ihm wurde speiübel. Er befürchtete das Allerschlimmste. Seine Kehle schnürte sich zu und plötzlich verwandelte sich seine Befürchtung in Gewissheit. Seine Haut wurde von Eis überzogen. Ihm war so bitterkalt, dass seine Zähne aufeinanderschlugen. Er kam zu spät. Vielleicht nur wenige Sekunden, vielleicht sogar Minuten. Was machte das für einen Unterschied? Er hatte es nicht geschafft. Lulu war tot.

Tot.

Er würde sie nie wieder lachen hören, nie wieder ihre warme, weiche Hand in seiner spüren.

Er hätte ihr sagen müssen, wie viel sie ihm bedeutete! Jetzt war es dafür zu spät. Der widerwärtige Glatzkopf hatte Lulus Leben ausgelöscht.

„Lulu!" Ein Schrei voller Verzweiflung, voll von unendlicher Trauer. Ein sinnloser Schrei. Sein Herz zerbrach. „Lulu", flüsterte er und spürte Tränen auf seinen Wangen brennen.

„Ben." Ihre Stimme. Kaum mehr als ein heiseres Krächzen.

Träumte er?

Er flog herum. Da sah er, wie Lulu, das tödliche Messer am Hals, von Andi Richtung Van geschoben wurde. Sie lebte! Gott im Himmel sei dank, Lulu lebte! Beinah hätte er laut aufgeschrien. Er konnte sein Glück kaum fassen.

Nun musste er sie nur noch befreien.

Doch im selben Moment packte ihn einer der Preisboxer am Kragen. Er hörte Stoff reißen. Im nächsten Moment wurde er von hinten gewürgt. Zwei gegen einen. Wie zum

Teufel sollte er sich gegen zwei Angreifer gleichzeitig durchsetzen?

Da verpasste ihm Nummer eins einen Hieb in den Bauch und Nummer zwei drückte ihm die Luft ab. Der Schmerz im Bauch war erträglich - im Gegensatz zu den Pranken an seinem Hals. Sie waren stark, aber was noch schlimmer war, sie wussten genau, wo sie zupacken und drücken mussten. An beiden Seiten des Halses, nah am Schlüsselbein. Ben erinnerte sich dunkel an einen Erste-Hilfe-Kursus. Der Druck auf eine Halsschlagader stoppt Blutungen aus einer Kopfwunde. Der Druck auf beide beendet sofort die Blutzufuhr zum Gehirn. In schierer Verzweiflung versuchte er, mit den Füßen rückwärts zu treten, aber die Beine des Würgers waren zu weit entfernt. Er hatte nicht den Hauch einer Chance.

Das Spiel war aus. Er konnte Lulu nicht helfen, er konnte nicht einmal sich selbst helfen. Gleich war er tot, das war eine Sache von wenigen Sekunden.

Aus weiter Ferne drangen Stimmen an sein Ohr.

„Aufhören! Sofort aufhören! Was ist, seid ihr schwerhörig?"

„Lasst sofort unseren Tierdoktor los! Na los, wird's bald?"

„Der Tierdoktor ist einer von uns! Wir haben unsere eigenen Gesetze!"

Träumte er? Nein. Er verlor das Bewusstsein und sein Gehirn spielte verrückt.

Plötzlich und wie durch ein Wunder ließen die beiden Typen von ihm ab. Ben schnappte keuchend nach Luft. Alles drehte sich. Um ihn herum fuhren die Dorfbewohner Karussell. Er rieb sich die Augen. Das Karussell kam zum Stillstand. Ben konnte kaum glauben, was er sah.

Unzählige Dorfleute waren auf dem Hinterhof. Leute in Gummistiefeln, Latzhosen, feinem Zwirn und mit Lockenwicklern in den Haaren. Sie waren mit Mistforken,

Besenstielen und Gartengeräten bewaffnet. Sie umzingelten die beiden Fleischberge und hielten sie mit ihren Waffen in Schach. Sie waren zu viele, das war auch den beiden Typen klar.

Das war kein Wunschtraum, das war Wirklichkeit. Die Dorfleute waren gekommen, um ihm zu helfen.

Toni, Hubertus Geier und Günni gingen geradewegs auf Andi los. Toni zog seine Waffe aus dem Holster. Der Veterinär hatte seine Schrotflinte dabei.

„Lass das Messer fallen, Glatzkopf!", bellte Toni.

„Letzte Warnung!", knurrte Geier und legte an.

„Nen Teufel werd ich!", spie Andi und lachte höhnisch. „Drückt doch ab, ihr Idioten, dann erschießt ihr die Schlampe."

Toni, Geier und Günni konnten nichts ausrichten. Andi benutzte Lulu als Schutzschild.

Ben schlug einen Bogen, pirschte gebückt um den Van herum und schlich sich von hinten an. Er konnte nur beten, dass Andi ihn nicht auf dem Schirm hatte.

„Damit kommst du nicht durch!", rief Toni. „Gib auf, Kojak, dann musst du nicht ganz so lange in den Knast!"

„Du kannst mich mal, Scheißbulle!"

„Lulu ist eine von uns. Wir werden nicht zulassen, dass du ihr auch nur ein Haar krümmst!", knurrte Günni.

Aus den Bäumen erklang ein Staubsauger. Als hätte Gonzo versehentlich die falsche Platte aufgelegt, ertönte nun eine Polizeisirene.

Blitzschnell tauchte Ben hinter Andi auf. Er schwang seinen Gipsarm hoch über den Kopf, ließ ihn auf die Glatze niedersausen und hörte es krachen. Vom Gips sprangen kleine Splitter ab.

Andi stöhnte auf und geriet ins Schwanken. Er knickte in den Knien ein, das Messer fiel klirrend zu Boden. Im Nu wurde er von Toni, Günni und dem Veterinär umzingelt.

Lulu war frei. Sie taumelte ein wenig, war wackelig auf den Beinen, doch Ben war da und fing sie auf. Er hatte es geschafft. Er hatte sie gerettet! Er war noch nie so glücklich gewesen wie in diesem Augenblick. Schützend hielt er sie umfangen. Himmel, wie unglaublich gut sie sich anfühlte! Er wollte sie nie wieder loslassen. Er wollte sich niemals wieder von ihr trennen.

„Hey!", krächzte sie und versuchte ein Grinsen. Getrocknetes Blut war an ihrem Hals zu sehen und hatte einen dunkelroten Fleck auf ihrem Shirt hinterlassen. Andis Messer hatte nur die oberste Hautschicht erwischt.

„Hey!", entgegnete Ben und spürte Tränen hinter seinen Augäpfeln brennen. Sein Herz wurde von grenzenloser Dankbarkeit überschwemmt.

„Du mischst dich doch sonst nicht in die Angelegenheiten anderer Leute ein", neckte sie ihn.

„Das ist Vergangenheit", sagte er mit rauer Stimme. „Ich weiß jetzt, dass ich Tieren *und* Menschen helfen kann."

„Danke", sagte sie ruhig und schaute aus ihren wunderschönen braunen Augen zu ihm auf.

Ben wurde von seinen Gefühlen übermannt und zog sie ganz fest an sich. Er hatte noch für keine Frau so tief empfunden wie für sie. Sein Herz schlug im selben Takt mit ihrem. Er wollte ihr sagen, was sie ihm bedeutete, dass er sie liebte, doch in genau diesem Moment machte sie sich von ihm los. Offenbar wollte sie sich das Spektakel auf dem Hinterhof nicht entgehen lassen.

Andi hockte neben seinen Jungs auf dem Boden, umzingelt von den Dorfbewohnern, und guckte ziemlich belämmert drein.

„Wir regeln unsere Angelegenheiten auf unsere eigene Weise. Bei uns gelten andere Gesetze", erklärte Toni, reckte seinen Daumen in Bens Richtung und zwinkerte ihm grinsend zu.

„Hier steht einer für den anderen ein. Wir Leute aus Mühldorf halten zusammen!", ergänzte Günni und ließ die Träger seiner Latzhose fletschen.

„Lulu und der Tierdoktor gehören zu uns! Und wenn jemand von uns in Schwierigkeiten ist, dann kriegt er Hilfe", sagte der Veterinär.

Andi zeigte auf Lulu. „Die Schlampe hat meinen Jaguar geklaut!", verteidigte er sich. „Ich bin nur hergekommen, um mir mein Eigentum zurückzuholen!"

Lulu marschierte los, mitten durch die Leute und baute sich vor Andi auf. Tilda, Sötje und Motje drängten sich neben sie. Aus schmalen Augen funkelte sie ihn an. „Nimm deine verdammte Karre und lass dich nie wieder bei mir blicken, verstanden?"

Die Leute johlten. „Wehe, du kommst nochmal nach Mühldorf! Dann machen wir dich kalt! Hast du das kapiert, Glatzkopf?"

Andi hob die Hände. Von dem skrupellosen Zuhälter war nicht mehr viel übrig. Wie er da neben seinen Kumpels auf der Erde hockte, könnte man ihn glatt für einen Waschlappen halten. „Ich komm nie wieder nach Mühldorf, und meine Jungs auch nicht", schwor er. „Ich nehm jetzt meinen Jaguar mit und die Schlam... äh... Lulu sieht mich nie wieder."

Applaus und Pfiffe von allen Seiten.

Doch Toni hielt ihm die Waffe vor die Nase. „So einfach kommst du mir nicht davon, Bürschchen! Du wanderst ins Gefängnis und deine Handlanger auch."

Lulu schob das Kinn vor und nickte grimmig.

Toni griff zum Funkgerät und forderte Verstärkung an. Dann klärte er Andi und seine Kumpels über ihre Rechte auf.

Wenig später fuhren mehrere Streifenwagen vor.

Lulu erzählte den Beamten, was Andi mit ihrer Mutter gemacht hatte. Sie wusste eine ganze Menge über ihn und so wurde die Liste seiner Straftaten sehr lang. Lulu kannte auch die Namen seiner Geschäftspartner, seiner Dealer und all der armen Frauen, die er mit Drogen versorgt hatte, damit sie für ihn anschaffen gingen.

Ben konnte nur erahnen, was Lulu all die Jahre durchgemacht hatte, und er empfand tiefes Mitgefühl. Gleichzeitig bewunderte er sie für ihren Mut und für ihren unerschütterlichen Willen, sich nicht unterkriegen zu lassen. Lulu war eine Heldin. Wahrscheinlich würde niemals jemand ein Buch über sie schreiben und ihr Name würde nicht in die Annalen der Menschheitsgeschichte eingehen. Dennoch war sie genauso stark und unerschrocken wie Jeanne d'Arc oder Maria Stuart.

Später, als die Polizisten mit Andi und seinen Jungs abgezogen und die Dorfleute wieder nach Hause gegangen waren, hockten Ben und Lulu nebeneinander auf der Bank unterm Apfelbaum. Gonzo war natürlich auch dabei. Ein langer Tag ging zu Ende. Ein Tag, der alles verändert hatte.

Die Blätter raschelten leise im lauen Wind, der Mühlbach plätscherte ruhig und stetig vor sich hin. Die Abenddämmerung brach herein und malte bunte Farben in den Himmel. Die Luft war erfüllt vom Duft der fruchtbaren Erde und den wilden Blumen im Garten. Bienen flogen umher, sammelten den kostbaren Nektar ein und trugen ihn schnell davon, bevor es Nacht wurde. Auf der Wiese gegenüber breitete sich silbergrauer Tau aus, feiner Dampf stieg vom Boden auf.

Ben nahm das Naturschauspiel kaum wahr. Er war so unendlich froh darüber, dass Lulu wohlbehalten und am Leben war, dass er sie immer wieder anschauen musste, um sich zu vergewissern, dass er nicht träumte.

Er betrachtete ihr schönes Gesicht und blickte in ihre klugen Augen. Impulsiv griff er nach ihrer Hand, hielt sie ganz fest in seiner und spürte die Wärme ihrer weichen Haut. Hummeln schwärmten aus seinem Bauch, tanzten in seinem Herzen und breiteten sich in seinem ganzen Körper aus. Noch nie in seinem Leben war er so glücklich gewesen.

„Ich möchte dich etwas fragen", stammelte er und kam sich plötzlich vor wie ein Schuljunge. Ihm fehlte definitiv die Erfahrung. Was sagt ein Mann zu einer Frau, die er mehr liebt als alles andere auf der Welt?

„Na los, frag schon", forderte sie ihn auf und grinste breit.

Sie hatte ganz offensichtlich keine Ahnung, was er ihr gestehen wollte.

„Ich ... ich möchte dich fragen, ob ... ob du dir vorstellen könntest ..."

Himmel, war das schwierig!

„Besorg's mir!", fuhr Gonzo ihm in die Parade, gackerte fröhlich und fügte schnell hinzu: „Schönen guten Tag! Moin und tschüss!"

Lulu legte den Kopf schief, ihre Augen blitzten. „Na? Was willst du mich fragen, Ben?"

Seine eigenwillige Haarsträhne fiel ihm in die Stirn und kitzelte ihn an der Nase, aber das war jetzt ganz egal. Er glitt von der Bank, ließ sich vor Lulu auf die Knie nieder und schaute zu ihr auf. Er hatte das nicht geplant, er folgte einfach seinem Gefühl. Ein Kniefall war vielleicht ein bisschen altmodisch, oder? Aber es fühlte sich gut an.

Sie hielten sich an den Händen, über ihnen die dichtbelaubten Äste des Apfelbaumes, unter ihnen das weiche Gras.

Ein feierlicher Moment. Der feierlichste Moment seines ganzen Lebens.

Lulu starrte ihn an wie eine außerirdische Erscheinung. Bestimmt kam es ihr ausgesprochen seltsam vor, dass er plötzlich vor ihr kniete.

218

„Lulu, willst du meine ...", begann Ben.

Ihre Augen wurden kullerrund, und auf einmal strahlte sie übers ganze Gesicht. „Ob ich deine Tierarzthelferin werden will?", unterbrach sie ihn und brach in quietschenden Jubel aus. „Heißt das, dass du in Mühldorf bleiben willst? Dass du nicht zurück nach Frankfurt gehst?"

Er räusperte sich. „Ähem. Ja, das heißt es wohl."

„Und du fragst *mich*? Ob ich *will*?", fragte sie fassungslos. „Was für eine Frage! Natürlich will ich!" Sie sprang von der Bank und hopste vor Freude durch den Garten. Dabei lösten sich leider ihre Hände voneinander. Gonzo meckerte empört und hielt sich an ihrer Schulter fest.

Ben stand von der Erde auf. Es machte keinen Sinn mehr, auf Knien zu sitzen.

„Das ist das schönste und beste und supertollste Jobangebot, das ich jemals bekommen habe!", jauchzte sie und hüpfte umher wie ein Gummiball.

Ben schmunzelte, weil sie einfach zu niedlich war, wenn sie sich freute. Dann wurde er wieder ernst. „Lulu", sagte er ganz ruhig.

„Ja, Ben?" Sie hörte auf zu hopsen und lächelte ihn glücklich an.

Manchmal sagen Taten mehr als Worte. Es gab ohnehin keine Worte, die ausdrücken könnten, was er für Lulu empfand. Er legte seine Arme um sie, zog sie an sich und spürte ihren wunderbaren Körper an seinem harten Brustkorb. Ihr Haar roch himmlisch und ihre Haut geradezu göttlich. Jetzt war er kein bisschen unbeholfen mehr. Er wusste, was er wollte, und er wusste jetzt auch, wie er es ihr vermitteln würde.

Gonzo guckte Ben verdattert von Lulus Schulter aus an. So nah waren sich die beiden Menschen noch nie gekommen! Doch nun stimmte er eine fröhliche Melodie an und hüpfte von Lulus Schulter zu Ben und wieder zurück zu Lulu. So ging es weiter, immer hin und her, als könnte er sich nicht entscheiden, auf welcher Schulter er lieber sitzen wollte.

Lulu schüttelte schmunzelnd den Kopf über Gonzo, wie eine nachsichtige Mutter, die ihrem Kind beim Herumalbern zuguckt. Dann schaute sie zu Ben auf, und er bemerkte, dass ihr Blick weich wurde.

Zärtlich wanderten seine Lippen über ihr Haar, ihr Ohr und ihre Wange. Ihre Münder näherten sich, wurden magnetisch voneinander angezogen. Gleich würden sie sich küssen. Ben wusste, dass es wundervoll werden würde. Er wusste es einfach.

Doch plötzlich stieß Lulu ihn weg und machte sich heftig aus seiner Umarmung frei. „Nein, Ben!", keuchte sie atemlos und sprang zurück, wilde Panik im Blick. „Du darfst mich nicht küssen! Niemals!"

„Aber warum denn nicht?", fragte er bestürzt.

„Weil ich mir geschworen habe, mich niemals in einen Mann zu verlieben! Darum!"

Ihre Augen verdunkelten sich und blickten so unendlich traurig drein, dass es Ben tief in seinem Herzen anrührte und er Lulu am liebsten wieder in den Arm genommen hätte.

Er atmete tief durch. „Das verstehe ich gut, Lulu. Aber ein Schwur muss nicht ewig andauern. Du kannst ihn auflösen."

Tränen traten in ihre Augen. „Ich glaube nicht, dass ich das kann", stammelte sie verzweifelt.

Vorsichtig fasste er nach ihrer Hand. Sie fühlte sich eiskalt an. Er hielt sie fest und wärmte sie. „Weißt du noch, was ich dir über meinen Hund Eddy erzählt habe?", fragte er sanft.

Eine dicke Träne kullerte über ihre Wange. „Er ist gestorben und du hast dir geschworen, dass du das nie wieder durchmachen willst."

„Und weißt du noch, was du mir geraten hast?"

Sie schüttelte mit gesenktem Blick den Kopf. „Ich rede viel, wenn der Tag lang ist."

„*Manchmal ist es besser, einen Schwur aufzugeben. Sonst bringst du dich vielleicht um das Glück deines Lebens*", wiederholte er ihre Worte.

Mit flackerndem Blick schaute sie zu ihm auf. Tränen glänzten in ihren Augenwinkeln, ihre Lippen bebten, ihr Kinn zitterte. „*Das* habe ich gesagt?"

Sie war so wunderschön. Warum war ihm das vorher nie aufgefallen?

Er lächelte zärtlich. „Du sagst ja öfter mal kluge Sachen. Das ist aber nur einer der Gründe, warum ich dich liebe."

Sie riss die Augen auf, gleichzeitig klappte ihre Kinnlade runter. „Du *liebst* mich?" Sie schüttelte fassungslos den Kopf. „Sag das nochmal!"

Er hielt ihren Blick fest. „Ich liebe dich, Lulu."

„Nee?!", rief sie aus. „Ist das dein Ernst?"

„Mir war noch niemals etwas ernster."

Ihre eben noch kalte Hand wurde warm.

Auf einmal schlossen sich ihre Finger fester um seine. Ihre Mundwinkel zuckten. Ein zaghaftes Lächeln erschien auf ihren vollen Lippen und ihre Augen begannen zu leuchten. „Hm. Ich könnte ja versuchen, mich an meinen klugen Ratschlag zu halten, und den Schwur zum Teufel schicken. Was meinst du, Ben?"

„Das ist eine sehr gute Idee", sagte er, zog sie in seine Arme und küsste sie. Ihre Lippen waren wunderbar weich, ihr Mund öffnete sich ganz von allein, sie gab sich ihm vertrauensvoll hin. Dieser Kuss war noch viel schöner, als er sich ausgemalt hatte. Überwältigend schön.

Lulu lag in seinem Arm und das fühlte sich an, als ob er sein ganzes Leben lang auf diesen Moment gewartet hatte. Er spürte ihr Herz an seiner Brust. Es schlug im gleichen Takt wie seines. Er wollte niemals mehr aufhören, sie zu küssen, wollte immer auf diese wunderbare Weise mit ihr verbunden sein, wollte sie halten und sie spüren lassen, wie sehr er sie liebte.

Ein Motorengeräusch näherte sich, wurde lauter und erstarb schließlich. Eine Autotür wurde geöffnet und zugeschlagen.

Nein! Ben wollte nicht gestört werden, von nichts und niemandem. Jetzt nicht! Nicht in diesem wunderschönen Moment. Wer auch immer der Besucher war, er sollte schleunigst wieder verschwinden.

Ein richtiges Zuhause

Lulu war im siebten Himmel. Sie lag in Bens starken Armen, sie küssten sich und das fühlte sich einfach wunderschön an! Niemals hätte sie gedacht, dass sie ihren Schwur einmal aufgeben würde. Doch jetzt, da sie in Sicherheit war und Andi nicht mehr zu fürchten brauchte und sich obendrein in den tollsten Mann der Welt verliebt hatte, war die Zeit reif, wirklich mit der Vergangenheit abzuschließen.

Ein Auto fuhr vor. Vielleicht ein Kunde. Kranke Tiere hielten sich ja nun mal nicht an Geschäftszeiten. Die Autotür schlug zu. Eine wohlbekannte Stimme ertönte.

„Hallo, hallo ihr zwei! Hoppla, ich störe hoffentlich nicht?"

„Ich liebe dich", raunte Ben ihr ins Ohr und dann machten sie sich gleichzeitig voneinander los. Schließlich hatten sie noch ihr ganzes Leben lang Zeit, sich zu küssen.

„Stefan?!", rief Ben, Besorgnis in der Stimme. „Ist was mit Fritzi?"

„Fritzi geht's super", erwiderte der Bürgermeister.

„Und den Babys?", fragte Lulu beunruhigt. „Wie geht es Samson und Blümchen?"

Stefan Blümel stand neben seinem Auto an der Straße. Zu weit weg, um sein Gesicht erkennen zu können. Außerdem stand er mit dem Rücken zur untergehenden Sonne. „Ich hab gehört, was heute geschehen ist. Gangsterjagd in Mühldorf, sowas hatten wir auch noch nicht. Ich muss schon sagen, ihr beide sorgt für Trubel! Aber deswegen bin ich nicht hier." Er öffnete die Heckklappe und holte einen kleinen Hund heraus.

Lulu und Ben eilten ihm entgegen. Was war passiert? Noch heute früh waren alle drei Hunde quietschfidel gewesen!

Es war Samson. Ausgerechnet Samson, das süßeste Hundebaby, das Lulu jemals gesehen hatte. Ihr Herz wurde schwer. Bitte, lieber Gott, lass es nur eine klitzekleine Kratzwunde sein!

Blümel trug den Kleinen wie ein Paket vor sich her. Der Welpe hatte eine rote Schleife am Halsband. Schüchtern lugte er über den mächtigen Oberarm und hielt die Nase in die Luft, um herauszufinden, ob ihm die Gegend bekannt vorkam. Auf einmal hob er den Kopf, wackelte mit dem Stert und stieß ein krächzendes Quietschen aus.

„Wenn das Bellen sein soll, dann musst du noch üben, kleiner Mann", sagte Ben schmunzelnd. Er war ganz entspannt und Stefan Blümel war auch entspannt, also konnte Samsons Krankheit nicht so schlimm sein, oder?

Sie waren an der Haustür angekommen, Ben schaltete schnell die Außenlampe und das Licht im Warteflur ein. „Komm rein, Stefan! Du kannst gleich mit dem Welpen in den Behandlungsraum durchgehen."

Aber der Bürgermeister blieb im Wartezimmer stehen. „Ben Petterson!"

„Ja?" Verdutzt drehte Ben sich zu ihm um.

Nun standen sich die beiden Männer gegenüber.

Blümel setzte ein Feiertagsgesicht auf. „Dein Onkel war ein kluger Mann. Er wusste, dass du der beste Tierdoktor bist, den Mühldorf sich wünschen kann. Er wäre sehr stolz auf dich!"

Ein glückliches Lächeln breitete sich in Bens Gesicht aus, seine Augen strahlten. „Danke, Stefan", sagte er ein wenig heiser und strich seine Haarsträhne aus der Stirn.

Lulus Herz machte einen doppelten Purzelbaum. Ben war der schönste und klügste und wunderbarste Mann auf diesem Planeten! Am liebsten würde sie ihn jetzt sofort wieder küssen.

Samson wurde unruhig. Er hampelte herum und wollte unbedingt von Blümels Arm runter. Der Bürgermeister konnte den quirligen Welpen nur mit Mühe festhalten. Deswegen beeilte er sich mit seiner Ansprache. „Ich möchte mich von Herzen bei dir entschuldigen, Ben. Deine ersten Tage hier in Mühldorf waren sehr schwer für dich, und das war meine Schuld!"

„Schon gut, Stefan." Ben winkte ab. „Das ist Vergangenheit, und nicht mehr wichtig."

Hach, sie könnte ihn schon wieder knutschen!

Blümel streckte die Arme aus und überreichte Samson an Ben. „Als Entschuldigung und Dankeschön, dass du Fritzi gerettet hast, möchte ich dir eines meiner Hundebabys schenken."

Das war zu schön, um wahr zu sein! Lulu musste sich verhört haben.

„Aber ...", stammelte Ben überrascht.

Samson wackelte wie verrückt mit dem Hinterteil und schleckte ihm begeistert durchs Gesicht. Himmel, er war so unglaublich süß!

„Ab sofort bist du ganz offiziell unser Tierdoktor!", verkündete der Bürgermeister. „Und ein Tierdoktor braucht einen guten Hund, meinst du nicht auch?"

Auf einmal war Samson wieder der bravste Welpe der Welt. Er kuschelte sich in Bens Armbeuge und kaute auf dem Schleifenband herum.

„Nun ..." Ben wandte den Kopf und schaute Lulu fragend an. „Was meinst du, mein Schatz? Wollen wir Samson ein gutes Zuhause schenken?" Seine Lippen kräuselten sich, denn er wusste ganz genau, was sie antworten würde.

Ihr traten die Tränen in die Augen. Mannomann, sie heulte ganz schön viel in letzter Zeit! Aber das war bei all den wunderbaren Wundern wohl ganz normal.

Sie hätte jetzt gerne was Flapsiges gesagt, aber ihr Hals war wie zugeschnürt. „Ja", brachte sie mit tränenerstickter Stimme heraus und dann lief sie zu Ben und küsste ihn. Zwischen ihren Körpern machte der Welpe zufriedene Grunzgeräusche.

Lulus Herz jubelte vor lauter Glück und war erfüllt von unendlicher Dankbarkeit. In diesem Moment spürte sie, dass sie ein richtiges Zuhause gefunden hatte.

Gonzo flog herbei und setzte sich auf ihre Schulter. Er hatte kaum Platz genommen, da hüpfte er rüber zu Ben und wieder zurück zu ihr. „Törööö!", krähte er fröhlich. „Moin-Moin, schönen guten Tag!"

Samson hob neugierig den Kopf und beschnupperte den bunten Vogel. Gonzo schaute skeptisch drein. Für einen Moment befürchtete Lulu, dass er Samson entrüstet in die Nase hacken könnte, schließlich kannte er sich noch nicht mit neugierigen Hundekindern aus. Doch Gonzo nahm die plumpe Annäherung mit Humor. Er drehte sich im Kreis herum und gluckste, als hätte jemand einen guten Witz erzählt.

Der Bürgermeister verabschiedete sich. „Ich muss gehen. Fritzi und Blümchen warten auf mich", sagte er entschuldigend. „Macht's gut, ihr vier! Wir sehen uns!"

„Spätestens beim Tag der offenen Tür", entgegnete Ben und grinste von einem Ohr zum anderen.

„Und ob! Das ganze Dorf freut sich schon auf das große Fest!", rief Stefan Blümel fröhlich. „Schönen Abend noch. Bis morgen!" Er marschierte zur Tür hinaus.

„*Morgen*?", echote Ben und schaute Lulu fragend an.

„Ach du Schreck!", rief sie aus. „Nun sag bloß, morgen ist Sonntag?!"

Ben nickte, erstaunlich gelassen. „Dann ist also morgen unsere Eröffnungsfeier", stellte er fest.

Die Party kann beginnen

Samson hatte die erste Nacht in seinem neuen Zuhause in einem Wäschekorb verbracht. Ben hatte den Korb mit Decken und Kissen ausgepolstert und ihn in der Küche unters Fenster gestellt. Wenn es nach Lulu gegangen wäre, hätte Samson mit im Bett geschlafen, aber da war Ben absolut dagegen. Wenn Samson erst einmal ein ausgewachsener Bernhardiner war, dann wäre das Doppelbett zu klein. Deswegen sollte er sich lieber gleich an ein eigenes Nachtlager gewöhnen.

Lulu und Ben waren lange vor Sonnenaufgang aufgestanden und hatten einen Riesenberg Muffins für ihre Gäste gebacken. Sie hatten die Arbeit gerecht aufgeteilt. Ben hatte den Teig zubereitet und Lulu hatte kleine Haufen auf das Backblech verteilt.

„Meinst du wirklich, dass *so* viele Leute kommen werden?", fragte Ben zweifelnd und deutete auf den Küchentisch, wo sich die Muffins türmten.

„Na klar", meinte Lulu, schleckte die Schüssel aus und ging im Geiste der Frage nach, ob sie an alles gedacht hatten. „Wollen wir auch Kaffee anbieten? Oder nur Bier und Cola?"

„Ich hab Dinkelkaffee da!"

„Igitt!" Lulu schüttelte sich. „Nimm auf jeden Fall die doppelte Menge Pulver, sonst laufen dir deine Kunden gleich wieder weg."

Ben zog sein Handy aus der Tasche. „Ich werde Conny fragen, ob sie Tee mitbringen kann."

„Johanniskrauttee? Wow! Das wird ja immer besser!", meinte Lulu grinsend.

Gonzo hatte auf der Hängelampe gedöst und blinzelte sie verschlafen an. Er streckte einen Fuß aus, kratzte sich hinterm Ohr und gähnte.

Sie nahm ihn auf ihre Schulter und streichelte sanft über seinen gefiederten Rücken. „Guten Morgen Gonzo! Hast du Appetit auf Frühstück?"

Er antwortete nicht. So kurz nach dem Aufwachen war mit ihm noch nicht viel los.

Bullerndes Motorengeräusch war zu hören. Es wurde von Sekunde zu Sekunde lauter.

Samson reckte seinen Kopf über den Rand des Wäschekorbs und knurrte leise.

Lulu ging zur Tür und schaute hinaus. Der Himmel war blau und wolkenlos. Die Morgensonne schien, was das Zeug hielt. Ein Trecker kam die Straße entlang, einen großen Anhänger mit Gerümpel im Schlepptau. Er hielt am Grünstreifen, der Motor starb mit einem ohrenbetäubenden Knall. Der Fahrer kletterte vom Treckersitz, er kam Lulu bekannt vor.

„Moinsen!", rief er. „Ich bin extra früh gekommen, damit ich den besten Standplatz abkriege."

„Moin", murmelte Gonzo.

Lulu kratzte sich am Kopf und nun fiel ihr ein, dass das der Bauer war, der sie auf die Idee mit dem Flohmarkt gebracht hatte.

Ruckzuck baute er eine lange Tischreihe auf und belud sie mit Trödel. Er hatte seinen Anhänger kaum abgeladen, da rollte der nächste Flohmarkthändler an. Und dann kam schon wieder ein Wagen.

Wenig später war auf dem Birkenweg ein mittelschwerer Stau entstanden. Anni kam mit dem Getränkewagen nicht durch, die Feuerwehrleute reisten mit einem großen Holzkohlegrill an und Basti, der sich als Hobby-DJ entpuppte, brauchte Strom für seine Musikanlage.

Eine Polizeisirene ertönte, Toni sprang aus seinem Streifenwagen und regelte den Verkehr.

Ben hatte irgendwo ein paar verblichene Girlanden gefunden und schmückte damit den Apfelbaum. Dann hängte er das „Herzlich willkommen!"-Schild, das sie heute Morgen gemeinsam aus einem großen Stück Pappe gebastelt hatten, an die Tür.

Günni baute sich vor Ben auf und tippte an seine imaginäre Mütze. „Moin, Tierdoktor! Wohin mit dem Grill?"

Ben entschied sich für den freien Platz vorm Wagenschuppen. Er schob seinen Haarschopf aus der Stirn. „Was grillen wir eigentlich?", erkundigte er sich bei Lulu, die Sötje und Motje beim Aufbau des Salatbüffets half.

„Würstchen", antwortete sie.

Seine Augen wurden schmal. „Nichts da! Auf der Einweihungsfeier meiner Tierarztpraxis gibt es keine Würstchen!"

„Vegetarische Würstchen natürlich." Sie warf ihm eine Kusshand zu, und da lachte er wieder.

Wenig später, als alles aufgebaut und die Party im Gange war, verschnauften Lulu und Ben einen Moment lang auf der Bank unterm Apfelbaum. Samson rollte sich zu ihren Füßen zusammen und machte ein Nickerchen. Die Einweihungsfeier glich einem Volksfest. Feuerwehrleute in blauen Latzhosen legten Würstchen auf den Grill, Sötje und Motje bewachten den Tisch mit den Salaten und Muffins, Conny vom Tierschutz hatte einen Infostand aufgebaut, Johann Schlotterhose präsentierte altes Schmiedehandwerk, Hubertus Geier machte Werbung für die Jägerschaft, die Leute feilschten an den Flohmarktständen und auf der Wiese gegenüber fand eine Reitvorführung statt. Isabel, in enganliegenden weißen Hosen, Frack und Zylinder, drehte auf einem großen

Rappen elegante Runden. Willi stand stolz wie ein Gockel am Weidetor und klärte jeden, der es hören wollte, über den Stammbaum und die Turniererfolge des Pferdes auf.

„Ganz schön was los hier", stellte Ben zufrieden fest. „War ne gute Idee, einen Tag der offenen Tür zu veranstalten!" Er grinste. Dann zeigte er auf seinen Gipsarm und sein Grinsen verebbte. „Die Handstand-Nummer muss ich leider absagen. Aber jetzt mal ehrlich, Lulu: Was soll ich eigentlich heute machen?" Ratlos hob er die Schultern. „Ich hab wirklich keine Ahnung, was man als Gastgeber einer Einweihungsfeier macht."

Er sah so niedlich aus mit seinem strubbeligen Haarschopf und dem unglücklichen Gesicht, dass Lulu lachen musste. „Du bist der Tierdoktor und stehst allen Leuten, die was über deine Praxis wissen wollen, Rede und Antwort."

Er atmete erleichtert auf. „Das ist kein Problem, das krieg ich gut hin."

„Töröööö!", trompetete Gonzo. Er hockte auf dem obersten Ast des Apfelbaums. Von hier aus hatte er den besten Überblick.

Ben lächelte Lulu verliebt an, legte seinen Arm um ihre Schultern und zog sie nah zu sich heran. Ihre Blicke begegneten sich, hakten sich ineinander fest und verschmolzen miteinander. Seine Stimme klang heiser. „Du bist wunderschön. Hab ich dir das eigentlich schon mal gesagt?"

Sie griente. „Du stehst auf bunte Herzchen, gib's zu!"

Ben legte den Kopf schief, betrachtete die unzähligen bunten Herzen auf ihrem Shirt und wollte gerade etwas erwidern, als Bastis Stimme aus den Boxen schallte.

„Wir bitten Ben und Lulu auf die Tanzfläche! Hallo, ihr zwei, wo steckt ihr?" Johlender Applaus ertönte, untermalt von ungeduldigen Pfiffen.

Ben und Lulu schauten sich ratlos an. „Was sollen wir denn auf der Tanzfläche?", fragte Lulu und kratzte sich am Kinn.

„Ich wusste nicht mal, dass wir eine Tanzfläche haben", gestand Ben.

Die Pfiffe wurden immer lauter, also fassten sich Lulu und Ben an den Händen und gingen hinüber zum Hofplatz vor den Stallungen. Dort hatte Basti eine kleine Bühne für seine mobile Disco aufgebaut. Annis Getränkewagen stand strategisch günstig gleich daneben. Davor standen die Dorfleute im Halbkreis und empfingen Lulu und Ben mit großem Hallo.

Der Bürgermeister nahm Samson auf den Arm und brachte ihn zu Fritzi und Blümchen, damit sie miteinander Kriegen spielen konnten.

Ein Tusch ertönte. Dann rief Basti ins Mikrofon: „Ben und Lulu werden diese tolle Einweihungsfeier jetzt offiziell mit einem Tänzchen eröffnen!"

Erneuter Applaus, und schon erklang ein alter Schlager aus den Boxen. *Marmor, Stein und Eisen bricht.*

„Äh, Moment mal!", protestierte Lulu. „Ich kann gar nicht tanzen!"

Ben grinste. „Darf ich bitten?" Er hatte nur Augen für sie. Die vielen Leute rundherum nahm er gar nicht wahr. Er fasste ihre Hand, spürte ihren wunderbaren Körper an seiner Brust und hielt sie ganz fest. Sein Blick versank in ihren tiefbraunen Augen. Mit sicherer Hand führte er sie über die holprige Tanzfläche.

Sie tanzten wunderbar zusammen. Die Bewegungen ihrer Körper harmonierten ganz natürlich miteinander. Erlernte Schrittfolgen oder komplizierte Drehungen waren vollkommen überflüssig, hätten den harmonischen Fluss vermutlich sogar gestört. Es war, als hätten sie schon tausendmal miteinander getanzt, dabei war es doch das allererste Mal.

Ben wünschte, dass dieser Tanz niemals endete. Doch die Musik verklang und die Leute applaudierten, und er musste sich notgedrungen von Lulu lösen. Zumal Basti ins Mikro rief, dass nun eine wichtige Ansprache erfolgen sollte.

Alle Gäste lauerten gespannt, der Flohmarktbetrieb ruhte, kein Piep war zu hören. Isabel stieg schnell vom Pferd und reihte sich in die Menschenmenge ein, um hautnah dabei zu sein. Willi stand etwas abseits und hielt das Pferd am Zügel.

Toni bahnte sich in altbewährter O-Bein-Manier einen Weg durch die Leute. Er stieg auf die Bühne, klopfte Basti kumpelhaft auf die Schulter und nahm das Mikro an sich.

„Wir haben gestern hier bei uns in Mühldorf drei Schwerverbrecher dingfest gemacht", rief er stolz. „In unserem Dorf hat das Verbrechen keine Chance. Wir halten zusammen! Hier in Mühldorf steht jeder für jeden ein!"

Die Gäste waren außer Rand und Band. Sie rissen jubelnd die Arme in die Luft, nahmen Ben und Lulu in ihre Mitte und ließen sie hochleben.

Als sich die Menge halbwegs wieder beruhigt hatte, fuhr Toni mit seiner Rede fort. „Für mich wäre es ein Klacks, den Mann festzunageln, der meinem Cousin Ben so übel mitgespielt hat", sagte er. „Aber ich bin fair, das wisst ihr ja. Deswegen gebe ich dem Täter jetzt die Chance, sich zu stellen und sich in aller Form bei Ben zu entschuldigen."

„Wow!", machte Lulu.

„Dann klärt sich doch noch alles auf", sagte Ben hoffnungsvoll.

„Wer ist in Bens Haus eingebrochen und hat die Wände beschmiert, wer hat seine Reifen aufgeschlitzt und die Radmuttern gelöst?", donnerte Toni.

Schweigen im Walde, niemand rührte sich.

Toni schob seine Dienstmütze in den Nacken und ließ seinen Blick über die Leute wandern. Dann hob er die Schultern. „Okay, dann finden wir halt gemeinsam heraus, wer's war." Er zählte an seinen Fingern ab: „Erstens: Es wurde Farbe in Sprühdosen verwendet."

Brandmeister Günni meldete sich zu Wort. „Wir haben roten Sprühlack im Feuerwehrwagen", gab er zu.

Toni winkte ab. „Das war keiner von der Feuerwehr! Zweitens: Der Täter schreibt jedes zweite Wort falsch."

„Oh Gott!", kreischte Isabel erschüttert. „Willi, warst du das etwa?"

Alle Köpfe flogen herum zu Willi Brill. Der wurde leichenblass, aber er tat so, als hätte sie einen Scherz gemacht. „Haha, wie kommst du denn auf die komische Idee, mein Schnubbi-Bubbi?"

Isabel war genauso blass geworden wie ihr Ehemann. „Du bist eifersüchtig auf Bennylein, weil ich damals in ihn verliebt war!", stieß sie hervor. „Deswegen wolltest du ihn aus Mühldorf vertreiben!"

„Unsinn!", protestierte er und zupfte nervös an den Zügeln herum. Das Pferd riss den Kopf hoch und legte die Ohren an.

„Du hast Sprühdosen gekauft und mir nicht gesagt, wofür du sie brauchst!", fuhr sie erschüttert fort. „Und wenn du mal was aufschreibst, dann ist in fast jedem Wort ein Fehler." Erbitterter Zorn umgab Isabel wie eine unheilvolle Aura. Sie stiefelte los, geradewegs auf Willi zu. Die Leute wichen beiseite und teilten sich, wie das Rote Meer vor Moses.

„Ich hab die Radmuttern nicht losgedreht!", beteuerte Willi. „Das war ich nicht! Ich schwöre, dass ich das nicht war!" Er riss den Arm in die Luft und hob die Finger zum Schwur. Von der heftigen Bewegung zu Tode erschrocken, machte das Pferd einen Satz rückwärts, riss

Willi die Zügel aus der Hand und sauste im Renngalopp querfeldein über die Wiese.

„Du Idiot!", schrie Isabel hysterisch. „Wenn sich der Hengst verletzt, ist das deine Schuld! Du bist einfach zu blöd! Zu blöd, hast du gehört?!" Sie fing bitterlich an zu weinen und trommelte wie eine Irre mit den Fäusten auf Willis Brust herum. Willi ließ die Arme hängen und stand da wie ein Boxdummy.

Die Leute wandten sich betroffen ab. Isabel und Willi schienen mehr Probleme zu haben, als man bisher angenommen hatte.

„Die beschmierten Wände und die zerstochenen Reifen sind hiermit aufgeklärt", stellte Toni zufrieden fest. „Und wer hat die Radmuttern gelöst?"

DJ Basti machte ein zerknirschtes Gesicht. „Chef?", rief er quer über den Platz.

Johann Schlotterhose schlurfte herbei. „Dat war'n Versehen", murmelte er, blieb vor Ben stehen und überreichte ihm eine viereckige, silbern glänzende Platte. „Dat Gewitter war im Anmarsch, da musste es ruckzuck gehen mit'm Reifenwechsel. Dat Schild schenkn wir dir zur Eröffnung und als Entschuldigung. Tut uns echt leid, nich Basti?"

Der Lehrjunge nickte bedröppelt.

Die Metallplatte wog schwer in Bens Hand. Das war nicht irgendeine große Platte, das war ein beeindruckendes Schild mit sorgfältig eingefrästen Buchstaben. Ben legte es auf seinen Gipsarm, damit er lesen konnte, was darauf geschrieben stand.

Er strahlte. „Tausend Dank, Johann und Basti!"

Schließlich drehte er das Schild um, so dass es alle Leute sehen konnten: *Hier wohnt und arbeitet unser Tierdoktor Ben Petterson.*

Ben wandte sich zu Lulu um und suchte ihren Blick. Sie reckte den Daumen, zwinkerte ihm zu und lächelte ihn glücklich an. Ihr Lächeln bedeutete ihm tausendmal mehr, als alle schicken Praxisschilder dieser Welt.

„Somit hat sich alles aufgeklärt!", vermeldete Toni. „Ich denke, wir sollten unseren neuen Tierdoktor und seine reizende Lulu nun mit einem ordentlichen Applaus offiziell in Mühldorf willkommenheißen. Was meint ihr, Leute?"

Die Gäste klatschten und jubelten. Erneut wurden Ben und Lulu umringt. Man herzte sie, klopfte ihnen auf die Schultern und schüttelte ihnen die Hände. Geier überreichte Ben einen Gutschein für einen gemeinsamen Abend auf dem Jägerhochsitz mit den besten Wünschen für eine gute Zusammenarbeit.

„Da ist nur noch diese eine Sache!", rief Toni und klopfte mit dem Daumen aufs Mikro, um sich noch einmal Gehör zu verschaffen.

Alle waren neugierig, was der Dorfsheriff ihnen zu sagen hatte.

Er zog ein zusammengefaltetes Stück Papier aus der Innentasche seiner Uniformjacke und faltete es langsam auseinander. Seine Miene drückte Trauer und Unbehagen aus.

Der Brief. Ben erkannte ihn sofort. Ihm stockte der Atem.

Das Papier war mit getrockneten Blutflecken übersät. Toni schaute zu Ben herüber, sein Blick flackerte. Er räusperte sich. „Es geht um den Diebstahl von damals", sprach er mit wackliger Stimme ins Mikrofon. „Ich ... äh ... ich muss da was richtigstellen."

Die Leute waren mucksmäuschenstill. Alle warteten gespannt.

Ben drückte Lulu das Praxisschild in die Hand. „Ich bin gleich wieder da", versprach er, und ging mit entschlossenen Schritten zur Bühne. Behände sprang er neben Toni aufs Podest und nahm das Mikrofon an sich.

„Tonis Vater war ein großartiger Mann", sagte Ben. „Er hat in seinem Leben vielleicht nicht alles richtig gemacht, aber wer von uns könnte behaupten, niemals Fehler zu machen?"

Zustimmendes Murmeln ging durch die Menschenschar.

„Mein Onkel hat mir kurz vor seinem Tod diesen Brief geschrieben."

„Was steht denn drin?", rief Günni über die Köpfe der Leute hinweg.

Alte Wunden schwelen solange, bis sie geheilt sind. Es war Zeit, Frieden zu machen.

„Darin steht, dass er seinen Sohn Toni sehr liebt", sagte Ben. „Das ist alles!" Er gab Basti das Mikrofon zurück und wandte sich seinem Cousin zu.

„Du musst nichts richtig stellen, Toni. Was damals war, ist nicht mehr wichtig."

Toni sah zu ihm auf. „Doch, Ben!", beharrte er. „Dir soll nicht mehr angelastet werden, was du gar nicht getan hast. Das wäre nicht fair."

Die Menge zerstreute sich, die Leute scharten sich wieder um den Getränkewagen, den Grill und die Flohmarktstände. Die Party ging weiter. Musik erklang, zwei oder drei Paare tanzten.

„Niemand lastet mir irgendwas an." Ben wies auf die vergnügte Dorfgesellschaft. „Lass die Vergangenheit ruhen, Toni."

Sein Cousin nickte langsam. Seine Miene erhellte sich, er war sichtlich erleichtert. „Danke, Ben. Du bist'n feiner Kerl. Hab ne Weile gebraucht, um das zu merken." Er hielt ihm den Brief hin. „Ich hab ihn auf Neunabers Hinterhof gefunden. Hier, bitte schön, er gehört dir."

Ben verstaute den Brief in seiner Brusttasche.

„Es ist gut, dass mein Vater dir das Haus vererbt hat", sagte Toni. „Er war nun mal mit Leib und Seele Tierdoktor. Genau wie du."

Ben klopfte seinem Cousin freundschaftlich auf die Schulter. Dann suchte er mit seinem Blick die Menge ab und entdeckte bunte Herzchen auf pinkfarbenem Grund.

„Woll'n wir'n Bier zusammen trinken?", fragte Toni.

„Später", sagte Ben und bahnte sich den Weg durch die Menge, bis er endlich Lulu gegenüberstand. Er nahm ihr das Schild ab, stellte es beiseite und fasste nach ihrer Hand. „Darf ich bitten?" Er führte sie zur Tanzfläche.

Nothing compares to you. Ein langsames Lied, das seinen Gefühlen Worte verlieh. Ihre Körper schmiegten sich aneinander und folgten dem Rhythmus der Meldodie.

Lulu spürte Bens starke Arme, die sie liebevoll umfingen, und lächelte. Hunderttausend Schmetterlinge schwirrten in ihrem Herzen herum. Sie war noch niemals so glücklich gewesen. Heute war definitiv der schönste Tag ihres bisherigen Lebens.

Ben vergrub sein Gesicht in Lulus bunten Zöpfen, atmete ihren wunderbaren Duft ein und ließ seine Lippen zärtlich über ihren weichen Hals wandern. Er konnte dem Schicksal gar nicht genug dafür danken, dass es ihm diese Frau geschickt hatte. Heute war ganz sicher der schönste Tag seines Lebens.

Lulu und Ben hatten die Liebe gefunden. Oder war es umgekehrt, hatte die Liebe *sie* gefunden?

Plötzlich wuselte ein hellbraunes Fellbündel zwischen ihren Beinen herum. Samson schaute aus seinen lustigen Knopfaugen zu ihnen auf, wackelte mit dem Hintern und machte einen tollpatschigen Hüpfer.

„Törööö!", ertönte es gleichzeitig hoch oben vom Apfelbaum. „Moin-Moin! Schönen guten Tag!"

Lulu und Ben schüttelten die Köpfe und lachten.

Die Musik verstummte, Basti legte die nächste Scheibe auf.

Tausendmal Du.

Ben wurde wieder ernst, doch um seine Mundwinkel spielte ein Lächeln. Er sah Lulu an und hielt ihren Blick fest.

Der Zauber deiner Augen
Und ich weiß, ich kann nicht widerstehen
Denn ich fühle und spür es in mir
So wie du

Lulu wurde geradezu magisch von seinen tiefblauen Augen angezogen. Ein glücklicher Gluckser hüpfte aus ihrer Kehle und ein dickes, fettes Strahlen breitete sich auf ihrem Gesicht aus. Und auf einmal spürte sie Tränen auf ihren Wangen. Sie lachte und weinte gleichzeitig, das war doch wirklich verrückt!

Wenn Träume wie Lichter schweben
Wenn wir diesen Traum erleben
Wir beide ...

Wenn es möglich wäre, die Zeit anzuhalten, dann wäre dies der perfekte Moment. Was auch immer die Zukunft für sie bereithielt - diesen Moment würden sie beide niemals vergessen.

Ben wischte Lulus Tränen mit dem Daumen fort und dann zog er sie in seine Arme, um sie stürmisch zu küssen. Sie spürte seine Hände an ihren Hüften, schmiegte sich an seine starke Brust und war völlig überwältigt von dem Chaos, das Ben in ihrem Körper auslöste. Ihr Herz wollte zerspringen vor lauter Glück, so als hätte es ihr ganzes Leben lang auf diesen einen Moment gewartet.

Liebe Leserin, lieber Leser,

möchtest Du wissen, wie es mit Lulu und Ben weitergeht? Dann schicke einfach eine E-Mail an kontakt@karin-koester.de, und Du erfährst als Erste/r die neusten Neuigkeiten aus Mühldorf. (Du bekommst den Ben&Lulu-Newsletter. Kein Spam, versprochen ;-)). Mit ein bisschen Glück gewinnst Du sogar Band 2 dieser Reihe: „Ein Tierarzt zum Knutschen".

Ich freu mich auf Dich!

Deine

Karin Köster